Читайте романы
примадонны иронического детектива
Дарьи Донцовой

Сериал «Любительница частного сыска Даша Васильева»:

1. Крутые наследнички
2. За всеми зайцами
3. Дама с коготками
4. Дантисты тоже плачут
5. Эта горькая сладкая месть
6. Жена моего мужа
7. Несекретные материалы
8. Контрольный поцелуй
9. Бассейн с крокодилами
10. Спят усталые игрушки
11. Вынос дела
12. Хобби гадкого утенка
13. Домик тетушки лжи
14. Привидение в кроссовках
15. Улыбка 45-го калибра
16. Бенефис мартовской кошки
17. Полет над гнездом Индюшки
18. Уха из золотой рыбки
19. Жаба с кошельком
20. Гарпия с пропеллером
21. Доллары царя Гороха
22. Камин для Снегурочки
23. Экстрим на сером волке
24. Стилист для снежного человека
25. Компот из запретного плода
26. Небо в рублях
27. Досье на Крошку Че
28. Ромео с большой дороги
29. Лягушка Баскервилей
30. Личное дело Женщины-кошки
31. Метро до Африки
32. Фейсконтроль на главную роль
33. Третий глаз-алмаз
34. Легенда о трех мартышках
35. Темное прошлое Конька-Горбунка
36. Клетчатая зебра
37. Белый конь на принце
38. Любовница египетской мумии
39. Лебединое озеро Ихтиандра
40. Тормоза для блудного мужа
41. Мыльная сказка Шахерезады

Сериал «Евлампия Романова. Следствие ведет дилетант»:

1. Маникюр для покойника
2. Покер с акулой
3. Сволочь ненаглядная
4. Гадюка в сиропе
5. Обед у людоеда
6. Созвездие жадных псов
7. Канкан на поминках
8. Прогноз гадостей на завтра
9. Хождение под мухой
10. Фиговый листочек от кутюр
11. Камасутра для Микки-Мауса
12. Квазимодо на шпильках
13. Но-шпа на троих
14. Синий мопс счастья
15. Принцесса на Кириешках
16. Лампа разыскивает Алладина
17. Любовь-морковь и третий лишний
18. Безумная кепка Мономаха
19. Фигура легкого эпатажа
20. Бутик ежовых рукавиц
21. Золушка в шоколаде
22. Нежный супруг олигарха
23. Фанера Милосская
24. Фэн-шуй без тормозов
25. Шопинг в воздушном замке
26. Брачный контракт кентавра
27. Император деревни Гадюкино
28. Бабочка в гипсе
29. Ночная жизнь моей свекрови
30. Королева без башни
31. В постели с Кинг-Конгом

Сериал «Виола Тараканова. В мире преступных страстей»:

1. Черт из табакерки
2. Три мешка хитростей
3. Чудовище без красавицы
4. Урожай ядовитых ягодок
5. Чудеса в кастрюльке
6. Скелет из пробирки
7. Микстура от косоглазия
8. Филе из Золотого Петушка
9. Главбух и полцарства в придачу
10. Концерт для Колобка с оркестром
11. Фокус-покус от Василисы Ужасной
12. Любимые забавы папы Карло
13. Муха в самолете
14. Кекс в большом городе
15. Билет на ковер-вертолет
16. Монстры из хорошей семьи
17. Каникулы в Простофилино
18. Зимнее лето весны
19. Хеппи-энд для Дездемоны
20. Стриптиз Жар-птицы
21. Муму с аквалангом
22. Горячая любовь снеговика
23. Человек-невидимка в стразах
24. Летучий самозванец
25. Фея с золотыми зубами
26. Приданое лохматой обезьяны
27. Страстная ночь в зоопарке

Сериал «Джентльмен сыска Иван Подушкин»:

1. Букет прекрасных дам
2. Бриллиант мутной воды
3. Инстинкт Бабы-Яги
4. 13 несчастий Геракла
5. Али-Баба и сорок разбойниц
6. Надувная женщина для Казановы
7. Тушканчик в бигудях
8. Рыбка по имени Зайка
9. Две невесты на одно место
10. Сафари на черепашку
11. Яблоко Монте-Кристо
12. Пикник на острове сокровищ
13. Мачо чужой мечты
14. Верхом на «Титанике»
15. Ангел на метле
16. Продюсер козьей морды

Сериал «Татьяна Сергеева. Детектив на диете»:

1. Старуха Кристи – отдыхает!
2. Диета для трех поросят
3. Инь, янь и всякая дрянь
4. Микроб без комплексов
5. Идеальное тело Пятачка
6. Дед Снегур и Морозочка
7. Золотое правило Трехпудовочки
8. Агент 013
9. Рваные валенки мадам Помпадур
10. Дедушка на выданье
11. Шекспир курит в сторонке

А также:

Кулинарная книга лентяйки
Кулинарная книга лентяйки-2. Вкусное путешествие
Кулинарная книга лентяйки-3. Праздник по жизни
Простые и вкусные рецепты Дарьи Донцовой
Записки безумной оптимистки. Три года спустя.
Автобиография

Дарья Донцова

*Ш*експир
курит в **сторонке**

роман

ЭКСМО

Москва

2011

УДК 82-3
ББК 84(2Рос-Рус)6-4
Д 67

Оформление серии *В. Щербакова*

Серия основана в 2000 году

Иллюстрация на переплете *В. Остапенко*

Донцова Д. А.

Д 67   Шекспир курит в сторонке : роман / Дарья
Донцова. — М. : Эксмо, 2011. — 352 с. — (Иронический детектив).

ISBN 978-5-699-44153-2

Вот и наступил наконец долгожданный отпуск! Но Татьяна
Сергеева и не думала отдыхать! Она... устроилась на другую работу! Танечка надеялась отыскать в загсе новую фамилию своего
ненаглядного мужа Гри, который где-то работает под чужим
именем. Но подобраться к заветному архиву так и не удалось:
новое расследование заставило Сергееву вернуться на основную
службу. Зоя, вдова адвоката с чудной фамилией Ветошь, желала
получить страховку за его жизнь, да вот беда — ее не выплачивают в случае самоубийства... Борис Ветошь виртуозно втирался в
доверие к сильным мира сего и жил в полном шоколаде. Поэтому вдовушка и уверена, что супруга убили: ну никак не мог он
покончить с собой, да еще с помощью смертельно ядовитого любимца — паука Павлуши. Придется Татьяне тоже свести близкое
знакомство с этими милыми насекомыми — на что только не
пойдешь ради дела!

УДК 82-3
ББК 84(2Рос-Рус)6-4

ISBN 978-5-699-44153-2

Глава 1

Если вашему супругу стали малы брюки, не спешите их выбрасывать. Вполне вероятно, что через некоторое время у вас появится новый, более стройный муж, которому они окажутся впору.

Я незаметно поерзала на стуле, чтобы размять затекшую поясницу. Ну почему в большинстве государственных учреждений стоят ужасно неудобные, обшарпанные стулья? Неужели никто не думает о людях, которым предстоит провести рабочий день, согнувшись в три погибели над колченогим столом, сидя на жестком? Даже мне, совсем не худенькой даме, не комфортно, а каково заведующей загсом Анне Ивановне? Она едва ли весит пятьдесят килограммов! Хотя, вероятно, шефиня приучена к любым неудобствам, причем не только физическим. Вот сейчас напротив нее устроилась пара, женщина лет тридцати пяти и мужчина примерно того же возраста. Они ведут с Анной Ивановной нервную беседу.

— Наше бракосочетание было назначено на полдень, — злилась тетка, — что за ерунда?

— Понимаете, вы реально испортили людям праздник, — перебил ее мужик, — мы пришли сюда в хорошем настроении, а нам фига! Кафе уже заказано! Ужин оплачен! Тамада нанят! И что теперь?

Анна Ивановна привычно улыбнулась:

— Уважаемые Наталья Петровна и Сергей Иванович, мы не можем вас поженить.

— Это почему? — хором воскликнули жених с невестой.

— В документах господина Петрова есть небольшое несоответствие данных, — объяснила Анна Ивановна, — три месяца назад, заполняя анкету при подаче заявления, жених в графе «паспортные данные» указал: Федосеев Леонид Львович, проживающий по адресу Ленинградское шоссе. Но сегодня, придя сюда для официального оформления новой ячейки общества, жених предъявил паспорт, в котором указано: Петров Сергей Иванович, зарегистрирован по улице Катукова. Как прикажете это понимать?

— Вы что, никогда не слышали о людях, которые квартиру меняют? — визгливо спросила невеста.

— И одновременно фамилию, имя и отчество? — без тени сарказма осведомилась заведующая. — Ну как Федосеев Леонид Львович мог за три месяца трансформироваться в Петрова Сергея Ивановича, перебраться в другой дом и вдобавок на два года постареть? Право, странно.

Наталья Петровна поджала губы.

— Никто ни в кого не превращался. Это разные люди!

— Уточните кто, — вежливо попросила Анна Ивановна.

— Ну, мужики, — ответила невеста. — Заявление мы подавали вместе с Леонидом, но потом я познакомилась с Сережей и поняла, что он мне больше подходит. Что моргаете? Жизнь течет, изменяется, а парни — как яблоки на рынке. Видишь одно на прилавке, большое, наливное, возьмешь в руки, приглядишься, фу, внутри червяк сидит, ну и хватаешь другое, не то чтобы «ах», зато никем не поеденное. Я думаю, надо не на внешность кидаться, а на сущность.

— Точно, — подхватил Сергей, — золотые слова.

— Подведу итог, — недрогнувшим голосом ответила заведующая. — Заявление госпожа Ларионова подавала с Федосеевым. Затем ее брачные намерения изменились, и сегодня она желает зарегистрировать отношения с присутствующим здесь Петровым?

— Да, — кивнула невеста.

— Это невозможно, — с каменным лицом возразила Анна Ивановна.

Наталья Петровна вскочила.

— Обалдеть! Мы взрослые люди, оба с московской пропиской! Вы не имеете права нам отказывать! Вы назначили день регистрации, никто не опоздал, мы пришли вовремя. В чем проблема?

Я покосилась на Анну Ивановну. Вероятно, отец у нее сфинкс, а мать египетская пирамида: любой другой человек давно бы уже вышел из себя и на простом русском языке объяснил бы жениху и невесте, куда им следует идти неспешным шагом. Но заведующая — дама без нервов.

— Не положено сдавать анкету с одним мужчиной, а потом оформлять брак с другим, — четко произнесла Анна Ивановна.

— Почему? — встрепенулся Сергей Иванович и услышал в ответ те же слова:

— Не положено.

Наталья Петровна чуть наклонила голову и мрачно осведомилась:

— Значит, раз я с Ленькой в марте приходила, то с ним в июне должна штамп ставить?

— Верно, — подтвердила начальница загса.

— А если мои чувства изменились? — заорала невеста.

— Подайте новые бумаги, — невозмутимо посоветовала Анна Ивановна. — Идите в седьмую комнату, заполните новую форму.

Невеста вскочила.

— Побежали, Сережа, если подсуетимся, успеем вовремя в кафе.

— Секундочку, — притормозила повеселевшую парочку Анна Ивановна, — сегодня ваш брак не оформят. Торжественная церемония состоится в сентябре. Таковы правила.

Наталья Петровна всплеснула руками:

— Вы меня ненавидите?

— Отнюдь, — ровным тоном возразила заведующая, — я хорошо отношусь ко всем, как брачующимся, так и добрачующимся.

— Тогда распишите нас! — потребовал Сергей.

Анна Ивановна моргнула.

— Закон есть закон! Спустя положенное время после подачи бумаг — с доброй душой.

Глаза Натальи Петровны наполнились слезами.

— Из-за вас мне никогда замуж не выйти! Три месяца назад с Ленькой меня не расписали, теперь отказываетесь с Сергеем оформить. Я вам не по сердцу? Денег хотите, да?

К счастью, именно в этот не самый приятный момент дверь кабинета приоткрылась и показалась голова Елены Геннадиевны, регистрирующей новорожденных.

— Анна Ивановна, вы заняты? Можете на секунду отвлечься?

— У вас нечто серьезное и не терпящее отлагательства? — осведомилась начальница.

— Да, да, да, — закивала Елена. — Пришли супруги, они хотят дать ребенку имя «Айфон».

— Афоня? — переспросила Анна Ивановна. — Мы не имеем никакого права влиять на родителей, даже если нам их выбор кажется не очень удачным. И сейчас, как вы отлично знаете, мода на старину: Демьян, Поликарп, Митрофан, из женских востребованы Матрена или Фекла. Елизавета и Анастасия уже не столь популярны, хотя когда-то и они казались архаичными.

— Не Афоня, а Айфон, — забыв о строго соблюдаемой в загсе служебной субординации, перебила шефиню Елена. — В честь телефона, они его фанаты.

Заведующая снова моргнула.

— Мы не в Америке живем, где можно делать что угодно. С их выбором согласиться нельзя.

Елена Геннадиевна сделала умоляющие глаза.

— Отец новорожденного адвокат, мать тоже консультант по правовым вопросам. Она прямо сказала: «Покажите инструкцию, в которой написано: «Нарекать сына *Айфоном* запрещено». Иначе мы прямиком от вас идем в суд».

Анна Ивановна встала.

— Прошу простить, господа, вынуждена вас оставить. — И она плавно поплыла к выходу.

Наталья Петровна и Сергей Иванович проводили взглядами стройную фигуру с идеально прямой спиной и повернулись ко мне.

— Может, вы распишете нас? — подмигнула невеста.

Я сделала испуганный вид.

— Ой! Не имею права. Работаю тут всего пару дней, нахожусь на испытательном сроке. Мне нельзя трогать ничьи документы.

— Кафе оплачено, ужин пропадет, — с тоской протянул Сергей.

— Зачем же еде портиться? — улыбнулась я. — Празднуйте спокойно.

— Так нас не расписали, — всхлипнула Наталья.

— Вы сюда вдвоем пришли? — уточнила я. — Без родственников и приятелей?

Наташа кивнула.

— Сергей так захотел, сказал, дело интимное, не желаю толпу в загсе видеть, пусть сразу в кафе едут.

— И кто узнает, что тут случилось? — засмеялась я. — Скажите гостям: «Все хорошо», — и гуляйте. А через положенное время потихонечку придете сюда и подписи в книге поставите. У вас кольца есть?

— Ага, — кивнул Сергей и вытащил из кармана коробочку.

Я глянула на дверь.

— Так. Надевайте их на пальцы друг другу, теперь поцелуйтесь и шагайте к машине. Совет вам да любовь.

Они быстро обменялись золотыми кольцами, облобызались и шмыгнули в коридор. Я перевела дух. Хорошо, что при этой сцене не присутствовала Анна Ивановна: она могла заработать язву желудка, услышав совет новой сотрудницы.

Створка приоткрылась, в комнату опять юркнула Наталья Петровна.

— Но это же не взаправду? — шепотом осведомилась она. — Если я передумаю за Серегу через три месяца идти, разводиться не надо?

— Конечно, нет, — успокоила я ее, — живите спокойно.

— С меня причитается! — обрадовалась Наталья и ушла.

Я облокотилась о стол и уставилась в окно, занавешенное старомодным насборенным тюлем. Когда я под личиной Татьяны Мироновой, бывшей учительницы, а потом домохозяйки, устраивалась на работу в загс, я не думала, что его заведующая представляет собой идеальный образец чиновницы. Анна Ивановна добуквенно выполняет все положенные инструкции, а главное, она никогда не расстается со связкой ключей от архива. Я-то полагала, что в загсе не соблюдается особая секретность, и надеялась без проблем выполнить задуманное. План был прост: оформляюсь на службу и не прохожу испытательный срок, который здесь составляет две недели. За это время я вполне успею добраться до хранилища документов и порыться в нем. В загсе работают одни женщины в возрасте от тридцати до пятидесяти, у них семьи, дети. Небось дамы выкраивают часок-другой на поход по магазинам, подолгу пьют чай на общей кухне, сплетничают, болтают по телефону. Это же не центр управления полетами, где нельзя отвлечься на миллидолю секунды. Да я за один день узнаю, где хранятся нужные мне бумаги! За второй-третий, ну ладно, четвертый, найду их на полках, сделаю фотокопии и затем начну опаздывать, приходить в контору к полудню, предварительно положив в рот конфетку. Леденец не простой, от того, кто держит его под языком, исходит крепкий запах спиртного. Ну и как поступит начальница, поняв, что к ней в коллектив пытается внедриться дамочка, закладывающая по вечерам за воротник? По истечении испытательного срока мне вежливо укажут на дверь и забудут о Татьяне Мироновой. Но действительность оказалась иной.

Анна Ивановна даст фору всем армейским служакам. Простая задача сфотографировать бумаги кажется мне невыполнимой. Несчастные сотрудницы имеют всего сорок пять минут на обед, общей кухни тут нет, курить ни в самом загсе, ни на прилегающей к нему территории нельзя, ключи от архива пристегнуты к поясу начальницы. Нечего и думать, чтобы сделать с них слепки. И меня Анна Ивановна старается не выпускать из поля зрения, я постоянно ощущаю ее изучающий взгляд. Сейчас уникальный момент, когда я оставлена в кабинете без присмотра.

В кармане платья беззвучно завибрировал сотовый. Кстати, всем сотрудникам загса запрещено на работе пользоваться личными телефонами. Я со всей возможной скоростью ринулась в туалет, хорошо хоть Анна Ивановна не регламентирует походы своих рабов в сортир.

— Ты где? — забыв поздороваться, спросил Приходько.

— Да так, по магазинам брожу, — как можно беспечнее ответила я.

— Немедленно приезжай в контору, — приказал Федор, — за час успеешь?

— У меня отпуск, — осторожно ответила я. — Планировала предстать пред твоими очами через двенадцать суток.

— Надо сегодня, поторопись, — приказал шеф, — у нас форс-мажор. Едет человек от... короче, не важно. Поспеши, мы здесь с Фатимой вдвоем.

— А Коробок? — удивилась я. — Он куда девался?

— У него беда, — буркнул Федор.

— Лапуля! — испугалась я. — Ей плохо?

— Нет, Лапа в порядке, хотя беда исходит от нее, — вздохнул босс. — Димон спешно поехал в аэропорт, встречает каких-то ее родственников. Тань, потом догуляешь. Когда будешь?

— Ну... часа через два или лучше три, — пробормотала я.

— С ума сошла? — возмутился шеф. — Заканчивай хождение за шмотками. Это не предложение, а приказ.

Я сгребла в кучу все свои актерские способности и начала старательно врать.

— Прости, Федор, я не в магазине.

— Так, а где? — спросил шеф.

— Неудобно говорить, — хихикнула я.

— Неудобно спать на потолке, одеяло с подушкой падают, — рассердился Приходько. — Живо колись.

— Я давно хочу похудеть, — зашептала я, — но не получается, Лапа слишком хорошо готовит. Весь день работаю, перекусить некогда, вечером куплю кефир, рассчитываю его выпить и баиньки. А дома на кухне полно вкусностей, сил нет удержаться. Наемся до отвала — и под одеяло. Скоро весы треснут. Вот и решила использовать отпуск для шлифовки фигуры, записалась в лечебницу на курс похудательной терапии. Уже два дня утром рано уезжаю и усиленно работаю: тренировка в зале, массаж, сауна, бассейн, всякие процедуры. Сейчас сижу в специальной жиросжигательной бочке, сеанс только начался, он продлится сорок минут, потом надо помыться, одеться, накраситься...

Я перевела дух. Обмануть Приходько трудно, и в бригаде, членом которой я являюсь, существует правило: мы не врем друг другу. Но у меня сейчас нет альтернативы. Ни одна живая душа не должна знать, что госпожа Сергеева решила использовать положенный ей отпуск для поиска любимого мужа Гри[1]. Я знаю, он жив, работает под чужим именем, сменил биографию, подкорректировал внешность. Поймите, я не собираюсь бросаться супругу на шею с воплем: «Дорогой, наконец-то мы встретились». Я просто хочу увидеть Гри издали. Прошел не один месяц поисков, пока след

---

[1] История отношений Тани и Гри описана в серии книг Дарьи Донцовой «Детектив на диете», в частности в книге «Старуха Кристи отдыхает», издательство «Эксмо».

привел меня в загс, которым руководит Анна Ивановна. Еще чуть-чуть, и в моих руках окажется нить. Дерну за нее — и узнаю новую фамилию Гри! Но если Федор сообразит, что задумала его подчиненная, плохо мне придется. Я знаю, из бригады не увольняются. Бывших агентов не бывает, пару раз в наших операциях участвовали бабули — божьи одуванчики, лет эдак по двести каждая. Одна из немощных пенсионерок на моих глазах быстрым движением руки вырубила здоровенного мужика, а другая, сидя в инвалидном кресле, за час расшифровала письмо, написанное на несуществующем языке. Если вы очутились в одной из спецбригад, то это навсегда. Но что делают с теми, кто пытается узнать то, что находится под запретом? На последний вопрос у меня ответа нет, и если честно, знать его не хочется, но элементарное чувство самосохранения подсказывает: Танюша, разыскивая Гри, шифруйся по полной программе.

— Немедленно вместе со всем своим нерастопленным жиром вылезай из лоханки и рыси в офис, — отчеканил Приходько.

Я подавила судорожный вздох. Какое счастье, что шеф не усомнился в моем желании стать стройной, аки молодой кипарис.

— Времени тебе полтора часа, — договорил он, — отсчет пошел.

Я запихнула сотовый в карман, прибежала назад в кабинет и опять обрадовалась: Анны Ивановны до сих пор нет. Нелегкое это дело — переубедить дураков, которые решили назвать сына Айфон.

Я открыла сумку, вытащила оттуда небольшой баллончик с надписью «Мятный освежитель» и пару раз пшикнула себе в рот. Ну, если заведующая через пять минут не придет, я сама отправлюсь ее искать. Кто испугается, я не виновата.

Глава 2

Из коридора донесся стук каблуков, я быстро легла грудью на кипу бумаг и даже не пошевелилась, когда раздался спокойный голос:

— Татьяна, что с вами?

Вопрос повторился несколько раз, потом крепкая рука потрясла меня за плечо. Я встрепенулась.

— Где я? Ох, простите, Анна Ивановна! Голова с утра болит, то жарко, то холодно. Ума не приложу, как ухитрилась заснуть на рабочем месте. Честное слово, никогда ранее подобного не случалось. Наверно, из-за ночных бдений. Соседка у меня врач, она попросила присмотреть за своей дочерью, у ребенка корь, а мать вызвали на дежурство.

Заведующая со скоростью молодой белки отпрыгнула в сторону.

— Что с вашим лицом? Оно в ужасающих пятнах.

Я вытащила зеркальце и закричала:

— Ой, мамочки! А еще я вся горю! Но ведь взрослый человек не может заразиться от малышки корью? Апчхи! Это же детская инфекция. Апчхи, апчхи, апчхи!

Может, Анна Ивановна и робот, созданный для ведения книг актов гражданского состояния, но перспектива подхватить вирус или бактерию испугала даже эту невозмутимую даму.

— Немедленно уходите домой, — нервно приказала она, — сию секунду.

— До конца рабочего дня еще далеко, — произнесла я, — как же испытательный срок? Не хочу, чтобы вы считали меня симулянткой.

— Танечка, — неожиданно ласково, почти по-матерински произнесла заведующая, — ваше лицо свидетельствует о сильном недуге. Уезжайте, вылечитесь — вернетесь. Заболеть может любой человек.

Я встала.

— Спасибо, Анна Ивановна, думаю, за неделю я поправлюсь.

— От души желаю скорейшего выздоровления, — слишком быстро произнесла шефиня, — корь опасна осложнениями, восстанавливайтесь и возвращайтесь.

Старательно изображая из себя немощную бабочку, я вышла из загса, двинулась по направлению к метро, через двести метров притормозила, проглотила заготовленную таблетку и опрометью кинулась к громадному мегамаркету, в подземной парковке которого стоит мой джип. Надеюсь, часа хватит, чтобы дорулить до офиса, и за это время следы «кори» должны исчезнуть с моего личика. Спрей, как вы уже догадались, вовсе не мятный освежитель дыхания, а мощное средство, которое вызывает почти мгновенную ярко выраженную кожную реакцию. Начинается все с лица, которое покрывается неровными бордовыми пятнами. Одновременно вы начинаете чихать, кашлять, сморкаться. Если не принять пилюлю-антидот, сыпь появится на шее и на всем теле. В общем, возникнут классические симптомы разных болезней — от уже упомянутой кори до чумы. Подозреваю, что использование спрея не слишком положительно влияет на здоровье, и стараюсь как можно реже употреблять пшикалку, но порой наличие в сумке баллончика сильно облегчает жизнь.

— Ты какая-то красная, — вместо «здравствуй» сказал Приходько, когда я предстала пред очами шефа.

— Торопилась, — пожала я плечами, — а в бочке, из которой я выскочила по твоему приказу, было жарко, сразу остыть не получилось.

— Надеюсь, у тебя не расплавился мозг, — сказал босс. — Двигаем в переговорную, у нас там Зоя Владимировна Агишева с большой проблемой.

Я сделала разворот через плечо и пошла по коридору за начальником. С мелкими неприятностями в бригаду не идут, украденными кошельками, пропавшими попугаями и подростками, которые полночи буянят во дворе, мы не занимаемся. В переговорной у нас есть большая аптечка, нашим посетителям подчас становится плохо от переживаний. Но женщина, которая сидела возле овального стола, не выглядела особенно удрученной. Поверьте, если представительница слабого пола нанесла на лицо тщательный макияж: наложила тон, корректор под глаза, румяна на щеки, напудрилась, нарисовала стрелки на веках, воспользовалась тушью, губной помадой, взбила волосы, надела элегантный костюм и взяла дорогую сумку, — значит, она не выбегала из дома в панике.

Я села напротив Агишевой и услышала слова Федора:

— Это Татьяна, заведующая оперативно-следственным отделом. Извините за задержку.

— Я понимаю, — звонко ответила посетительница, — меня предупредили, что у вас много работы и вы берете не все, а лишь самые сложные дела. Мое из этой категории. Первого мая был убит мой муж, Ветошь.

— Простите? — не поняла я. — При чем тут старые тряпки?

— Фамилия супруга Ветошь, адвокат Борис Олегович Ветошь. Он, когда представлялся, ставил ударение на последнем слоге, но люди все равно говорили неправильно, — объяснила посетительница.

Федор кашлянул:

— В чем причина вашего обращения к нам?

Зоя Владимировна внимательно посмотрела на него:

— Скажу без утайки, у меня плохо с деньгами, их, если честно, почти нет, я голая и босая.

— В права наследства вступают через полгода, — кивнула я, — но вы можете попросить доступ к счетам. Если никаких скандалов не предвидится и у усопшего не было кучи родственников, вам пойдут навстречу. Но, простите, вы не похожи на нищенку.

Зоя Владимировна показала на свои часы, щедро усыпанные бриллиантами.

— Красивые, да?

— Очень, — согласилась я, — и, думаю, не дешевые.

Агишева усмехнулась.

— Боря был мастером декораций. Часики — подделка, куплены в Таиланде, ювелирный гарнитур на мне оттуда же, камни в серьгах и браслете — искусно обработанные стекляшки. Сумка, костюм, все не родное. Загородный дом, в котором мы жили, машины — не наша собственность.

— Я вспомнила, откуда мне известна фамилия Ветошь, — воскликнула я. — Иногда я читаю гламурную прессу, мне нравятся картинки из красивой жизни. Борис Олегович часто мелькал на этих страницах, постоянно попадал в объектив папарацци — то в Ницце на балу, то в Лондоне на благотворительном обеде, то в Москве на приемах. Совсем недавно я любовалась на фоторепортаж из вашего особняка и была поражена богатством интерьера. Извините, непохоже, что господин Ветошь стоял с шапкой на перекрестке.

Зоя Владимировна заправила за ухо прядь светлых волос.

— Высокое искусство казаться богатым, а не быть при деньгах в действительности! Многие пытаются им овладеть, но лишь единицы выбиваются в профессионалы. Сейчас поясню.

— Сделайте одолжение, — сказал Федор.

Из уст Агишевой полился откровенный рассказ.

До того как стать счастливой госпожой Ветошь, Зоя работала в Париже, в универмаге «Монтан». Хозяин этого торгового центра оказался весьма дальновидным человеком, он понял, что из России во Францию хлынул поток богатых людей, и сделал на них ставку. Зоя в совершенстве владеет языком Пушкина, ее бабушка когда-то эмигрировала из России, дома у Агишевых разговаривали на двух языках. Скромная, тихая Зоя сразу после окончания школы работала секретарем у доктора-француза, у которого лечилась русская диаспора. Эскулап и его пациенты надоели Агишевой хуже горькой редьки, она устала постоянно слышать о депрессиях, запорах и хроническом алкоголизме. Врач, экономный, как все европейцы, платил мало, замуж Зою никто не звал, предложение пойти на службу в «Монтан» она сначала отвергла. Но лучшая подруга Катрин переубедила Зою.

— За прилавком веселее, чем в приемной у терапевта, будешь болтать о тряпках, может, познакомишься с кем, встретишь свою судьбу. Надо менять работу, пока с ума не съехала.

Зоя нанялась в «Монтан» и через шесть месяцев получила предложение руки и сердца от Бориса.

— Ну, я же говорила! — в восторге твердила Катрин. — Как тебе повезло! Богатый! Детей нет! Бывшей жены тоже! Сирота! Зойка, такое бывает исключительно в сказках. Я умираю от зависти, тебя ждет шикарная жизнь, не забывай подружку, привези мне как-нибудь шубку из русского соболя и банку черной икры.

Зоечка улетала в Москву в состоянии эйфории. В аэропорт их с мужем вез автомобиль, за рулем которого сидел шофер в ливрее. Самолет, куда их проводили с почетом, оказался частным. В столице России их встретил такой дорогой лимузин, что новобрачной стало неудобно: во Франции не принято разъезжать в столь пафосных экипажах, это не комильфо.

Дом в Подмосковье поразил ее размерами и купеческой роскошью интерьера, в котором не было ничего общего с минимализмом Зоиной квартирки в Париже. На родине невесты пара скромно расписалась, Зоя была в простом костюме. В Москве свадьбу играли в огромном зале, количество гостей новобрачная не могла сосчитать, ее завалили дорогими, нет, роскошными подарками, а платье Агишевой было расшито кристаллами от Сваровски. Сколько оно стоило, Зоя боялась даже предположить, она понятия не имела, откуда взялся наряд. За день до торжества Боря принес его, бросил на постель и небрежно сказал:

— Солнышко, быстренько примерь, если вдруг будет чуть не впору, портные в кухне сидят, живо подгонят.

Целый месяц потом Зоечка рассматривала снимки в глянце и говорила Боре:

— Ну почему репортеры пишут: «Известный адвокат женился на аристократке, княжне Агишевой, француженке русского происхождения, наследнице огромного состояния, владелице шикарных апартаментов в Париже и замка на Луаре»? Мой отец был простым учителем, он умер, когда мне исполнился год, мама работала в библиотеке на одном из факультетов Сорбонны. Мы никогда не принадлежали к аристократии и не были богаты. Какие замки? Откуда?

— Золотце, — смеялся супруг, — папарацци тупы как пробки, мыслят стереотипами, раз француженка с бабкой из России, значит, княжна. Живет в Париже? Купается в деньгах. Нет смысла возражать, не обращай внимания, привыкай к московским реалиям, здесь журналюги пишут что хотят, и им ничего за это не бывает.

После свадьбы Зоя жила в вечном празднике, не думала ни о чем, не заботилась ни о деньгах, ни о хозяйстве. Борис обожал тусовки, каждый вечер они отправлялись то в гости, то в клуб, то на концерт. Зоя никогда не вмешивалась в дела мужа-адвоката, да тот бы и не допустил ее к чужим тайнам. Агишева не заглядывала к нему в офис, она знала, что Борис успешно решает любые проблемы. Детей у них не было, Борис Олегович оказался бесплоден и очень радовался этому факту. Он говорил:

— Загробной жизни не существует, лучше счастливо провести годы на земле, не тратя время на воспитание неблагодарных потомков.

Зоя тоже не хотела лишаться удовольствий и портить фигуру, поэтому не переживала из-за неспособности мужа зачать ребенка.

Некоторое время назад Зоечка, изучая один гламурный журнал, наткнулась на снимок симпатичной девушки в белом наряде. Фотографию сопровождала небольшая заметка «Рада Калинина на примерке винтажного платья от Шанель. «Конечно, я могла бы заказать себе любой наряд, — сказала нам счастливая невеста, — но в этом роскошном кринолине, который для моей бабушки создала сама Коко Шанель, вышла замуж еще и моя мама. Не хочу нарушить традицию. Единственное, придется чуть ушить платье в талии». По приблизительным оценкам наших экспертов, винтаж от

Шанель может стоить в пределах от трехсот тысяч до миллиона евро. Ну что тут сказать? Семейная жизнь должна начинаться красиво».

Зоя принялась разглядывать восхитительный наряд, но чем дольше его рассматривала, тем сильнее поражалась. В конце концов она пошла в дальнюю гардеробную, вытащила чехол, где хранился ее подвенечный убор, открыла молнию и ахнула! Внутри было пусто.

Вечером, когда муж вернулся домой, она бросилась к нему с журналом и задала вопрос:

— Почему мое платье какая-то Рада выдает за винтаж от Шанель?

Супруг сказал без тени волнения:

— Солнышко, ты ошиблась, просто наряды очень похожи.

— Но мой кофр пуст! — зарыдала Зоя.

— Ты беседовала с Ритой, экономкой? — нахмурился Борис и, получив в ответ «нет», ушел.

Недоразумение, как выяснилось, не стоило выеденного яйца. Маргарита пришла к хозяйке и сказала:

— Ваш наряд отдали в химчистку, его надо изредка освежать.

— Правда? — обрадовалась Зоя.

— Конечно, — кивнула Рита. — Платье памятное, нехорошо, если его моль поест или оно в чехле сгниет. Через двадцать один день оно вернется на место, из-за кристаллов его долго обрабатывают. И уж простите, Зоя Владимировна, но на том фото совсем другой наряд.

Агишева заморгала, Рита тем временем продолжала:

— Ваше платье тоже от Шанель, сходство есть, юбка широкая, камни, но, если внимательно посмотреть, видны отличия. Помните, какие цветы на корсете вытканы?

— Орхидеи? — робко предположила Зоя.

Рита довольно засмеялась.

— Так я и знала. Некогда было невесте на лиф любоваться! Вы не сами эскиз рисовали, получили платье в подарок от жениха. У вас там вообще-то не цветы, а птички. Вот у Рады да, орхидеи.

— Извините меня, — пролепетала хозяйка.

— Так не за что, — приветливо ответила Маргарита, — не ваше дело за тряпками глядеть. Под фатой не вчера стояли и после торжества чехол не открывали.

Зоя ощутила себя полной дурой.

Через три недели Маргарита пришла к хозяйке в слезах.

— Простите, Зоя Владимировна.

— Что случилось? — напряглась хозяйка.

— Ваше платье, — всхлипнула Рита, — оно испорчено.

— Как? — возмутилась Агишева. — Немедленно покажи.

Экономка принесла вешалку. Зоя чуть не зарыдала. Белое кружево стало серо-желтым, большая часть кристаллов исчезла, юбка сжалась, да и весь наряд словно усох, съежился, вдобавок покрылся дырами. О том, чтобы надеть его когда-нибудь на юбилейную годовщину бракосочетания, и речи быть не могло.

Зоя налетела на Маргариту:

— Кто велел тебе нести его в химчистку?

— Сама решила, — всхлипнула дура-баба.

— Ты больше у нас не работаешь, — топнула изящной ножкой хозяйка и отправилась звонить мужу.

Борис попытался отговорить супругу:

— Золотце, Маргарита хорошая экономка, найти невороватую, умелую служащую трудно. Давай дадим ей шанс, не будем рубить с плеча.

Но Зоя не желала слышать здравых рассуждений:

— Она убила платье, в котором я провела самый счастливый день своей жизни. Не хочу видеть тупую девку.

Рита ушла от них, вместо нее появилась мрачная Надежда. Зимой она пришла к хозяйке и хмуро сказала:

— Рита велела раз в год ваши драгоценности чистить.

Зоя оторвалась от телевизора и вздохнула. Конечно, Маргарита сильно провинилась, испортила платье, но прежняя экономка никогда не беспокоила Зою по пустякам, в доме все сияло, сверкало и образовывалось само собой. Рита помнила абсолютно обо всех мелочах: бутылке минералки на тумбочке спальни хозяйки, стопке журналов там же. На нее можно было положиться в любой ситуации. Зоя говорила:

— Маргарита, завтра в семь у нас обедают две пары. Меню придумай сама.

— Кто придет? — спрашивала Рита, и только.

Когда в назначенное время хозяйка спускалась из своей комнаты в столовую, чтобы окинуть царским взглядом интерьер, все было готово. Маргарита идеально накрывала на стол и готовила лучше профессионального повара. А Надежда! Постоянно лезет с тупыми вопросами: что? где? как? Надоела, право слово.

— Если Маргарита оставила инструкцию, выполняйте, — недовольно пробурчала Агишева. — Возьмите коробочки с украшениями в гардеробной, чем чистить, не спрашивайте, я понятия не имею.

Мрачное лицо Нади внезапно озарила улыбка.

— Зоя Владимировна, я до вас у алмазного короля Френкеля служила, научилась у Якова Ароновича всем премудростям, знаю, как с ювелиркой обращаться.

— Отличная новость, — язвительно произнесла Зоя, — приятно услышать, что ты хоть в чем-то разбираешься.

— Я вот чего пришла, — замялась Надя. — Яков Аронович, он всему меня научил! Я цирконий, фианит и бриллиант издали с полувзгляда отличу. Могу все про каратность рассказать. Знаете, откуда происходит слово «карат»? Это название семян дерева акации Кератония, которые в древности использовались в качестве денег. Самой распространенной огранкой алмаза является круглая, еще бывает грушевидная, сердцевидная, овальная. Крупным считается бриллиант весом более одного карата. Шестикаратники и больше продают только с аукционов, а камням за двадцать пять карат дают собственные имена.

Зоя подняла руку:

— Спасибо за информацию. Но я хочу услышать твой вопрос.

Надежда протянула руку, разжала кулак и очень тихо произнесла:

— Это колечко с фальшивым брюликом. Да и остальные ваши цацки тоже прекрасно сделанная бижутерия.

Глава 3

Агишева никогда не хамит прислуге, но в тот момент у нее вырвалось:

— С ума сошла, дура?

Надежда не обиделась.

— Не верите, съездите к профессиональному ювелиру. Не хочу отвечать за чужое воровство. Если кто цацки подменил, я за это ответственности не несу.

В голосе экономки не слышалось ни капельки сомнения. Зоя схватила перстень, помчалась к специалисту и узнала нелицеприятную правду: бриллиант — подделка.

Вне себя от злости Зоя позвонила мужу и закричала в трубку:

— Экономка Маргарита нас обокрала!

— Солнышко, успокойся, я с этим разберусь, — пообещал Борис, — сиди дома, жди меня.

Но Агишева не послушалась, она вернулась в салон и привезла оценщика в особняк. Когда Ветошь вошел к жене в спальню, та рыдала в подушку. Надежда не ошиблась — все драгоценности оказались отлично изготовленной бижутерией.

— Не плачь, золотце, — начал утешать ее муж, — купим новые. Маргариту я найду, задам ей вопросы. Надежду уволю, незачем ей было тебя расстраивать, найму другую. Котенька, почему ты сразу не обратилась ко мне? Зачем бросилась к ювелиру? Я же говорил: украшениями занимаюсь только я!

Мало-помалу Зоечка успокоилась. Наутро в дом пришла веселая Анечка, от мрачной Нади не осталось и следа. Но через неделю Зое позвонил какой-то мужчина и грозным голосом сказал:

— Хочешь узнать правду, открой почту.

Агишева нашла послание, прочитала его и сделала то, чего никогда не совершала ранее, — позвонила мужу и сообщила:

— Еду к тебе в офис, говори мне адрес.

— Господи, что стряслось? — занервничал он. — Ты заболела? Немедленно ложись в постель, я спешу домой.

— Нет, я сама к тебе приеду, скажи название улицы, — потребовала Зоя.

— Уже несусь, — словно не слыша ее, ответил Борис, — буду через полчаса!

Зоя бросилась к компьютеру, нашла в поисковой системе адрес адвокатской конторы Ветошь и поторопилась в гараж. Мобильный телефон она предусмотрительно отключила.

Вход в офис выглядел вполне солидно, располагался он на первом этаже жилого дома в центре столицы. Увидев латунную табличку «Борис Ветошь», Зоя слегка остыла. Не следовало верить анониму, написавшему гадости, надо слушать мужа, а не злых людей, которым чужое счастье, успех и большие деньги стоят поперек горла. Автор письма утверждал, что Борис — мошенник без гроша в кармане, что он никакой не юрист, не имеет права называться адвокатом, потому что не получил соответствующего образования. Но вот же офис Бориса!

Решив разобраться во всем до конца, Зоя нажала на звонок.

— Кто там? — бдительно спросили изнутри.

— К Борису Олеговичу, — чуть слышно прошептала Зоя.

— Господин Ветошь принимает исключительно по предварительной записи, — ответил женский голос.

— Пожалуйста, дайте воды, — взмолилась Зоя. — Мне плохо, тошнит. Сейчас упаду на пороге, сюда приедут «Скорая», милиция.

Щелкнул замок, Агишева вошла в темную прихожую, сняла с головы модную широкополую шляпу, прикрывавшую ее лицо, в ту же секунду под потолком вспыхнул свет. И гостья, и хозяйка мгновение смотрели друг на друга, потом хором воскликнули:

— Вы?

Первой опомнилась Маргарита:

— Предположить не могла, что увижу вас здесь!

— И я меньше всего ожидала тебя тут встретить, — не осталась в долгу Зоя.

— Я здесь живу, — уточнила Рита. — Вы находитесь в моей квартире, я могу вас легко отсюда выгнать.

Зоя Владимировна накинулась на бывшую экономку:

— Отлично, зови участкового! А я расскажу, как прислуга обокрала хозяйку и нагло пользуется именем знаменитого адвоката!

— Я у вас ничего не брала, — ответила Рита.

— А бриллианты! — закричала Зоя. — Немедленно позвоню Боре, он тебя... тебя... тебя...

Агишева задохнулась, Маргарита взяла телефон, набрала номер и сказала:

— Боря, срочно направляйся в кабинет. Приехала проблема по имени Зоя Владимировна.

Агишева так разозлилась, что сначала не среагировала, только через минуту осознала: прислуга зовет хозяина просто по имени, обращается к нему на «ты», и онемела от негодования.

— Чай? Кофе? — привычно предложила Рита, подталкивая Зою вперед по коридору.

— Подавись своим кофе, — пошла вразнос Зоя. — Ты, сука, спишь с моим мужем?

— Птичка в гнезде не гадит, — усмехнулась Рита. — Боря не идиот, ему скандал с адюльтером не нужен. Нет, я его секретарь.

Зоя рухнула на диван.

— Ничего не понимаю.

— И не надо вам ничего понимать, — с укоризной произнесла Рита. — Разве вы плохо жили? В шампанском купались, икру ели, подарки получали. Прямо сказка про ключик. Помните ее? Богатый граф женился на бедной сироте, организовал нищенке золотую жизнь, все ей разрешал, только приказал не пользоваться малюсеньким ключиком, не открывать одну запертую дверь! Ну и что? Не послушалась дурочка, результат печален. Просил вас Борис не вмешиваться в его дела, не сообщал адрес офиса, не приглашал сюда? И не следовало приезжать. Чего вы добились?

— Пусть, — закричала Зоя, — я не домашнее животное, не пудель, хочу знать про мужа все.

— Глупое и опасное желание, — ответила Рита.

Их перебранку перебил Борис Олегович. Очевидно, он находился где-то неподалеку, раз добрался за десять минут.

Выпроводив Маргариту из кабинета, Боря сказал:

— Хорошо, поговорим откровенно. Рано или поздно, но нам пришлось бы обсудить свои дела. Значит, ты хочешь знать правду о моем бизнесе?

Агишева кивнула.

— Уверена? — уточнил он. — На мой взгляд, женам лучше найти себе какое-нибудь увлечение и не лезть в мужские дела. Но ты, похоже, не успокоишься, еще додумаешься частного детектива нанять, следить за мной начнешь. Так?

— Да, — храбро ответила Зоя.

— Ладно, — пожал плечами Борис, — тогда слушай.

Все оказалось враньем. Не было адвоката со смешной фамилией Ветошь. Был недоучка-студент, выгнанный из института за хроническую неуспеваемость. Особняк с роскошными интерьерами принадлежал российскому миллиардеру, который давно не появлялся на родине. Олигарх хотел, чтобы в доме кто-то жил, но сдавать его не собирался. Борис взялся оказать ему дружескую услугу. Нет, он не получал от богача денег, как сторож, жил там на правах доброго приятеля. Очень давно, еще в юные годы, Боря усвоил две простые истины. Дружить надо исключительно с нужными людьми. И вторая: что ты сам о себе сказал, то потом народ и повторит.

У Бориса был явный талант завязывать отношения, нюх на людей и умение правильно расставлять приоритеты. Решив на заре молодости добиться успеха и богатства, парень на последние деньги купил шикарную одежду, арендовал новую иномарку, проник на частную вечеринку, которую устраивали в одном из первых московских клубов, и подружился со всеми гостями. Веселый, общительный адвокат Боря, который легко мог дать бесплатный совет по любому поводу, быстро стал популярной личностью. Никто не проверял деталей его биографии, Борис самозабвенно врал об учебе в юридическом колледже Лондона, мог показать диплом, вполне сносно болтал на английском и очень скоро стал улаживать разные конфликты. Ну, например, такой. Павел, сын колбасника Никиты Георгиева, будучи в гостях, украл у хозяина дома, владельца крутого торгового центра Михаила Кулибина, несколько ценных безделушек. Юноша был наркоманом, Михаил не собирался подавать на него в суд, но и прощать не хотел. Никита обратился к Боре, тот съездил к Кулибину и враз уладил дело. Теперь Павел лечится в клинике, а Никита с Мишей чудесно проводят время, встречаясь у общих знакомых. Никто, кроме них, ни о чем не узнал. Борис Олегович никогда не распускает язык, все доверенные ему тайны тонут, как в зыбучем песке. Он не требует денег, помогает исключительно по доброте душевной, платы за свои услуги не назначает, не дерет, как принято у адвокатов, по семь шкур с клиентов. Георгиев не заплатил миротворцу ни гроша, зато подарил ему на Новый год особую золотую карту, предъявив которую Борис может приобрести в магазинах Никиты любую продукцию бесплатно. Сами понимаете, Георгиев даже не заметит потери, пара килограммов сосисок, ветчины, буженины никак не отражается на его многомиллионном бизнесе. Зато Ветошь с той поры ни разу не покупал мясные изделия. Пустячок, а приятно. Полеты на частном самолете, отдых в Ницце на шикарной вилле, дорогие часы — все это подарки за услуги, оказанные Борей.

Ветошь легко уговаривает жен не поднимать шум, если те застают супруга со своей подругой, которая одновременно является официальной спутницей жизни его партнера по бизнесу. Он удерживает свекровь, рвущуюся порвать в клочки наглую провинциалку, решившую войти в приличную семью на правах невестки. Или, наоборот, объясняет тем самым провинциалкам, что лучше им остаться в своем маленьком городке, жить там в новой квартире, кататься на симпатичной машине и завести семью с простым парнем. Просьбы бывают разные. Один раз дочь врача, тайно делающего аборты на больших сроках беременности, изъявила желание поучаствовать в ежегодном бале дебютанток, который устраивался в Лондоне. Стоит ли упоминать, что туда приглашают исключительно самых родовитых или бешено богатых девочек. Наследница московского гинеколога не соответствовала ни тому, ни другому требованию. Борис почесал в затылке, и, оп-ля, красавица вальсирует в объятиях какого-то баронета под одобрительное покашливание английской знати.

Для Бориса нет ничего невозможного.

Однажды избалованная Рада Калинина объявила своему папеньке-депутату, что откладывает свадьбу, потому что не может найти платье, достойное ее.

Калинин позвонил адвокату около часа ночи и заорал:

— Борь, ты спишь?

— Теперь уже нет, — засмеялся тот. — Что-то стряслось?

Государственный чиновник разразился длинной тирадой. Если отбросить кучу матерных слов, на которые не поскупился народный избранник, суть формулировалась просто. Свадьба Рады не только ее торжество. Папа созвал кучу нужных людей, разослал им приглашения за месяц, оплатил банкет, договорился о приезде поп-звезды с Запада, короче, приготовил все, а теперь эта дрянь, которую непоправимо избаловала мать, эта мерзавка, эта коза, эта хренова девка заявила отцу:

— Мне плевать на твои расходы. Замуж выходят один раз! Хочу платье, которое хочу! Эксклюзив! Чтобы о нем все журналы написали. Нет наряда, катитесь лесом!

— И зарыдала. Кто внушил дуре мысль, что у нее в жизни будет только одна свадьба? Во второй раз купим ей супер-пупер шмотье! Но нет, уперлась, блин!.. Помоги, Боря, может, ты чего придумаешь. Да и девку жаль, хоть она и козища, но ведь своя, любимая, единственная, наивная дурочка.

— Не части, Калинин, — остановил депутата Ветошь. — Можно привлечь к делу твою мать?

— Марья Ивановна сделает все! — пообещал отец капризной девицы.

На следующее утро бабушка приехала к внучке с кофром и, всплакнув, рассказала историю про то, как дедушка купил ей подвенечное платье у мало кому известной тогда Шанель. Вот оно, винтажное, померяй, Радочка! Эксклюзив всем эксклюзивам.

Рада завизжала от восторга, жених чуть не зарыдал от радости.

— Ты гений, — сказал депутат Боре, — проси, что хочешь!

— С ума сошел? — возмутился Ветошь. — Я друзьям услуги за деньги не оказываю.

Депутат не хотел остаться в долгу, на день рождения он подарил Борису Олеговичу... мигалку. Теперь автомобиль господина Ветошь украшал синий маячок, что значительно облегчило жизнь адвоката.

— Мое платье! — прошептала Зоя, услышав эту часть рассказа. — Я тогда не ошиблась.

— Солнышко, не сердись, — попросил Боря. — Депутат очень нужный человек.

— А драгоценности? — не успокаивалась Агишева.

Муж сделал умоляющее лицо.

— Золотце, они с самого начала были... э... конечно, очень красивые, но не... с дорогими камнями.

— Ты дарил мне подделки! — подпрыгнула Зоя. — Вот почему ты настаивал, что бриллианты покупает только муж, утверждал, что женщине самой стыдно покупать себе украшения.

Борис развел руками.

— Я совсем не так богат, а окружению надо соответствовать. Жена — витрина семьи, мне приходится выкручиваться.

— Особняк не наш, машины предоставлены нам в пользование, камни — стразы, летаем мы на чужих самолетах, отдыхаем там, куда позовут. Есть у нас хоть что-нибудь свое? — почти в отчаянии спросила Зоя.

Борис кивнул.

— Ну конечно, кое-какие деньжата я зарабатываю, но их хватает лишь на твои мелкие капризы.

Зоя схватилась за голову.

— А шуба от Елены Ярмак, которую ты мне принес на Новый год? Она откуда?

Боречка улыбнулся.

— Ярмак дизайнер с мировым именем, в ее вещах ходит пол-Голливуда, например, Шерон Стоун. Скажу честно, манто мне принес Константин Рогулькин, я ему одну проблемку утряс. Вот Костя от радости и припер мне мужскую доху из соболя. Я ему сказал: «Рогулькин, я тебе не сутенер, чтобы в шкурах ходить. Только женщины в мехах рассекают. Забирай назад, ничего мне не надо, я с друзей ни нитки, ни копейки не беру». Ну, он назавтра с шубейкой от Ярмак и примчался, упрашивал: «Пусть Зоечка носит».

— Здорово, — горько констатировала Агишева. — Готова спорить, что информацию о женитьбе на наследнице миллионов, русской княжне, гражданке Франции, владелице замка на Луаре ты распространил сам.

— Золотце, — протянул Борис, — я чуть-чуть

приукрасил правду, кому от этого хуже? Зато нас сразу позвали в такие дома, куда мне раньше пути не было.

— Ты врун! — не выдержала Зоя.

— Ангел мой, все лгут, — засмеялся муж, — а я чуть-чуть видоизменяю действительность. Ты из Парижа? Да. Мы живем в особняке? Да. Можем себе позволить полететь в любую страну мира? Да.

— Но у нас нет собственных денег, — отрезала Зоя.

— У нас нет много денег, — уточнил Борис. — А зачем они нам? Стану брать звонкую монету, живо из друга превращусь в кого-то вроде консьержа. Вспомни мой день рождения. Можешь перечислить хоть часть подарков?

Зоя потерла виски.

— Владелец фирмы «Золотой лимузин» вручил тебе карточку на бесплатное вечное обслуживание: по первому требованию к дому подадут машину вип-класса с шофером.

— Можешь остановиться, — сказал Боря. — Зачем нам деньги? Парадоксально, но это факт, если я скажу: «Ребята, гоните тугрики», — мы превратимся в бедняков, я опущусь до уровня прислуги, а таким много не дают. Богатые люди умеют считать деньги. Это бедный постесняется показать в магазине, что у него в кошельке пусто, а олигарх померяет пальто в бутике и скажет: «Хорошая вещь, но подожду распродажи».

Есть и другой момент: другу стыдно дарить барахло. Когда ты с человеком на равных, ему мыло в виде свинки не притащишь. Петр Булкин, владелец «Золотого лимузина», сколько евро он мне за услугу отсчитает? Не очень густо, тебе пару раз в спа сходить, а мне он карточку преподнес, обеспечил бесплатной машиной. И, кстати, за походы в салон красоты тебе тоже расплачиваться не приходится. И прислуга, и садовник, и вообще все у нас без денег. Мы живем, как когда-то обещали коммунисты народу, на полном обеспечении, не тратя ни копейки. И у нас статус, тебе завидуют, все считают, что я купил особняк, мы купаемся в деньгах.

Глава 4

Бедная Зоечка вернулась домой в состоянии, близком к истерике. А вы бы какие чувства испытали, узнав, что в любой момент можете очутиться на улице? Ночью муж попытался утешить ее. Он спокойно объяснил: никто их из дома не выгонит, у настоящего хозяина, олигарха, особняки по всему миру. На одной Рублевке ему принадлежат три здания. Недвижимость для владельца — вложение денег.

— Успокойся, ангел мой, — нежно говорил Борис, — мы в этих стенах спокойно проведем не один год.

— А потом куда? — зарыдала супруга. — На улицу? Или нам вернуться в Париж? Ты, конечно, всем спел песню про прекрасные апартаменты в районе Сен-Жермен. Но я-то знаю, что мне досталась после смерти мамы крохотная двушка под самой крышей на улице Сен-Сюльпис, там развернуться негде.

— Заинька, в чем ложь? — засмеялся Борис. — Квартира в столице Франции есть?

— Да, — кивнула Зоя.

— Из наших окон виден Люксембургский сад, так?

— Ну, верно, — пришлось снова согласиться ей.

— Шикарное место, — потер руки Борис, — до Лувра можно пешком дойти.

— Но там комнаты по десять метров, — возразила Зоя. — Вместо кухни ниша с однокомфорочной плитой, ванны нет, только душ.

— Это никому не нужные детали, — отмахнулся Боря. — Главное другое. Госпожа Агишева владеет недвижимостью в историческом центре города, если захочет, на своих двоих дотопает до бывшего дворца Людовиков. В каком году построено здание, где твои апартаменты находятся?

— Семнадцатый век, — уточнила Зоя.

Ветошь захохотал.

— Золотце, одной этой фразы хватит, чтобы наши знакомые от зависти маникюр сгрызли до локтей. Вау! У нас апартаменты с видом на Люксембургский сад, в домике времен Бурбонов. Мы сразу подрастаем в глазах людей на десяток миллионов евро. Боюсь тебя разочаровать, но «быть» и «казаться» разные глаголы. Многие твои приятельницы щеголяют на вечеринках во взятых напрокат драгоценностях и платьях, выдают снятые квартиры за свои, а их мужья продают воздух. Есть хороший анекдот про российский бизнес. Два крутых мужика договорились о выгодной сделке, один продает другому партию телевизоров. Ударили по рукам, подписали договор и разошлись. Один пошел искать, где ему взять эти телевизоры, второй стал думать, у кого одолжить денег, чтобы их приобрести, и как найти склад для размещения товара. Успокойся, все так живут, ну кроме, может, человек пяти, действительно богатых.

Но Зоя продолжала рыдать, и тогда муж показал ей бумагу:

— Смотри, солнышко, это страховка. В случае моей смерти компания «Метра» обязана выплатить тебе пять миллионов евро. Пока я жив, у тебя не будет проблем, но, если я скончаюсь раньше тебя, ты не пойдешь по миру. Пять лимонов, помещенных в банк, дадут проценты, на которые ты сможешь прожить. Успокойся, золотце. Будущее прекрасно. Нищета более никогда не протянет к тебе свои костлявые руки.

После этого разговора с Агишевой произошли изменения. Она стала присматриваться к знакомым и поняла: Борис прав. Умение пускать пыль в глаза свойственно многим людям, просто Ветошь довел его до великого искусства: в богатстве адвоката никто не сомневается. Ее отношение к мужу также трансформировалось. Сначала Зое было обидно. Супруг ведь обманывал ее. Агишева дулась, говорила с Борей сквозь зубы, но потом признала, что он не лгал. Он никогда не говорил ей о своих несметных капиталах, просто жил широко. Она сама посчитала мужа мультимиллионером. Чувство к Борису стало возвращаться, и, вероятно, у них мог начаться новый медовый месяц. Но Ветошь покончил с собой.

Зоя замолчала, мы с Федором тоже не произнесли ни слова, клиентка сдвинула брови:

— Я хочу получить страховку.

— Вполне понятное желание, — согласился Приходько, — пять миллионов евро достойная сумма.

— В случае самоубийства вознаграждение не выплачивается, — напомнила я.

— Точно! — воскликнула Зоя Владимировна. — Вы должны доказать, что Бориса убили.

Шеф смахнул со стола невидимые глазу пылинки.

— Хотите кофе? — предложила я клиентке. — У нас есть очень вкусное печенье.

Зоя окинула меня быстрым взглядом.

— Мерси, я слежу за своим весом, практически не употребляю ни мучное, ни сладкое. Давайте отбросим светские любезности. Я честно рассказала вам о положении вещей. Я очень нуждаюсь в деньгах. Да, пока я живу на прежнем месте, но владелец особняка попросил его покинуть, и машины с водителем от «Золотого лимузина» у меня уже нет, услуга предоставлялась Борису, а не его жене, вернее вдове. Согласитесь, статус дамы, похоронившей спутника жизни, совсем другой. Я могу в ближайшее время в буквальном смысле слова оказаться на улице. Возвращаться в Париж, в нору на Сен-Сюльпис, после Рублевки тяжело. Да и растеряла я во Франции все контакты. Хочется сохранить внешнюю успешность, поэтому я везде твержу:

— Не могу жить в доме, где любая вещь напоминает о дорогом муже и наших счастливых днях. Особняк велик для одной женщины, продам его, куплю меньший и постараюсь жить дальше.

Ковать железо надо, пока оно горячо, пока люди еще помнят, как им помогал Борис. Через пару лет о вдове адвоката никто беспокоиться не станет. Для поддержки имиджа мне надо покупать продукты на рынке в Барвихе, в «Глобус-Гурмэ» в Жуковке, заглядывать в «Дрим-хаус», обедать в «Ветерке», ужинать в «Чайхане». Если переберусь жить, допустим, в элитное для простого человека Крылатское — все. Госпожа Агишева вне тусовки. Мне нужен дом, пусть крохотный, скромный, но именно на Рублевке. Страховка позволит его приобрести. Я еще молода, могу выйти замуж, но никогда не смогу ютиться в стандартной трешке, ждать с работы супруга — машиниста метро и испытывать счастье. Я уважаю простых людей, но падать вниз страшно. Ветошь прекрасно относился к скромной девочке из Парижа, он открыл перед наивной дурочкой невиданные горизонты, но, с другой стороны, он меня испортил. Если сейчас я войду в дешевый продуктовый магазин, сама отправлюсь за картошкой и курицей, чтобы лично сварить супчик на неделю, то разрыдаюсь от горя. Из князи в грязи путь намного более трудный, чем наоборот. Я привыкла, что за корнеплодами ходит домработница, а я заглядываю в лавку за шоколадными конфетами и элитными винами. Я с вами предельно откровенна.

Приходько откинулся на спинку стула.

— Страховые компании всего мира закрывают платежи в случае самоубийства.

Зоя кивнула:

— Знаю. Но Борис не покончил с собой, его убили. Вам надо доказать, что адвокат Ветошь — жертва хитро задуманного преступления.

— Наверно, по факту смерти вашего супруга велось следствие? — предположил босс.

Агишева кивнула:

— Конечно, я объяснила следователю, что Борис Олегович не имел ни малейших причин покончить с собой, да еще с помощью паука.

Я разинула рот.

Зоя Владимировна поморщилась:

— Я сильно нервничаю, поэтому говорю сумбурно. Давайте по порядку.

— Хорошая идея, — воскликнул Федор, — начинайте.

Зоя Владимировна опять заговорила без остановки.

Отец Бориса преподавал биологию, мальчик рос среди животных. Собаки, кошки, хомяки, крысы, рыбки, черепахи — кого только не держал Олег Яковлевич! Но особую страсть он питал к паукам. В квартире преподавателя повсюду стояли аквариумы, в которых обитали членистоногие.

В свободную минуту отец вынимал какого-нибудь птицееда и говорил сыну:

— Человек амбициозен, поэтому называет себя венцом природы. Но на самом деле homo sapiens — жалкое двуногое, в природе есть масса других прекрасных созданий. Сейчас ученые знают сорок одну тысячу видов пауков, но их намного больше, не все пока изучены, кое-кто ни разу не попался на глаза людям.

Олег Яковлевич не сумел наладить добрые отношения с подростком, Боря не слушался отца, наперекор его желанию поступил не на биофак, а на юридический факультет, потом, несмотря на гневные вопли папеньки, вообще бросил учебу, порвал с родителями и не виделся с ними. Но вот парадокс: Борис спустя годы стал страстным любителем пауков.

В отличие от скромно живущего Олега Яковлевича, мечтавшего побывать в Тунисе, чтобы увидеть скорпионов в природе, но так и не попавшего в Африку, его сын имел большие возможности и лучшие жизненные условия. Аквариумы с насекомыми по всему дому не стояли, для них была оборудована специальная комната.

Зоя не разделяла страсти мужа. Много вы знаете женщин, испытывающих нежность к паучищам размером с чайное блюдце? Агишева визжала при виде обычной «косиножки», а Борис обожал лечь на диван и наблюдать за любимцами, некоторые из которых были опасны.

Однажды Борис примчался домой в приподнятом настроении и показал Зое контейнер, в котором сидело нечто невообразимо мохнатое, покрытое, как показалось ей, шерстью черно-белого окраса.

— Жуть, — обмерла она, — унеси немедленно!

Ветошь не услышал супругу.

— Полюбуйся, какая красота! Отличный экземпляр, за него все зоопарки мира передерутся.

— Наверное, он дорогой, — выдавила из себя Зоя.

— Ну, мне его подарили, — довольно засмеялся супруг, — дареного коня о цене не спрашивают. Знаешь, кто это?

— Паучок, — дрожащим голосом сказала Зоя.

— Арлекин, — пояснил Борис, — название он

получил за черно-белую спинку. Коренное население, живущее по берегам Амазонки, держит арлекинов в качестве охранников. Интеллект этих уникальных созданий равен уму детсадовца. Арлекин понимает ряд слов, выполняет команды, он привязывается к одному хозяину и всегда его защищает. Этот паук лучше любого оружия, его укус смертелен. И вот что интересно, если арлекин выпустит яд в рану, он сам тоже умирает. Защищая человека, он гибнет. Это покруче собачьей верности. В природе арлекин может прожить до двадцати лет. Он питается мухами, червячками, личинками, думаю, мой не откажется от телячьей печени. Ну что, Павлуша, подружимся?

— Унеси его скорей в паучью комнату, — дрожащим голосом попросила Зоя.

Борис взял контейнер.

— Арлекинов считают выдумкой местных племен, кем-то вроде Циклопа или Минотавра. Долина реки Амазонки — мало изученная территория, там обитают невероятные создания, инопланетные, сказочные. Не всякий исследователь сможет пройти нехожеными тропами, не каждый решится отправиться в опасный путь, не у всякого хватит денег. Но встречаются отважные, даже бесшабашные авантюристы, имя им — охотники за экзотами. Вот один такой парень и поставляет арлекинов. Понимаешь, научный мир вроде как этого паука еще не признал, но он существует.

Через полгода после знакомства с арлекином Зоя пошла за супругом в паучью комнату. Зачем ей вдруг понадобился муж, она позабыла сразу, как только переступила порог.

Борис сидел у стола, перед ним под лампой вольготно устроился волосатый паучище. Ветошь нежно гладил ему спинку.

— Он тебя укусит! — закричала Зоя.

Супруг обернулся:

— Кто? Павлик? Никогда. Скорей уж в меня зубы парочка друзей вонзит. Павлуша меня обожает, я кормлю мальчика, выгуливаю, беседую с ним, знаю все его проблемы, мы общаемся. Правда, Павлуша?

— Насекомые безмозглые, — сказала Зоя.

— Ошибаешься, золотце, — усмехнулся Борис, — хочешь, покажу, какой Павлуша умный? Сядь на диван и не шевелись. Ну, не бойся!

Агишева бочком протиснулась к софе и замерла. Боря отошел от стола к стене и почти шепотом произнес:

— Павлуша, иди к папе. Павлуша, иди к папе.

Паук медленно повернулся.

— К папе, — твердил Боря.

Арлекин сделал шажок, другой, а потом побежал. С невероятной скоростью он слез со стола и побежал по полу по направлению к адвокату. Зоя не заорала лишь по причине паралича голосовых связок, ужас лишил ее способности издавать любые звуки.

Павлуша в считаные доли секунды достиг Бори, полез вверх по брючине, рубашке, по шее, взобрался на макушку и начал рыться лапками в волосах.

— Спасибо, милый, — с чувством произнес Ветошь, сажая паука в аквариум, — я тебя тоже очень люблю.

— Он может укусить, — пискнула Зоя, — насмерть.

— Только не меня, — убежденно произнес Борис, — арлекины обожают своих хозяев. Впрочем, если уметь с ним обращаться, то и постороннего он не тронет. У паука на спине есть орган, вроде фотоэлемента, накроешь его непроницаемым колпаком, и Павлик в секунду заснет. Их так ловят. Набрасывают сверху корзинку, обмазанную глиной, потом снизу поддевают лопаткой, и готово. Мог бы тебе показать, но не стану. Насильственное погружение в сон — сильный стресс для паука, он, когда снова светло становится, очень раздраженным делается, переживает, нервничает.

Глава 5

— Оцените мое состояние, когда я узнала, что Боря покончил с собой при помощи паука, — вздохнула Зоя. — Арлекин цапнул мужа за шею.

— Оригинальный способ свести счеты с жизнью, — признала я, — но, вероятно, для Бориса он был наиболее приемлем. Яд быстро действует?

— Мгновенно, — кивнула Агишева, — ну, может, несколько секунд пройдет. Я сразу заявила следователю: «Павлуша не мог кинуться на хозяина, исключено, он верное, благородное насекомое».

Федор чуть склонил голову к плечу:

— Люди могут погибнуть от укусов собаки или кошки. Животное не стоит очеловечивать. Неизвестно, что творится у него в башке. А уж тем более у паука. Ваш муж оставил предсмертное письмо?

— Да, — печально сказала Зоя, раскрыла сумочку и протянула Приходько сложенный вчетверо лист бумаги, — вот оно.

Босс взял листок.

— Полагаю, отпечатки пальцев с него снимали?

Агишева пожала плечами:

— Понятия не имею.

Федор развернул записку и начал читать вслух:

— «Положение вещей кажется мне безнадежным. Обратной дороги нет. Темнота за окном. Чернота на душе. Даже свеча на столе не дает света. Мрак и туман. Нет звезд на небе. Я ухожу навсегда, потому что хочу уйти. Я очень хочу уйти! Прощай. Мы не встретимся боле, друг другу руки не пожмем. Прощай, твое сердце на воле, но счастья не сыщет в другом».

Чуть ниже шла четкая подпись. Ни завитушек, ни росчерков, этакое детское, аккуратное, с тщательно выписанной каждой буковкой «Борис Ветошь».

— Последние строчки — цитата из Лермонтова, — сказала я.

— Уверена? — спросил Приходько.

— Абсолютно, — ответила я, — известное стихотворение. Включалось ранее в школьную программу, вот только не скажу, точно ли оно процитировано. Странная записка. Ни обращения к жене, ни объяснения причин, по которым Борис решился на роковой шаг.

Зоя обрадовалась:

— Вот видите! Я сказала те же самые слова следователю... минуточку... принесла его визитку... Эльдар Магометович Дзаев. Он меня не слышал, вернее, не слушал, сидел, карандаш в пальцах вертел, а потом и говорит: «Зоя Владимировна, я тут поизучал финансовые дела вашего мужа и понял: Борис Олегович вообще никаких средств не имел. Рассказы о его богатстве — блеф, на счете у адвоката двести тысяч рублей. Для простого человека это хорошая сумма, но не для вас. Причина ухода из жизни понятна: проблема с финансами».

Агишева, как школьница, сложила руки на столе и продолжила:

— У меня создалось впечатление, что Дзаев хотел побыстрее от меня избавиться, бросить папку в архив. Я исчерпала аргументы, говорила, что паук не мог укусить хозяина, обращала внимание на странную форму записки, но Эльдар Магометович был каменной стеной. Но я-то понимаю, что мужа убили. Какие у него причины для суицида? Он всегда жил без денег, я вам уже объяснила, откуда взялись дом, машины и прочее. Боря никогда не пребывал в депрессии. Максимум, что он мог, это, выпив рюмку, жахнуть ее об пол и воскликнуть: «Либо жизнь тебя трахает, либо ты ее! Прорвемся с песней! Сегодня тучи, завтра светит солнце».

Понимаете, Борис не унывал. Ну и паук. Можете считать меня полной дурой, но насекомые для мужа были как дети. Хотя нет, детей он как раз не любил. Пару раз, вроде в шутку, Боря мне говорил: «Золотце, если я вдруг умру, ты должна позаботиться о паучатах, пусть они счастливо доживают своей век».

Но я понимала, супруг всерьез озабочен судьбой питомцев. Он никогда бы не обрек обожаемого Павлушу на безвременную кончину. Уж кто-

кто, а Боря знал: выпустив яд, его мальчик неминуемо погибнет.

Приходько потер рукой затылок.

— Известны случаи, когда хозяева-самоубийцы, прежде чем уйти из жизни, усыпляли своих собак-кошек, боясь, что те попадут в чужие, злые руки.

— Тогда Борис опустошил бы все аквариумы! — воскликнула Зоя. — Он обожал паучью колонию. Но только мои здравые аргументы для следователя Дзаева — пшик. Эльдар Магометович напоминал болото: кинешь туда булыжник — чмок, оно его поглотило. Швырнешь слиток золота — чмок, опять сожрало. Различий между кирпичом и драгоценным металлом для трясины нет. Дзаев высказался конкретно: «Нет оснований считать, что это убийство».

А потом Дзаев взял и умер. В двадцатых числах мая. От инфаркта.

Понятно, что страховая компания мне в выплате откажет. И это лишь подтверждает, что муж пал от руки киллера. Он любил меня, позаботился о полисе и... отравился? Нонсенс! Боря хоть и не получил диплома юрфака, но кое в чем хорошо разбирался, знал про недействительность полиса в случае суицида.

— Любовь, — задумчиво протянул Приходько, — не простая штука. В принципе, все преступления происходят из-за нее, вопрос лишь в том, что страстно любят: женщину, мужчину, ребенка, родителей, деньги, карьеру, имидж или крохотную жилплощадь. Тань, помнишь милую бабулю, которая из-за комнаты в коммуналке семь человек в гроб уложила и не пожилась?

Я кивнула, а Федор повернулся к Зое:

— Кто из ваших знакомых знал о страсти Бориса к паукам?

— Все, — ответила та, — дарили мужу пресс-папье в виде членистоногих, сувенирную продукцию с их изображением. Боря часто предлагал гостям: «Пошли, покажу своих красавцев». Дамы сразу отказывались, мужчины, в основном, тоже.

— Можете дать нам список друзей адвоката? — попросила я.

Зоя вынула из сумочки сигареты.

— В нашем офисе не курят, — сказала я, — никотин и смолы убивают не только того, кто дымит, но и окружающих.

— Здорово! — сказала Зоя. — Прямо как в Париже, там теперь народ зимой под дождем на улице обедает, сидят за столиками, в тарелки льет. А все из-за запрещения курить в помещении. В отношении приятелей сразу не отвечу. Возьмите сотню «Форбс», прибавьте к ней население Рублевки, приплюсуйте армию дипкорпуса, депутатов, чиновников, звезд шоу-бизнеса. Я не могу назвать всех, кто захаживал в наш дом. На последний день рождения Бори пришло более пятисот человек, мы подарки потом месяц разбирали, а букеты прислуга воткнула в землю вокруг особняка, в доме тысяча метров, может, чуть больше, так клумб получилось три кольца.

— Речь идет о самых близких, — уточнила я, — лучших друзьях.

— Они все были лучшие, — вздохнула Зоя.

— Родственники? — заехал с другого конца Приходько.

— Моя мама давно скончалась, — с грустью произнесла Агишева, — отца я не помню. Бориных родителей никогда не видела, оба ушли из жизни до нашей женитьбы. Братьев, сестер, теток, дядей, племянников и прочих у нас не было.

— Наверное, бесполезно спрашивать, кто мог ненавидеть адвоката, — протянул Федор.

— Никто, — решительно ответила Зоя, — он всем помогал, разруливал ситуации и никогда не выдавал чужих тайн. За годы брака я ни разу не видела супруга подшофе, пара рюмок вечером или бокал вина в компании не в счет. Боря был открыт, обаятелен, весел. Всегда в отличном настроении, никогда никого не грузил, казалось, у него нет и не будет проблем, он шел по жизни смеясь. Его обожали за оптимизм и доброжелательность. Спросите любого и услышите: «Боб? Да он чудо, солнечный человек».

Но при всей своей открытости Борис Олегович никогда не позволял себе сплетен. Банковская депозитная ячейка менее надежна, чем он.

— Недоброжелатели были, — сказал шеф, — кто-то же направил вас в офис Бориса Олеговича, объяснил, как обстоят дела на самом деле. На кого-то лжеадвокат не смог произвести нужного впечатления.

— Я не знаю этого человека, — прохныкала Зоя.

— Компьютер, ежедневник, телефон, — перечислил Федор.

— Там ерунда, наши фотографии, огромное количество контактов и памятки вроде: «У Лены Павловой день рождения, отправить букет». Борис был крайне внимателен, он заносил в записную книжку даты именин жен друзей, детей, матерей. Но никаких рабочих записей.

— Все равно, хотелось бы посмотреть на его комп, — сказал шеф.

Зоя достала из сумки тоненький ноутбук:

— Пожалуйста, изучайте, я его специально прихватила, знала, что попросите.

— Если никаких деловых следов дома нет, вероятно, они есть в офисе, — предположила я.

По лицу Зои скользнула тень.

— Помещение нельзя в полном смысле слова назвать офисом. Когда-то Борис оказал Маргарите некую услугу, полагаю, очень и очень существенную. Рита отплатила ему сторицей. Борису Олеговичу требовалось место, где он мог бы спокойно поговорить с человеком, не опасаясь посторонних глаз и ушей. Снять офис в центре очень дорого, в домах живут люди, не все клиенты адвоката хотят светиться. Рита предложила Борису бесплатно пользоваться одной из ее комнат. Ей от родителей досталась по нынешним меркам шикарная жилплощадь. Кремль из окна видно. На дверь привернули табличку, и получилось прекрасно. Рита все равно жила у нас.

— И Борис обрел бесплатный кабинет в центре Москвы, — подхватил Приходько, — не удивлюсь, если вы скажете, что Маргарите за работу в особняке платил кто угодно, но не Ветошь.

— Это подарок Святослава Зорькина. Он владелец бюро по подбору персонала, — подтвердила

Агишева, — вся наша прислуга от него была: горничные Алиса и Лариса, экономка и садовники. Последние часто менялись, я их не запоминала. Но сейчас у меня никого нет, Зорькин больше людей не дает. У Маргариты Боря документы держать не мог. Исключено.

Я откашлялась.

— Зоя Владимировна, это неприятный, бестактный вопрос, но придется его задать. Имел ли ваш муж связи на стороне?

Глаза Агишевой стали похожи на совиные.

— То есть путался ли Боря с бабами? Нет, нет! Он был примерный семьянин.

Мы с Федором переглянулись, Зоя рассердилась.

— Не надо думать, что я дура, последней узнающая о неверности супруга. И я не из категории цыпочек, которые ради шубы и поездки на сафари молча терпят присутствие другой бабы. Секс для Бори был на последнем месте, ему от природы достался не очень горячий темперамент. В первые месяцы после свадьбы Боря забирался ко мне под одеяло пару раз в неделю, потом промежуток между интимом увеличился и, в конце концов, составил несколько месяцев. Борис не Дон Жуан по натуре, его радовали шикарный автомобиль, часы, эксклюзивные костюмы, полеты на частных самолетах, общение на равных с сильными мира сего. Думаю, мы бы с ним вообще с этим делом завязали, но как-то неудобно, все ведь живут половой жизнью. Пожалуйста, найдите убийцу Бори, мне очень нужны деньги.

Приходько постучал пальцем по столу.

— Зоя Владимировна, мне не понятно, каким образом адрес рабочего кабинета вашего мужа, который никогда не был официально оформлен как офис адвоката, попал в Интернет.

— Понятия не имею, — заморгала Агишева, — а как там все оказывается? Кто-то его разместил. Я не опытный пользователь, но набрала имя, отчество, фамилию супруга и увидела информацию. В двадцать первом веке трудно хранить тайны, да Боря и не скрывался. Он не имел права называться адвокатом, но, когда его так именовали, не протестовал. А вот на двери «офиса» висела табличка с одной фамилией. То, что в Интернете указано: «Адвокатская контора Бориса Ветошь», на совести того, кто разместил это.

— Можно личный вопрос? — не удержалась я.

— Задавайте, — холодно разрешила Агишева.

— Почему вы не взяли фамилию мужа? — спросила я.

Посетительница хмыкнула.

— Зоя Ветошь! Красиво звучит? В этом случае лучше было остаться Агишевой.

После того как дама покинула кабинет, я сердито сказала Федору:

— Она его не любила.

— Любит, не любит, плюнет, поцелует, — протянул шеф, — вас ист дас любофф? Кто знает? Точно не я. Какие мысли по делу?

Я пожала плечами.

— Стандартные. Ноутбук отдам Коробкову, пусть покопается в электронных мозгах, одновременно велю хакеру всех времен и народов собрать сведения о господине Ветошь. Сама встречусь с

Маргаритой, частенько подруга знает о жизни хозяина больше, чем его жена. Еще хорошо бы поболтать со следователем Дзаевым, но он, по словам Зои, умер. Я проверю это.

— Странная записка для самоубийцы, не находишь? — спросил босс. — Без имени жены. В принципе, она могла быть обращена к кому угодно.

— Любые непонятные факты имеют объяснение, — ответила я и взяла со стола листок с номерами телефонов, которые написала Зоя.

Первый звонок я сделала Маргарите. Бывшая экономка совершенно не разволновалась, она спокойно ответила:

— Встречусь с вами без проблем, но я работаю до восьми, дома буду в девять, раньше не получится.

— Если это для вас не поздно, то я приеду к этому времени, — обрадовалась я.

— Пожалуйста, буду рада, — вежливо завершила беседу Рита.

Следующий звонок я сделала следователю и, услышав хриплое «алло», быстро спросила:

— Эльдар Магометович? Вас беспокоит...

— Ну чтоб вас всех разорвало! — завопил мужик. — Надоели, блин. Нету здесь вашего чертова Махмудовича!

— Магометовича, — автоматически поправила я.

— И его тоже! — гаркнули в ответ, потом полетели короткие гудки.

Я опять набрала номер.

— Извините, но...

— Девушка, — на этот раз устало произнес грубиян, — извините, я наорал на вас, некрасиво получилось. Я со смены, только заснул, а тут вы трезвоните.

— Простите, не хотела никого потревожить, скажите, где Эльдар Магометович? — вежливо спросила я.

— Откуда мне знать? — снова взвился дядька. — Я купил новую симку, теперь издергали, подавай им Мартиросяныча.

Я быстро отсоединилась, взяла ноутбук Бориса, положила его в сумку и нажала на кнопку быстрого набора на своем телефоне.

— Коробков, — напряженным голосом ответил Димон.

— Сергеева, — представилась я, — ты вообще сегодня в контору собираешься? У нас дело.

— Пока я дома, вырваться не получается, — неожиданно шепотом сказал дедушка российского компьютера.

— Если гора не идет к Магомету, то Магомет идет к горе, — речитативом пропела я, — лечу к тебе на крыльях. Проверь, пожалуйста, где сейчас находится следователь Эльдар Магометович Дзаев, прости за каламбур.

— Осталось уточнить, кто из нас гора, — хмыкнул Димон.

Я запихнула сотовый в карман. Вот и делай после этого друзьям приятное! Ты ему работу с доставкой на дом, а он потешается над твоими габаритами. Ладно, вот сяду на диету, сброшу килограммов пятнадцать, и поглядим, кто смеяться будет. Кстати, Димон из-за страсти Лапули постоянно стоять у плиты сам обзавелся брюшком. И вообще, я стараюсь следить за своим весом, каждый день натощак встаю на весы. Если в окошечке выскакивает меньшая, чем вчера, цифра, я всегда награждаю себя на завтрак лишним круассаном. Коли вижу большее количество килограммов, утешаюсь одной булкой с корицей. На мой взгляд, это очень правильная система, она позволяет худеть без стресса. Вот только что-то в последнее время я вешу все больше и больше. Вероятно, от слишком интенсивного рабочего графика и малого количества сна.

Глава 6

Первой, кого я увидела, войдя в прихожую, была Лапуля, похожая на воздушный шарик на тонких ножках.

— Танюшка, — заговорщицки зашептала она, — стой пока тут. Сейчас провожу Мусю и отведу тебя на эшафот к Карфагенычу. Я его боюсь! Прямо лед между лопатками течет. Зачем он нам?

— Привет, Лапа, — весело ответила я и сняла туфли.

Любимая девушка Димона замечательна во всех отношениях. Она весела, доброжелательна, хозяйственна до невозможности, умопомрачительно готовит, выглядит как кукла Барби, не требует от Коробкова шуб, ожерелий, поездок на Канары и всегда всем довольна. Бриллиант, а не девушка. Хотя, можно ли назвать девушкой женщину на последних месяцах беременности? В Лапе практически нет изъянов, кроме одного: она не очень четко выражает свои мысли. Однако это крохотное пятнышко на фоне яркой радуги достоинств практически незаметно. Тем более что я научилась понимать речь Лапули. Вот сейчас она сообщила, что проводит какую-то Мусю и познакомит меня с неким Карфагенычем. Осталось понять: это имя, фамилия или прозвище?

— Спасибо, Лапа, — прочирикал тоненький голосок.

Я скосила глаза влево и только сейчас заметила тощую девочку в сером платье, жавшуюся между вешалкой и шкафом.

— Мусечка, мне совсем не жалко! — весело ответила наша Барби. — Приходи еще, я постараюсь!

— Ты прелесть! — воскликнула Муся и поцеловала Лапу.

— Я так рада! — умилилась та и обняла Мусю.

— Здорово, что тебе не жаль, спасибки, — снова поблагодарила Муся.

— Мы как одна семья, — горячо воскликнула Лапа, — присылай Аллусю и не забудь коробочку!

— Таких, как ты, подруг больше ни у кого нет, а коробочка самое для меня дорогое, и все благодаря тебе, — с жаром ответила Муся и убежала.

Мне оставалось лишь моргать. Но в присутствии Лапули никому не удастся осмыслить происходящее. Наша Барби схватила меня за плечо и зачастила:

— Пошли на кухню. Танюсечка, ты меня любишь?

— Конечно, — подтвердила я, — а что?

— Я волнуюсь, — зашептала Лапа, — и все.

— Сейчас тебе следует быть спокойной, — сказала я, — как там наш Зайчик?

Лапуля погладила живот:

— Боксом занимается, спортсменом станет! Они хорошие деньги зарабатывают. Димусенька сможет не работать, сядем на порожке ни фига не делать.

— Лучше Зайчику стать госчиновником, — вздохнула я, — они больше получают, физически не устают и могут за время службы капитал скопить. Если из Зайчика выйдет депутат, тогда не только Димон, но и я на порожке ни фига делать не стану.

С этими словами я вошла в нашу просторную кухню и оглядела присутствующих. За круглым столом собралась теплая компания. Анфиса и Марго, столетние тетушки Димона, четыре рыжие кошки — Лера, Гера, Клеопатра и Ариадна, — Коробок и незнакомый мужчина.

— Это Таня, — торжественно произнесла Лапуля, — разреши представить тебе моего папу, Карфагеныча.

Я снова оцепенела. Отец Лапули? До сих пор я считала ее круглой сиротой. Хотя почему? Лапа никогда ничего не сообщала о своей родне, а Коробок как-то обмолвился, что она совсем одна. Или я его неправильно поняла? Может, забыла? Вероятно, Лапуля говорила что-то об отце.

— Танюшенька, — закричал Димон, — ты мне работу принесла, да? Ноутбук, да? Верно, да?

Я попятилась:

— В сумке лежит.

Тем, кто не знает, поясню. Димон получает огромное удовольствие от работы. Порой он готов сутками сидеть перед экраном и давить на кнопки, но я впервые вижу, чтоб хакер впал в такой безудержный восторг, узнав, что ему предстоит заняться делом.

Коробок бросился к двери, по дороге обнял меня, поцеловал в обе щеки, исчез, в ту же секунду всунул голову назад и с фальшивым сожалением произнес:

— С огромным удовольствием посидел бы еще за приятной беседой, но, сами видите, пора пахать!

— Ничего, ступай, — милостиво кивнул Карфагеныч.

И вдруг спросил у меня:

— Таня, ужинать будете?

— Не откажусь, — кивнула я, — спасибо, Карфагеныч.

— Звать меня Каро Финогенович, — поправил меня гость, — к знаменитым развалинам я отношения не имею. Каро — это в честь бабушки Кары Сергеевны. Батюшка покойный пожелал меня ее именем наречь, да «Кара» мальчику не подходит, вот и получилось Каро.

— Похоже на восточное имя, — влезла в разговор Марго, — очень красиво звучит, музыкально.

— Благодарствуйте, — кивнул мужик. — Так вы, Татьяна, желаете откушать?

— Ох! — подскочила Анфиса. — Приятно было с вами, Карфагенович, познакомиться. Но я обязана присутствовать на митинге «Запретить проезд трамвая по переулку Бунина».

— И чем тебе городской транспорт помешал? — мигом ринулась грудью на амбразуру Марго.

Анфиса, успевшая подойти к двери, обернулась:

— Только политически незрелый, равнодушный к окружающей среде человек способен проявлять ослиное безразличие к миру, в котором живет. Выхлопы трамвая загрязняют атмосферу.

— Извини, он работает на электричестве, — хихикнула Марго, — в программе твоего депутата косяк.

Анфиса надулась.

— Нет! На мазуте!

Маргоша поднялась:

— Пошли к Димону, он в поисковой системе глянет! Если я права, ты громко скажешь: «Марго, извини!»

— Я всегда права! — ответила Анфиса.

И старушки утопали прочь.

Только сейчас до меня дошло: и чрезвычайно бойкие тетушки, и Димон воспользовались первой возможностью, чтобы слинять из кухни. Похоже, общество невесть откуда появившегося родича Лапы никому не пришлось по душе. А меня отдали ему на съедение.

— Изволите поужинать? — в который раз поинтересовался Каро.

Мне показалось неприличным ответить: «Нет», — и ушмыгнуть, да и есть хотелось до судорог в желудке.

Если весь день провести на диете, надо качественно поужинать, иначе приснятся кошмары.

Сохраняя на лице улыбку, я кивнула и устроилась на стуле.

Каро взял тарелку Димона с остатками еды и водрузил прямо передо мной, не забыв сказать:

— Приятного аппетита!

Я уставилась на кусочек картошки и куриную косточку, потом решила, что папенька Лапы юморист, из тех, что с самым серьезным видом устраивают на редкость глупые розыгрыши, взяла тарелку и понесла ее к мойке. Может, чтобы доставить гостю удовольствие, стоило рассмеяться? Но мне прикол не показался остроумным.

— Татьяна, — озабоченно воскликнул Каро, — вы куда?

— К мусорному ведру, — ответила я, — привыкла именно туда сбрасывать объедки.

— Там отличный кусок картошки! — возмутился папенька. — Политый маслом. Кстати! Обращаю всеобщее внимание на то, что подсолнечное, заключенное в стеклянную бутылку, дороже того, которое продается в пластике, но еще лучше найти бумажную тару. И курицы осталось вполне достаточно! Понимаете, сколько денег вы потащили в помойку?

Я изумилась, обернулась, Карфагеныч помахал мне рукой.

— А ну вернитесь, сядьте на место, поставьте тарелку, я сделаю калькуляцию.

В полном недоумении я повиновалась и уставилась на папеньку Лапы, а тот вытащил из кармана маленькие, размером с пачку сигарет, деревянные счеты, нежно погладил их и начал лихо гонять костяшки, сопровождая свои действия комментарием:

— Берем килограмм картофеля. Оно понятно, клубни разные, но хорошая хозяйка возьмет средние, на здоровенные не польстится, поскольку всем известно, что в них живет жужелица. Татьяна, следите за ходом моих мыслей?

Я ошарашенно кивнула, Каро Финогенович улыбнулся.

— Хорошо. В одном килограмме примерно десять картофелин, и отдать за них придется сорок рублей. Вопрос: сколько стоит один корнеплод? Производим деление. Получаем четыре целковых. Ого! Ощутимо! Теперь внимательно изучаем ломтик, который вы столь нерачительно пытались похоронить в отходах. Это примерно одна восьмая по размеру от целого. Снова делим, имеем на выходе пятьдесят копеек. Напрягите воображение, представьте, что на тарелке лежит монетка. Бросите ее из окна?

— Нет, — ответила я.

— А почему? — тут же спросил Карфагеныч.

— Деньги не вышвыривают, — сказала я.

Каро прищурился.

— Вот! Но вы хотели это сделать! Не смотрите, что картошка, это деньги. И если прибавить сюда стоимость растительного масла... Дочь, ты какое берешь?

— Оливковое, — прошептала Лапа, — зелененькое, испанское.

Карфагеныч оттопырил губу.

— Да уж! Слов нет! Подсолнечное из бочки на розлив в пятилитровую канистру намного дешевле. Парадокс: чем меньше берешь, тем больше теряешь. Но мы сейчас подсчитываем стоимость недоеденного. Оливковое! Это меняет дело! А бройлер за сколько?

— Сто рублей, — шепнула Лапа.

Карфагеныч нахмурился.

— Дочь! Как из тебя, при условии моего правильного воспитания, могло такое вырасти? Не иначе это ожила генетика Элен, не к ночи помянута она будет. Вернемся к расчетам. Умножим, вычтем...

Я, словно заговоренная, следила за тем, как указательный палец Карфагеныча ловко перебрасывал туда-сюда костяшки.

— Нуте-с, раз... пять... Вот вам и готово!

Каро обвел нас торжествующим взглядом:

— Рубль двадцать. Татьяна, вы хотели, не задумываясь, облегчить свой кошелек на значительную сумму. Человек ест три раза в день.

— Вот бедненький, — пропищала Лапа, — небось не наедается!

Отец сдвинул брови, но не стал комментировать слова дочери, он решил не отвлекаться от основной темы:

— Сто двадцать копеек умножаем на три, имеем триста шестьдесят. Увеличиваем в тридцать раз, превращаем в рубли, сто восемь! Оцените! Сотня с лишним в месяц! А за год? Одна тысяча двести девяносто шесть! А за десять лет? А за сто? А за двести?

— Столько не живут, — возразила я.

Но Карфагеныча оказалось невозможно сбить с намеченного курса.

— Я взял самый простой вариант. Картофель плюс курица. Но уверен, вы часто едите деликатесы, например огурцы, помидоры, яблоки. Тогда сумма возрастет. Запомните основной принцип правильного ведения хозяйства: купил недорого, использовал все, ни с кем не поделился. Вот, например, стул!

— Его нельзя съесть, — быстро сказала я.

— Слушайте внимательно, — безо всякого раздражения велел гость, — значит, стул! Дерево плюс обивка, лучше обойтись без последней.

— Жестко без нее, — вполне разумно возразила Лапа, — долго не посидишь, попу ревматизмом скрутит.

— Очень хорошо, — обрадовался папаша, — меньше сидишь за столом, меньше съешь. Люди не о том думают, когда покупки делают. Татьяна!

Я вздрогнула:

— Да?

— Вот вы вошли в магазин, хотите приобрести кресло. Поделитесь своими мыслями, — потребовал Каро.

Я пожала плечами:

— Ничего необычного. Посмотрю, удобное, мягкое ли, посижу минутку, прикину, подходит ли к интерьеру, если мне понравится, куплю.

— Дальше, — потребовал Карфагеныч, — оплатили чек и...

— Оформлю доставку, поставлю кресло в комнате и плюхнусь смотреть телик, — развеселилась я.

Каро Финогенович удрученно сказал:

— Не готовят у нас людей к жизни. Детям в школе ерунду преподают. Где курс «Семейный бюджет»? Семинар «Как правильно делать покупки»? Итак, мебель, например стул. Первым делом спрашиваем, кто его изготовил. Надо брать вещь белорусского производства, не минских фабрик, а из провинции. Там дешевле всего. Нам нужен...

Я перестала слушать Карфагеныча. Теперь знаю, по какой причине Анфиса с Маргошей и Димон удрали со всех ног, едва я появилась на горизонте. Хорошее воспитание не позволяло им сбежать раньше, неприлично хозяевам оставлять гостя в одиночестве. Но, когда возникла я, и старушки, и Коробок сообразили: Танюша с успехом исполнит роль хозяйки, спасет их от папеньки Лапы. Даже кошки улепетнули прочь, а они предпочитают не покидать трапезную, особенно если на столе обожаемая ими курица. Интересно, как бы отреагировал многоуважаемый Каро, увидев, как я угощаю Клеопатру куриной грудкой?

— ...не разрешать никому на него садиться! — ворвался в мои уши баритон новоявленного родственника Лапы. — Стул, на котором сидят изредка, по праздникам, прослужит намного дольше, чем тот, на котором устраиваются все кому не лень в любое время. А дольше всего прослужит мебель, которой совсем не пользуются.

Слава богу, именно на этой фразе у меня в кармане зазвонил телефон, и я получила возможность выйти в коридор.

Глава 7

— Жива? — спросил Димон. — Иди ко мне.

Я побежала к Коробку, со стоном упала в кресло и с чувством произнесла:

— Жесть!

— Немедленно встань! — испуганно воскликнул хакер. — Что ты делаешь?! Осторожно! Испортишь!

Меня подбросило вверх, как на пружине, неужели я не заметила на сиденье какую-то мелкую электронную фигню, которой полным-полно у Димона, и раздавила компьютерный прибамбас?

— Аккуратнее, — укоризненно сказал Коробок, — мебель изнашивается, обивка сечется, знаешь, сколько она стоит, давай-ка выясним!

Я с облегчением выдохнула и села на прежнее место.

— При тебе он тоже счётами тряс? Слушай, откуда взялся этот папенька?

Димон со вкусом чихнул.

— По словам Лапули, она встретила в магазине какую-то Тяпку. Не садовый инвентарь, а знакомую. Сия Тяпка обратила внимание на живот Лапы и стала задавать дурацкие вопросы. Давно ли она вышла замуж? Кто супруг? Кого ждёшь? И прочую бабскую дребедень. Лапа честно рассказала про меня и про то, что официально наш брак не оформлен. Тяпка, убей меня бог, не понял, кем она приходится Лапе, мигом соединилась с Карфагенычем и наболтала ему, что Лапулю в Москве изнасиловал монстр, который превратил бедняжку в домработницу, и так далее и тому подобное.

— Забавно, — улыбнулась я.

— Обхохочешься, — мрачно произнес Димон. — Сегодня утром, едва ты умчалась в свой центр коррекции фигуры, раздался звонок.

Я слушала Коробка. В принципе ничего удивительного он не сообщил. Любые родители разволнуются, узнав, что их юная дочь беременна от взрослого мужчины, который не отвел ее в загс. Узнав о судьбе Лапы, ее папенька тут же ринулся в Москву, чтобы уладить дело.

— Мне кажется или ранее Лапа представлялась сиротой? — осторожно уточнила я.

Димон протяжно вздохнул.

— Может, мы как-то не так ее поняли? Одно я знаю точно: она живет в столице с восемнадцати лет, за то время, что мы вместе, папаша ни разу не появлялся и никогда Лапа ни о нем, ни о ком-то еще из своей семьи не рассказывала.

— Зачем он прикатил? — недоумевала я.

Коробок насупился.

— Свадьбу играть.

— Вы женитесь! — обрадовалась я. — Вот здорово! Почему мне не сказали?

Димон смутился.

— Тань, мы не хотели ничего устраивать из-за беременности. Лапа мечтает о белом платье, фате. Но, согласись, как-то странно надевать на голову символ невинности, когда у тебя живот на лоб лезет.

Я потупилась. Жаль, не могу рассказать Димону про свой короткий опыт работы в загсе. Коробок полагает, что я решила использовать отпуск для борьбы с лишним весом. За пару дней, проведенных под началом Анны Ивановны, я увидела только одну невесту с осиной талией. Все остальные смахивали на арбузы, что совершенно не помешало им нацепить белые платья и нахлобучить на макушку кружевные занавески.

— Думали, распишемся по-тихому, без помпы, — говорил Коробок, — а уж потом, когда Зайчик появится, устроим гулянку. Будет Лапуле и платье в перьях, и все остальное. Но папенька настроен агрессивно, увидел меня и заявил: «Нашей семье позора не надо. Все по-человечески должно быть. Сначала оформление брака, потом пир, затем ребенок. Не поймет нас родня».

— Родня? — повторила я. — Их много?

Димон махнул рукой.

— Целый список!

— Офигеть, — вырвалось у меня, — откуда они появились?

Коробок сказал:

— Нет ответа. Живут в разных городах, но готовы с радостью прибыть на свадьбу. Вроде человек двести.

У меня закружилась голова, но я все же попыталась сохранить трезвость мышления.

— Две сотни людей! Их надо разместить, накормить, оплатить банкет. Получится огромная сумма. Думаешь, мы потянем? Я, правда, накопила кое-что, готова поделиться.

Коробок отъехал от стола.

— Знаешь, что самое странное? Весьма экономный Каро пообещал, что он сам гулянку организует, не лезьте. Расходы он берет на себя.

— Аттракцион неслыханной щедрости, — протянула я.

— Согласен, поведение папеньки не вписывается в стилистику его личности, — сказал Коробок, — повторяю, он берет на себя расходы по своим гостям общим числом двести голов. Каро тряс списком, я не вникал, потому что не знаю ни тетю

Марусю из Лос-Анджелеса, ни дядю Колю из Владивостока. А за тех, кого позову я, плачу сам.

В дверь постучали.

— Можно войти?

Димон закатил глаза.

— Да, конечно.

На пороге образовался Карфагеныч.

— Дмитрий, хочется сделать последние уточнения, перед тем как я начну активные действия.

Димон сделал приглашающий жест.

— Располагайтесь как дома.

Каро Финогенович сел в кресло и откашлялся.

— Вы согласны, что свадьба должна состояться как можно быстрее, пока не родился ребенок?

Коробок кивнул, папенька приободрился.

— Изучить список гостей со стороны невесты желаете?

— Нет, — быстро ответил Димон, — зачем?

— Прекрасно, — воскликнул папаша, — моя дочь мечтает о празднике, ей хочется поделиться своим счастьем со всеми.

— Впервые слышу о желании Лапы, — изумился Коробок. — Она, простите, не вспоминала родню ни разу за всю нашу совместную жизнь.

Карфагеныч исподлобья взглянул на меня.

— Татьяна, вы не оставите нас вдвоем? Дело чисто семейное, не для посторонних ушей.

Я решила не обижаться, приподнялась и была остановлена сердитым возгласом Димона:

— Татьяна не сдвинется с места. В нашем доме ни у кого секретов нет.

Каро почесал подбородок.

— Я на вашей территории, значит, подчиняюсь. Небольшой экскурс в историю нашей семьи. Элен, моя законная жена, оказалась мало приспособленной для воспитания ребенка и совместной жизни. Я был занят на работе, передоверил девочку Элен и оказался наказан. Когда дочери исполнилось двенадцать лет, жена сбежала из нашего города, прихватив с собой ребенка. До меня изредка доходили слухи о жизни бывшей жены. Та куролесила, не обращала внимания на чадо, и девочка росла хулиганкой-безобразницей. Наркотики, выпивка...

Глаза Димона медленно вылезали из орбит, а Карфагеныч продолжал:

— ...мальчики, гулянки, сигареты. Не закончив школу, дочь ушла от Элен, а та даже не вздрогнула, искать ребенка не стала. В результате девчонка пошла по рукам. Когда моя сестра Марина рассказала, что дочь сидит в канаве на трассе Москва — Питер, я не удивился. К этому шло. Попытайтесь понять, как мне было тяжко на семейных праздниках, которые устраивались по разным поводам. Наша семья большая, дружная, за стол усаживается минимум сто восемьдесят человек. На свадьбу племянницы Ирины народ съехался со всего света, рассказывали о детях, внуках. Мне пришлось молчать о себе. Кем похвастаться? Женой-гулякой? Дочерью? К чести родственников отмечу, никто меня о ней не спрашивал, люди знали, что она изгой, урод в приличной семье. Понимаете, почему я обрадовался, узнав, что нашелся мужчина, согласный создать с ней семью? Я хочу собрать народ и продемонстрировать им — дочурка Каро Финогеновича не хуже других. Конец глупостям. Я честный человек, поэтому не собираюсь вешать на вас все расходы. Своих оплачиваю я, вы — ваших. Справедливо?

Поскольку Димон застыл с отвисшей челюстью, я быстро ответила:

— Мы согласны.

— Мудрое решение, — одобрил Карфагеныч, — консенсус достигнут. Идем дальше. После оформления брака вы планируете жить здесь? Или будете вить гнездо в другом месте?

Димон продолжал сидеть с видом кота, которого чудом спасли из ледяной полыньи, поэтому мне пришлось стать представителем жениха и вести от его лица переговоры:

— Зачем покидать отличную квартиру? В ней хватит места для малыша.

— Татьяна, сколько у вас утюгов? — спросил Каро.

Неожиданность вопроса удивила, но я постаралась ответить с невозмутимым видом:

— Три штуки. Два обычных, третий присоединен к гладильной доске.

— Четвертый вам нужен? — деловито осведомился папенька.

— Нет, — после небольшого колебания ответила я.

— Хорошо, — кивнул Карфагеныч, — как с чашками-тарелками? Они в каком количестве?

— На двести человек посуды не хватит, — отрезала я. — У нас есть два парадных сервиза на двадцать четыре персоны плюс каждодневная посуда. Две сотни человек нам не принять.

— И не надо, — остановил меня Каро, — я хотел выяснить, если вам в подарок принесут утюг и чайный сервиз, вы обрадуетесь?

— Нет, — призналась я, — постельное белье тоже будет лишним. В доме есть все. Можете пройтись по комнатам и посмотреть, увидите два холодильника, стиральные машины, одеяла, подушки, пледы, мебель и еще не знаю что. Диме с Лапулей не придется начинать жизнь с нуля.

Карфагеныч хлопнул ладонью по колену:

— Мы идем одной дорогой! Если пустить свадьбу на самотек, то гости натащат вам много ерунды, которую вы не будете знать, куда деть. Фарфоровые фигурки! Какой от них толк? Лишь пыль накапливают. Я предлагаю написать в приглашении: «Новобрачные просят вас положить в конверт сумму, которую вы предполагали потратить на подарок». Меньше пяти тысяч рублей класть в таком случае стыдно, многие положат больше. Но если даже мы оттолкнемся от минимума, то...

На свет опять явились счеты, Каро застучал костяшками.

— ...умножим на двести и получим миллион!

— Да ну? — поразилась я.

— Проверьте, — милостиво разрешил Карфагеныч и протянул мне счетную машинку эпохи неолита.

Я вынула из кармана мобильный и включила калькулятор. Действительно, миллион!

— Обратите внимание, — журчал папенька Лапы, — за основу взята минимальная сумма подарка. Но я точно знаю, Марина всегда дает тридцать тысяч, дядья из Тюмени меньше чем по пятьдесят кусков не кладут. Даже если кто-нибудь и «забудет» внести свою долю, хотя я уж присмотрю, то все равно выйдет большой куш. Лучше получить пару миллионов, чем двадцать три утюга! Кстати! Невеста может иметь аллергию на цветы! Напишем про болячку, пусть плюсуют еще в конверт и цену букета!

— С вами трудно спорить, — произнесла я. — Деньги полезнее ненужных электроприборов.

— И по данному вопросу достигнуто понимание, — обрадовался Каро, — будете с прибылью.

— Если учесть количество гостей-немосквичей, стоимость банкета, транспорта, тамады и музыкантов, то вы получите большой убыток, — здраво возразила я.

Карфагеныч сложил руки на груди.

— Это третий пункт. Я берусь лично организовывать праздник, все, от отеля до парней с гитарами. Вы не потратите ни копеечки. Только не мешайте.

— Хорошо, — согласилась я.

— Если понадобится ваша помощь, я скажу, — деловито сказал Каро, — организую роскошный праздник за бюджетные деньги.

Я вспомнила кусок картошки, политой оливковым маслом, недоеденную куриную ножку и выпалила:

— Не сомневаюсь.

— Вы умница, — похвалил меня Каро. — Прямо сейчас и начнем. Свадебка через неделю. Идет?

— Думаете успеть? — поразилась я. — Всего семь дней!

— На свете нет ничего невозможного, — оптимистично заявил Карфагеныч. — Дмитрий, разрешите подсоединиться к вашему Интернету? Потом скажете, сколько я буду должен.

— Пользуйтесь бесплатно, — сказала я.

— Очень щедро, спасибо, — заулыбался Каро, — и самое последнее. Дмитрий, я понимаю, вы всерьез готовы жениться на моей дочери, поэтому я рассказал вам правду о ней. Да, юность ее нельзя назвать безупречной, но ошибки остались в прошлом. Давайте не будем напоминать невесте о черных пятнах в ее биографии. Если вы сейчас кинетесь к ней с расспросами, случится беда. Она зарыдает, впадет в истерику, начнутся преждевременные роды, младенец родится мертвым. Вы этого хотите?

К Димону вернулся дар речи:

— Нет.

Карфагеныч встал.

— Почему я был откровенен с вами? У будущего зятя на лице читался вопрос: «Какого рожна ты приехал?» Теперь у вас есть ответ. Я хочу продемонстрировать родственничкам, которые не один год перешептывались и сплетничали за моей спиной, что дочка Каро Финогеновича в полном порядке. Вот у Елены Сергеевны, которая без устали о сыне-ученом, кандидате наук, чуть ли не с десятого класса болтала, резкий зигзаг случился. Сынишку-то арестовали за торговлю наркотиками. Позор! О нем и надо говорить. Но мне не хочется, чтобы дочь держала обиду на отца. Не выясняйте отношений, дайте ей спокойно отгулять свадьбу, родить, потом потолкуете. Предполагаю, вы сами не монахом до встречи с невестой жили? Разрешите откланяться, времени у меня в обрез, отправляюсь работать.

Когда Каро Финогенович ушел, Димон уставился на меня:

— Наркотики? Пьянство? Трасса Москва — Питер? Я познакомился с Лапой в компании, она совершенно не походила на девушку, обслуживающую дальнобойщиков!

Я подошла к нему.

— Ты любишь Лапулю? Ответь честно, без тупых шуточек, которые мужчины произносят, боясь быть заподозренными в сентиментальности.

— Она лучшее, что у меня случилось в жизни, — признался Коробок, — и я очень жду сына.

— Тогда забудь все, что сейчас услышал, — велела я, — все совершали ошибки в молодости. Лапа натворила глупостей до знакомства с тобой. У тебя за спиной своя история, у меня своя, но это не мешает нам дружить. Не требуй ни от ближайшего друга, ни от жены, ни от родителей полнейшей откровенности. Ты уверен, что хочешь услышать от Лапы правду? Скорее всего она окажется неприятной. Не копайся у человека во внутренностях, там не розы благоухают. Важно другое: Лапуля сейчас счастлива, ты тоже, скоро появится Зайчик, остальное пусть исчезнет в тумане. Если Лапа не выгнала папашку, значит, она хочет помириться с ним. Мне чертов Карфагеныч абсолютно не по нраву, но он отец Лапули, значит, придется с ним мириться. Пусть Каро Финогенович устроит свадьбу, прекрасно, что он решил оплатить расходы. Думаю, Лапа не прочь надеть и платье, и фату.

Полагаю, разговор о том, что неприлично идти в загс с животом, завел ты?

Коробок смутился:

— Ну, просто я похихикал над тетками, которые...

— Можешь не продолжать, — остановила я его, — Лапа постеснялась спорить с отцом Зайчика. Отгуляем свадьбу, получим здорового младенца, а потом избавимся от Карфагеныча. Обещаю, он вас с Лапулей тревожить не станет.

— И как ты это провернешь? — вдруг заинтересовался приятель.

Я сделала загадочное лицо.

— Дай честное слово, что не полезешь к Лапе с глупыми разговорами.

— Тань, — пробубнил Димон, — я и так не стал бы. Ты права, что было, то уплыло, я сам не ангел. Вот только неприятно мне с ее папенькой чай на одной завалинке пить.

— Пусть Лапуля получит свадьбу, примирение с родичами, а потом я отважу Каро от нашего дома навсегда! — пообещала я. — Не спрашивай как!

— Ладно! — кивнул Коробок. — Не буду.

Вот и хорошо. Пока сама не знаю, каким образом избавлюсь от рачительного, экономного Карфагеныча, но непременно найду способ! Главное сейчас, чтобы Коробков не наломал дров, не устроил беременной допрос с пристрастием.

— Спасибо, Танюш, — вдруг произнес хакер.

— Пока не за что! — хмыкнула я.

— Вовремя сделала мне внушение, — пояснил Коробок. — Вылила на мою вскипевшую голову ведро воды, и я успокоился.

Я быстро поменяла тему беседы:

— Залезай в ноутбук Бориса, а мне пора к Маргарите. Ты выяснил про Дзаева?

— Да, — кивнул Коробок, — он действительно умер. Ничего криминального, инфаркт.

Глава 8

Встреча с Маргаритой, бывшей экономкой семьи Ветошь, была назначена на девять вечера. Я решила выехать заранее, к сожалению, пробки в Москве стали постоянными, понятие «час пик» потеряло смысл, «пик» в столице теперь всегда. Перед тем как спуститься во двор, я забежала на кухню за бутылкой воды и увидела, что к Лапе пришла в гости подружка, как две крупинки гречки похожая на нее саму.

— Очень хочу, чтобы твоя коробочка мне помогла, — тихо говорила она, пока я изучала содержимое шкафа, где у нас хранятся продукты, — прямо мечтаю.

— Дарю ее тебе от души, — защебетала Лапуля, — если делать это от чистого сердца и с добрыми намерениями, то супер получится. Не сомневайся. Лике, Кате и Светочке уже повезло. Чем ты хуже?

— Я лучше, — обиделась блондиночка.

На этой фразе я схватила пластиковую бутылочку и убежала. Лапа с гостьей были так поглощены беседой про какую-то коробочку, что, похоже, не заметили меня. Хотя, согласитесь, не приметить слона весьма сложно.

Латунной таблички на двери Риты не оказалось, я провела ладонью по филенке и нащупала четыре небольшие дырочки.

— Сняла, — произнес голос у меня над головой.

Замок щелкнул, дверь открылась.

— Вы, наверное, Татьяна? — предположила хозяйка.

— Она самая, — кивнула я, входя в прихожую.

— Не разувайтесь, — быстро сказала Рита, — идите спокойно. Табличку я отвинтила. Борис Олегович скончался, теперь в ней необходимости нет.

— Общаетесь с бывшей хозяйкой? — спросила я, очутившись в гостиной. — Дружите с Агишевой?

Маргарита прищурилась.

— Сразу понятно, что вы никогда на барина не работали. С работодателем нельзя сокращать дистанцию. Не дай бог, узнаешь чего, и тогда в лучшем случае места лишишься. Подальше от царей, голова целей.

— «Минуй нас пуще всех печалей и барский гнев и барская любовь», — процитировала я «Горе от ума».

— Не могу не согласиться, — произнесла Маргарита. — Хозяева разные бывают. Зоя Владимировна не самый плохой человек, рук никогда не распускала, истерик не закатывала, пустых замечаний не делала.

— А как зарплата? — тут же спросила я.

Рита расправила на коленях шелковое платье.

— Ее мне в агентстве платили.

Я решила бить в одну точку:

— И вас это не удивляло?

Рита положила ногу на ногу, и я невольно обратила внимание на идеальный педикюр.

— Главное — получить обещанный оклад вовремя. А уж кто тебе конверт протянет, почему владелец конторы меня за свой счет в дом Ветошь направил, не имеет значения.

— Вы появились в особняке до Агишевой? — задала я следующий вопрос.

Маргарита скосила глаза в сторону.

— За две недели до их прилета из Франции, свадьбу при мне играли. До Бориса Олеговича я жила у банкира Бранка, тот уехал в Швейцарию. Особняк был весь в грязи, за ним плохо смотрели, не проветривали, эксклюзивные ковры лежали свернутыми в рулоны, ворс замялся, кое-где моль завелась. Люстры хрустальные, очень красивые, дорогие, не позаботились специальной пленкой закутать, мебель стояла без чехлов, картины, зеркала не прикрыты, на втором этаже в унитазе ржавчина. В общем, мне пришлось попыхтеть, я две бригады поломоек наняла. Одна днем пахала, другая ночью, но к приезду новобрачных все сияло.

— Хозяева вам понравились? — улыбнулась я.

Маргарита не изменила приветливо-равнодушного выражения лица.

— Бориса Олеговича я давно знала, он с Бранком дружил. Хотя господин Ветошь со всеми был в хороших отношениях. Позитивный, приветливый, чудесный человек. Я обрадовалась, когда узнала, у кого служить придется. Зоя Владимировна поначалу казалась мне испуганной. Я сразу поняла: врут люди, хозяйка не из богатой семьи.

Я решила подольститься к экономке:

— Вы отличный психолог.

Маргарита опустила взгляд.

— Особого ума тут не надо. Поначалу она сама кровать убирала и спускалась кофе пить, не требовала завтрак в спальню. Я ей и сказала:

— Зоя Владимировна, простите, если не по-вашему стелю. Объясните, как вам дома горничная одеяло с подушкой укладывала, постараюсь угодить.

Она покраснела и ответила:

— Как вам будет удобно, я внимания на такие мелочи не обращала.

Понятно, не было у нее прислуги. Некоторые привычки с детства воспитываются. Дочка Бранка в ванне помоется, полотенца на пол швырнет, все шампуни, кремы открытыми оставит и убежит. Ей в голову не придет крышки завертеть — с пеленок знает, другие за нее постараются. А Зоя Владимировна? Выйдет — халатик на крючочке, полотенца на сушителе, еще и пол протерт. О чем говорить? Водителя она стеснялась, поедет в салон красоты и лепечет:

— Сережа, вы уж извините, я задержусь часа на два, прическа сложная, раньше не получится.

Водитель, бедный, не знает, как себя вести. Он-то обязан ее ждать хоть сутки, ему за это платят. Потом она быстро привыкла, полотенце скомканным оставлять стала, о шофере не переживала, но в хамку, как многие, не превратилась, с прислугой вела себя вежливо. Хорошо, что у нее комплекс Салтычихи не появился.

— Навряд ли Фрейд о таком слышал, — улыбнулась я.

Рита чуть наклонила голову.

— Я всю жизнь в горничных и давно заметила: те, кто вырос в богатстве, даже став бедным, не переживают, воспринимают невзгоды как временные, верят в грядущий подъем, а вот если до тридцати гнутые медяки считали, а потом состояние нажили, тут возможны два варианта. Человек либо превращается в хама, и тогда нравится ему тех, кто удачу за хвост не поймал, мордой в лужу макать, оттягиваться на прислуге. Самая ужасная хозяйка — это домработница, которая стала барыней, она прислуге за все свои прошлые унижения отомстит. Но есть и другой вариант. Человек обрел богатство, остался нормальным, золотом-бриллиантами не кичится. У него другая беда — страх потерять все это. Вот Зоя Владимировна из таких, она до смерти боялась опять в нищих очутиться, сдержаться не могла, говорила:

— Жизнь непредсказуема, сейчас ты хорошо ешь, а потом, раз, и отнимет у тебя бутерброд. Надо копить на черный день.

Да только Борис Олегович над женой смеялся:

— Солнышко, лучше жить весело, с размахом, будет о чем в старости вспомнить. Неизвестно, настанет ли черный день. Соберешь мешок денег и умрешь на нем. Не думай о будущем. Мне в басне Крылова всегда нравилась стрекоза, она симпатичнее занудного муравья.

Борис Олегович был легким, молодым духом, солнечным зайчиком и при этом очень внимательным и сострадательным.

Маргарита дернула шеей.

— В свое время он меня выручил из большой беды. Я его не просила, но Ветошь умел по лицу читать. Подошел и напрямую спрашивает:

— Рита, чем могу помочь? Вижу, у тебя неприятность.

Рассказала я, а он по голове меня погладил и велел:

— Спи спокойно, я займусь, не стоит такая ерунда твоих нервов.

И действительно, разрулил проблему за три дня. Как его благодарить, я не знала, денег больших не имела. А Борис Олегович сделал вид, что ему моя проблема тьфу, хотя я понимала, каких людей он дергал, улаживая мое дело.

Прошло несколько месяцев, и я вдруг слышу: Ветошь ищет офис для встреч с клиентами в центре, желательно первый этаж, не очень дорого. И никак не найдет! Я набралась храбрости и говорю:

— Борис Олегович, не подойдет ли вам моя квартира? Она четырехкомнатная, правда, в одной комнате моя мама Антонина Леонтьевна живет, но она работала в КГБ секретарем у большого начальника. Ее можно пилой пилить, она лишнего не скажет, старая советская выучка. В наше время таких спецов уже нет, вымерли, как мамонты.

Борис Олегович обрадовался:

— Маргарита, а ваша матушка не согласится у меня послужить? К сожалению, больших денег я ей не предложу.

А я ему в ответ:

— Мы вам по гроб жизни обязаны за помощь. Маме в радость будет поработать, ее тоска мучает, не надо ей платить. И пользуйтесь квартирой за так.

— Повезло адвокату, — прокомментировала я услышанное.

— Это на нас удача снизошла, — возразила экономка. — Борис Олегович маме деньги не платил, но он ей постоянно продуктами холодильник забивал, устроил в дорогой медцентр, подарил абонемент в бассейн. Секретарша много не получает, маме подарками больше досталось.

Я кивала, верно, Борис создал замечательную систему взаимозачета услуг, она работала, как отлично отлаженный часовой механизм. Тик-так. Ветошь помогает Рите. Так-тик. Маргарита предоставляет адвокату офис, тик-так, тик-так, Борис привозит ее матери колбасу, насколько помню, мясные изделия он получал без денег, так-тик, Антонина Леонтьевна беззаветно служит адвокату, тик-так, тот устраивает даму в медцентр... и далее без остановки. Очень простая, гениальная схема.

— Когда мама скончалась, — продолжала Рита, — Борис Олегович предложил мне занять ее должность. Как раз Зоя Владимировна на меня разозлилась. В агентстве не следовало рассказывать о нашем уговоре, мне продолжали платить как горничной, но я сидела здесь. Где хозяин новую прислугу раздобыл, понятия не имею.

— Вы помогали ему обманывать Зою Владимировну, — упрекнула я экономку.

— Имеете в виду подвенечное платье? — протянула Маргарита.

— И драгоценности, которые оказались красивой бижутерией, — дополнила я.

Рита не смутилась.

— В камнях я не разбираюсь, если блестят красиво, значит, настоящие. Я их аккуратно чистила и к хозяйке с дурными беседами не лезла. Бриллиант, не бриллиант! Не мной куплено, не мне подарено, не мне и язык распускать. А про платье! Борис Олегович меня попросил, я сказала, как он велел. Кому от этого плохо? Висела тряпка без дела. Зоя Владимировна в ту гардеробную не заглядывала, забыла про наряд. Да и не ее он!

Тут Маргарита живо захлопнула рот.

— А чей? — тут же уцепилась я за нитку.

— Не знаю, — сердито отмахнулась экономка и добавила: — Из магазина его доставили, на штанге. Я ее в спальню новобрачной вкатила и ушла. Новое совсем было.

— Но не ее? — спросила я. — Что вас натолкнуло на мысль о принадлежности подвенечного наряда другой даме?

— Ничего, — отрубила Рита.

— Вы, похоже, любили Бориса Олеговича, — вздохнула я.

Маргарита расслабилась.

— Кого ни спросишь, все его обожали. Надеюсь, на небесах Господь его сразу в рай определил. Я за него молебен заказала, записочку об упокое души подала.

— Ходите в церковь? — обрадовалась я.

Маргарита подняла голову.

— Как православный человек, стараюсь по ме-

ре сил, по праздникам. Не забываю про родитель-
скую субботу, пост держу.

— И молитесь за самоубийцу? — вкрадчиво
спросила я. — Разве церковь одобряет тех, кто добровольно лишил себя жизни? Раньше подобных
людей хоронили за оградой кладбища!

— Теперь все иначе, — без особой уверенности
в голосе произнесла экономка.

Я подалась вперед и взяла Риту за руку.

— Зоя Владимировна подозревает, что Бориса
Олеговича убили.

Маргарита выдернула ладонь.

— А я при чем?

— Похоже, вы знали о делах адвоката больше,
чем его законная супруга, и, если имеете какие-то
подозрения насчет гибели Бориса, лучше их высказать прямо сейчас.

Экономка сгорбилась.

— Я думала на эту тему. Хозяин никогда не
впадал в депрессию, не его это стиль. Любую неприятность называл ерундой. Но о делах его я ни-
чегошеньки не знала. Впускала сюда людей, подавала чай, кофе, воду и сразу уходила. Я была не по-
мощница, которая в курсе бизнеса, а секретарша,
«принеси-убери». После кончины Бориса Олеговича я сообразила, что сюда может прийти милиция. Поэтому быстренько все бумаги из стола собрала, в папочку сложила и припрятала. Адвокат —
хитрая профессия, мало ли что Ветошь тут держал!
Выплывут чьи-нибудь делишки, изгадят доброе
имя Бориса Олеговича. Он мне жизнь спас, в пря-
мом смысле слова из могилы вытащил, я уже туда

почти улеглась, и тут как фокус, раз — и жива осталась. Ну не могу я его память замарать.

— Где документы? — резко спросила я.

Маргарита встала, открыла секретер, достала оттуда тоненькую красную папочку. Обложка была скреплена черной шелковой лентой, сбоку свисала печать. Я взяла картонный лист и удивилась:

— Это что?

— Нотариально заверенный список бумаг, — деловито заявила Маргарита, — по-моему, там двадцать позиций.

— А где сами подлинники? — не поняла я.

— Отдала Зое Владимировне не так давно. Составление перечня время заняло, да и не хотела я вдову сразу после похорон тревожить, — ответила экономка. — На всякий случай составила и правильно оформила список. Испугалась, вдруг ко мне кто из клиентов заявится и потребует невесть чего, закричит: «Ты украла! Я точно знаю, Ветошь мои документы тут держал».

А я ему списочек под нос:

«Убедитесь, вот нотариус печатью скрепил, все вручено вдове. Да только там какая-то ерунда была, ей-богу».

Глава 9

Я пробежала глазами список.

1. Страховка от фирмы «Метра», медобслуживание для уезжающих за рубеж. 300 евро. 2. Страховка от фирмы «Метра» на оказание стоматологических услуг. 600 евро. 3. Страховка от фирмы «Метра» — пропажа багажа при авиаперевозках...

И в таком же духе ровно двадцать один документ, все выданы двадцатого апреля на всякую мелочь, а один на пять миллионов евро. Но меня огромная страховка не удивила, я о ней уже знала от Зои Владимировны. Вдова честно призналась: она очень хочет получить деньги, поэтому и обратилась в нашу бригаду. Никаких чужих секретов, странных тайн, писем, дисков с записями здесь и в помине не было. Вероятно, владелец «Метра» сделал Борису Олеговичу, как все, подарок, предоставил то, что мог — пакет страховок для него.

Видно, на моем лице появилось разочарование, потому что Рита спросила:

— Неинтересно?

— Не очень, — честно ответила я. — Надеялась увидеть... Ну... не знаю... компрометирующее фото, видеозапись скандала. Зоя Владимировна не верит в самоубийство мужа, ей хочется наказать того, кто лишил его жизни. Похоже, вы тоже не считаете смерть хозяина суицидом.

Рита передернулась.

— Борис Олегович не мог отравиться, да еще с помощью любимого паука. Это невозможно. Он же знал, что Павлик в таком случае умрет. Зачем тогда к нему накануне ветеринара вызывал? И насекомое бы его не укусило.

Мне показалось, что я ослышалась.

— К пауку приезжал доктор?

Маргарита вдруг широко улыбнулась.

— Паша живой же, мог заболеть. Я до того момента, как к Борису Олеговичу пришла, думала: паук, он просто паук. Сидит в углу, сетку плетет, мух ловит. Тряпкой, если попадется, пришлепну и дальше по делам тороплюсь. А как у хозяина паучью комнату увидела, чуть от страха не умерла.

Рита растопырила пальцы ладони.

— Вот такие там сидели! И малюсенькие тоже. Каждый свое ел, некоторые не капризные, им ничего не надо. Другим — специальная температура, влажность. И у каждого имя было. Ванечке, например, требовался песочек, белый-белый, мелкий, на муку похожий, он в него зарывался. Ветошь мешки этого песка из Африки получал. Я ему один раз сказала:

— Может, в гнездо крупчатки насыпать? Дешевле получится, она в любом магазине есть.

Борис Олегович засмеялся и ответил:

— Ваня хитрый, он быстро подмену просечет. Если всерьез, то мука совсем не подходит, она из зерна делается, а песок — это кремний, перемолотый камень. Я тебе книжку дам, почитай.

Маргарита изучила полученный от адвоката том и заинтересовалась обитателями паучьей комнаты. Конечно, она не испытывала к ним такой страсти, как Ветошь, но перестала бояться насекомых, оценила их.

— Ну не поверите, — улыбнулась Маргарита, — они Бориса Олеговича узнавали, бросались его встречать, радовались.

Я с сомнением посмотрела на экономку.

— Да, да, — подтвердила та, — именно радовались. Кое-кто и меня приветствовал. И к ветеринару Антону они хорошо относились, понимали, что врач им добро делает. Так вот, накануне своей смерти Борис Олегович разволновался, ему показалось, что Павлик, его самый любимый экземпляр, захворал, он и звякнул Антону. А тот необыкновенно быстро примчался, через час, невиданное дело. Антон такой весь из себя, его еще уговорить приехать надо, прикатит не сразу, только когда сможет, из-за ерунды не почешется. Но Борис Олегович его всегда упрашивал, чем-то интересным заманивал. То книгу ему редкую достанет, то какой-то микроскоп. Антон странный, денег с клиентов не берет, ему интересно пауками заниматься. Ветошь говорил, такой врач на Москву один — он уникальный. В тот вечер у Бориса Олеговича была встреча в рабочем кабинете назначена, на двадцать два часа. Он мне позвонил и взволнованным голосом сказал:

— Рита, я все отменил, можешь отдыхать. Павлик заболел, я Антона уговорил приехать.

Потом он мне еще раз звякнул, веселый такой:

— Маргарита, все о'кей. У Павлика в аквариуме температура упала, вилка термостата из розетки вывалилась, похолодало, вот мальчик и скуксился.

Борис Олегович любил гостей к насекомым водить, шутка у него такая была. Если кто, в особенности из женщин, впервые в дом заглянул, хозяин спрашивал:

— Хотите на моих деток посмотреть? — и вел даму к паукам.

Реакция предсказуемая: визг по всему особняку, а Ветошь смеется и говорит:

— Они в аквариумах, можно через стекло погладить.

Да что там бабы! Мужики некоторые орали. Но

довольно скоро все вокруг узнали, что адвокат экзотическими насекомыми увлекается, и перестали ловиться на его удочку.

Маргарита понизила голос:

— На Рублевке живет разный народ, много таких, кто в девяностые лично с нуля бизнес поднимал, а его чистыми руками не поднять. Приехал как-то к Борису Олеговичу один банкир, фамилию, хоть убейте, не скажу. Про него болтают, что выбился в люди из простых быков. Знаете, кто это такие?

— Низшая ступень преступной группировки, парни, которые с автоматом бегают по улицам, не путать с наемными киллерами, это элита, — ответила я. — Быки, как правило, более двух лет не жили. Деньги, девушки, оружие, умри молодым — вот их лозунг.

— Вот тот банкир с земли вверх красиво взлетел, — продолжала Маргарита, — всего навидался, давно смерти бояться перестал. Не поверите, как он визжал, когда в паучью заглянул! В люстре лампа треснула. Только двоих помню мужиков, кто на любимцев нашего хозяина с восторгом глядел. Сосед Степан Сергеевич Козихин и Илья, он у нас в доме бассейн мыл. Ну, в смысле, не в том особняке, где я сейчас служу, а у Бориса. Вот им пауки нравились. Я, когда про смерть Бориса Олеговича услышала, сразу подумала: «Зачем было вечером Антона вызывать, если ночью он решил при помощи Павлика из жизни уйти? Нелогично».

Я кивнула:

— Хороший аргумент. Можете дать мне координаты ветеринара Антона?

Маргарита взяла со стола мобильный:

— Записывайте. Если не ответит, оставьте ему сообщение. Антон аккуратный, он перезвонит, когда сможет. Скажете, что номер я вам дала.

— Рита, вы не замечали чего-нибудь странного в поведении хозяина в последние дни перед кончиной? Может, он изменил каким-то своим привычкам или, наоборот, обзавелся новыми? — не отставала я от экономки. — Может, сюда вдруг пришел незнакомый человек и угрожал адвокату?

Экономка молчала, потом неуверенно произнесла:

— За несколько дней до смерти нет. А перед Новым годом тетка одна заявилась неподходящая.

— Неподходящая? — переспросила я.

Маргарита пустилась в объяснения.

Как правило, Борис Олегович приезжал за час до назначенной встречи, пил кофе в кабинете, смотрел телевизор, лежал на диване — то ли отдыхал, то ли настраивался на разговор. Визитеры были все из своих. За годы работы в элитном агентстве персонала Маргарита легко научилась отличать богатых и чиновных от простых, затрапезных граждан. Даже если порог переступал некто в дешевой куртке и заляпанных грязью ботинках, его выдавали манеры. Снимет верхнюю одежду, не глядя сунет Маргарите, сам на крючок не вешает, обувь не скидывает, спокойно идет по паркету, не задумывается об уборке, привык к прислуге. Нацепил простые шмотки, вроде как закамуфлировался, пересел из джипа на метро, а привычки-то куда деть? И почти все поголовно забывали про часы и дорогие обручальные кольца. Принимая из рук посетителя куртенку с мехом Полкана на воротнике, Рита видела на запястье эксклюзивный будильник, а на безымянном пальце правой руки — кольцо, усеянное сверкающими камнями. Что тут сказать? В шпионы бы гостей Бориса Олеговича не взяли. Но тетка, которая приперлась в самом конце декабря, не прикидывалась бедной сиротой: она ею и в самом деле являлась.

Рита была очень удивлена, когда в десять утра услышала звонок в дверь. Сначала она подумала, что в квартиру рвется какой-нибудь коммивояжер, желающий перед Новым годом продать наивным людям овощерезку или набор непотребной парфюмерии. Но на экране домофона высветилась худенькая фигурка, закутанная в черный пуховик.

— Вы к кому? — спросила Маргарита.

— Борис Олегович Ветошь тут? — раздалось в ответ.

Секретаршу охватило удивление: хозяин не предупреждал ее о визите, более того, они сегодня с Зоей Владимировной улетали в Швейцарию, собирались отмечать Новый год в большой компании в доме приятелей.

— Его нет, — ответила Рита.

— Борис Олегович тут принимает? — словно не услышав, повторила вопрос незнакомка.

— Офис адвоката закрыт на каникулы, — уточнила Маргарита, — прием ведется по предварительной записи.

— Впустите меня, — попросила тетка.

— Зачем? — предусмотрительно поинтересовалась секретарша.

— Хочу записаться, — пояснила посетительница.

Тут до Маргариты дошло, небось баба считает Бориса Олеговича обычным юристом, который обслуживает граждан, ведет уголовные процессы, и решила воспользоваться его услугами.

— Господин Ветошь не обслуживает частных лиц, — корректно ответила Рита, — обратитесь к другому специалисту.

— Мне нужен Борис Олегович, — возразила дамочка.

— Он уехал, — сказала Рита.

— Когда вернется? — совсем обнаглела тетка.

— Не знаю, — рявкнула Маргарита. — Уходите, иначе я милицию вызову.

— Не надо, — испуганно попросила женщина, — ничего такого я не делаю, закон не нарушаю, зачем вертухаев кликать? Уже бурмаки наточила! Ухожу. Передайте Борису Олеговичу, что его ищет Зинаида Тряпкина. Я живу в доме бабушки, он знает, где меня найти. Должок за ним, если не заплатит, худо ему придется, ох, худо. Пусть подумает.

После этих слов тетка плюнула на дверь и убежала.

Маргарита записала фамилию на листочке и положила на стол босса. Секретарша забыла бы, как звали гостью, но ее развеселило некое сходство фамилий. Ветошь — это же старые, рваные тряпки.

— Ну и как отреагировал хозяин, когда увидел листок? — спросила я.

Маргарита пожала плечами.

— Прочитал его и удивился: «Тряпкина? Никогда о такой не слышал. Хотя мог и забыть. Ну ничего, если ей очень надо, то снова приедет! Вот странный народ! Неужели трудно свой телефон указать? Рита, когда дама появится, запиши ее координаты и не впускай сюда, если у меня сидит другой человек.

— Конечно, Борис Олегович, — кивнула Маргарита.

— Тряпкина вернулась? — спросила я.

Секретарша отрицательно покачала головой:

— Нет.

— Вы уверены, что она сказала «уже бурмаки наточила»? — уточнила я.

Рита обиделась.

— Память у меня замечательная. Я слова хорошо запоминаю, но выражение «бурмаки наточила» никогда не слышала.

— Рита, почему вы, рассказывая про подвенечный наряд Агишевой, обронили фразу: «Он не ее»? — сменила я тему беседы.

Маргарита суетливо одернула платье, поправила волосы, закатала рукава, расправила юбку на коленях и в конце концов нашлась:

— Мало ли чего в мою тупую голову взбрело? Ляпнула, сама не знаю почему.

— Любая мелочь может помочь поймать убийцу, — напомнила я.

Рита резко выпрямилась:

— Нет, платье точно ни при чем.

— Пожалуйста, будьте откровенны, — попросила я.

Маргарита прошла к подоконнику, прислонилась к нему спиной и сказала:

— На платье, которое из магазина перед свадьбой пришло, висела бирка с фамилией. Так в дорогих бутиках всегда поступают, перед отправкой клиенту цепляют небольшой бумажный пакетик, снаружи имя заказчика, внутри небольшой комплимент: пробник духов, шоколадка, платочек, кто во что горазд. Хорошо помню, что наряд прибыл из бутика «Флоя», это очень пафосное место, там пол-Рублевки вечерние туалеты заказывает. Зоя Владимировна потом не раз к ним обращалась. Борис Олегович дружил с хозяйкой магазина, Региной Львовной. Но в тот день на платье была другая фамилия.

— А чья? — быстро спросила я.

Маргарита поджала губы.

— Не помню. Какая-то птичья. Воробьева? Нет. Может, Аистова? Я позвала хозяина и говорю: «Перепутали заказ, не тому человеку доставили», — и на бирку показываю. А он мне: «Живо отрежь и помалкивай, я купил уже готовый наряд, но Зоя пусть думает, что я специально для нее заказывал». Вот я и подумала: кто же продаст ненадеванное свадебное, очень дорогое платьишко? Только невеста, у которой свадьба сорвалась. Нехорошая примета такой прикид надевать.

Глава 10

Диетологи всего мира в один голос восклицают: «Желаете похудеть, ешьте не реже пяти раз в день. Воздержание от приема пищи ведет к ожирению». Я очень хочу сбросить вес, старательно следую советам профессионалов, поэтому заехала в кафе, чтобы перекусить. Идея частой еды кажется мне правильной, вот в необходимости физических упражнений я сомневаюсь. Я привыкла рассуждать логически. Вот, допустим, морж. Он целыми днями плавает, питается исключительно полезной, наполненной омега-три кислотами морской рыбой и... помните, как он выглядит? Здоровенная жирная туша. При воспоминании о морже мне не хочется идти в бассейн. Возьмем мышь. Та целыми днями бегает, бегает, а каков результат? Редкая полевка живет больше трех лет. А теперь поговорим о черепахе. Тортила еле-еле ползает, не занимается в фитнес-зале и живет не одну сотню лет. Мораль: поменьше спортивных достижений, покрепче панцирь на спину, никаких полезных омега-три кислот, и протянешь лет триста. Но завтракать, обедать, полдничать, ужинать, перекусывать необходимо регулярно, иначе не сохранишь стройность. Главное, есть продукты правильные. Я недавно узнала, что днем, до шести часов, следует употреблять исключительно углеводы, а белками надо лакомиться на ночь. Поэтому вчера на ужин съела котлеты, соевые макароны (кто не знает, соя — это белок), закусила творожной запеканкой (снова белок), запила пакетом кефира (белок) и побаловала себя гоголь-моголем. Последний, правда, готовится исключительно из желтков, но ведь они находятся в белке, следовательно, могли набраться от него полезных качеств. Если правильно соблюдать диету, она вполне переносима. Правда, мой вес пока не падает, даже чуть-чуть пошел вверх, но я же совсем недавно перешла от раздельного питания к углеводно-белковому, организм еще не перестроился. Сейчас закажу спагетти, кофе, пирожное. Одни углеводы. Белок перед сном. О жирах не стоит волноваться, они не учитываются.

Озадачив официанта, я соединилась с Димоном и попросила его заняться теткой, чье платье прибыло к Зое из бутика «Флоя». Заодно поискать среди людей с криминальным прошлым женщину по фамилии Тряпкина. Почему я решила, что незнакомка уголовница? Все дело в словосочетании «бурмаки наточила».

Много лет назад, до того, как во всей России появились книжные магазины, печатные издания по городам и деревням разносили торговцы, которых называли офенями. Не могу вам сказать почему, но офени придумали свой собственный язык и между собой беседовали исключительно на нем. Вместо глагола «разговаривать» они употребляли слово «ботать». Мне кажется, что парни убрали «л» из известного всем «болтать». Кое-какими выражениями торговцев стали пользоваться простые люди, у известного московского бытописателя Гиляровского встречается фраза: «по фене ботать», то есть говорить, как офеня. Сейчас понятие «офеня» давно ушло из нашего языка, слово забыто, но выражение «по фене ботать» осталось в криминальной среде, только сейчас оно означает умение владеть сленгом преступников. Из обычной бытовой речи благодаря научно-техническому прогрессу почти ушли слова «примус», «фонарщик», «сбитенщик», «телефонная барышня», «машинистка».

Кто помнит, что такое монпансье? Леденцовые круглые конфетки в железной банке! А Торгсин? Кому прабабушки рассказывали про магазины «ТОРГовля С ИНостранцами», где можно было обменять золотое колечко на товары? Мы потеряли массу лексики, зато приобрели много новой.

А вот криминальный мир консервативен. В уголовном жаргоне задержались выражения давних лет, более того, они до сих пор активно употребляются. Слова «бурмаки наточила» в переводе на простой человеческий язык означают что-то вроде «быстро ухожу». Бурмаками в давние времена называли обувь, которую носили заключенные, осужденные на каторжные работы. Откуда я это знаю? В свое время я писала диплом у профессора Николая Витальевича Михайлова, тот собирал различные примеры уголовного сленга, хотел составить словарь, был очень увлечен своей работой и мог подолгу о ней рассказывать. К Николаю Витальевичу для консультации обращались сотрудники уголовного розыска, порой мой научный руководитель принимал участие в допросах, иногда его просили растолковать записки арестованных, перехваченные охраной. Как-то раз я стала свидетелем беседы Михайлова с незнакомым мужчиной, профессор с укоризной говорил:

— С волками жить, по-волчьи выть. А уж если охотишься на волков, изучай их повадки. В письме, которое ваш задержанный хотел передать брату, ничего загадочного нет!

— Ага, — обиженно протянул незнакомец. — В особенности в этой фразочке: «Если Ленка визжать станет, скажи ей: «Живо бурмаки наточу, если пасть не зашьешь!»

Педагог улыбнулся:

— «Бурмаки наточить» означает: быстро уходить. Обычные люди о таком выражении не знают, а для уголовников оно родное и любимое. Хочешь расскажу, что такое бурмаки? Нечто среднее между лаптями и...

— Потом, — отмахнулся мужчина, — некогда сейчас...

У меня, как у всякого филолога, пусть даже и не работающего по специальности, отличная память на новые слова. Я запомнила выражение про бурмаки и хорошо понимаю: в своей речи его станет употреблять лишь человек, побывавший за решеткой.

Димон выслушал мои рассуждения и заявил:

— Уж больно ты умна. Тряпкина может иметь мужа осужденного или сына, отца-уголовника, просто работать в СИЗО, в конце концов, начитаться того же Гиляровского.

— Тогда мы выйдем на нее через фамилию «Тряпкина», — сдалась я, — она не очень распространенная, расширь поиск, залезь в базу Управления исполнения наказаний.

— Далась тебе эта баба, — вздохнул Коробок.

— Она единственная пришла без записи, намекала на какой-то должок, плюнула на дверь, — парировала я. — Если мы считаем смерть Бориса Олеговича насильственной, то необходимо изучить мельчайшие детали.

— Я внимательно прошерстил дело, которое

вел покойный следователь Дзаев. Интересная вырисовывается картина, — сказал хакер.

— Рассказывай, — велела я, наблюдая, как официант ставит на стол глубокую тарелку, наполненную спагетти. Макароны затопил соус, и я, прикрыв телефон рукой, шепотом осведомилась:

— Подливка из углеводов? Я на диете, мне нельзя белки.

— Одно углеводство, — заверил подавальщик, — могу привести повара, он подтвердит. Сливочная заправка с грибами. Тут белками и не пахнет[1].

— Спасибо, — обрадовалась я и теперь слушала Димона, одновременно накручивая на вилку длинные макароны.

Борис Олегович умер в ночь на первое мая. Я бы никогда не выбрала для самоубийства теплое, солнечное весеннее утро. С другой стороны, я никогда и не уйду из жизни добровольно. Бог весть что творится в мозгу у самоубийцы, вероятно, он не замечает ничего вокруг. Но день кончины Бориса удивлял не только прекрасной погодой. Если он любил Зою и оберегал ее от всяческих неприятностей, почему выбрал тот редкий, даже уникальный момент, когда супруги остались в особняке вдвоем? Две горничные приезжали к восьми утра и отправлялись восвояси после программы «Время», а домоправительница Анна находилась в особняке постоянно. Но в самом конце апреля у Ани умерла мать, и Борис Олегович отпустил женщину на по-

---

[1] Тане не стоит никому верить на слово. Сейчас ее обманывают.

хороны. Несколько суток хозяева должны были провести вдвоем.

Зое Владимировне решение мужа не очень-то понравилось, на ее взгляд, следовало пригласить кого-то на замену, но Борис Олегович не захотел, сказал:

— Зачем нам чужой человек?

Тридцатого апреля супруги вернулись домой не поздно. Шофера отпустили и вошли внутрь. Борис Олегович сам запер и парадную, и «черную» дверь, задвинул защелки, проверил окна на первом этаже, сказал жене:

— Пойду пообщаюсь с Павликом, — и направился в паучью.

Агишева захотела капучино. Зоя Владимировна может выпить литр кофе и потом сладко заснуть. Она пошла на кухню, не сумела включить машину для приготовления напитка и позвала мужа, но тот ответил:

— Золотце, не время употреблять кофе, хлебни кефирчика.

Зоя догадалась, что муж просто не хочет отвлекаться от пауков или сам не умеет управляться с агрегатом, но, как все представители сильного пола, не желает выглядеть дураком. Вернулась на кухню, понажимала на кнопки, обожгла палец струей пара и, обиженная, легла спать, выпив сорок капель валокордина.

Проснулась она в районе девяти утра от грохота. Похоже, горничные колотили в дверь каким-то железным садовым инструментом. Зоя Владимировна удивилась. Борис стопроцентный жаворонок, он всегда поднимается в шесть, а в восемь уже уезжает по делам, даже несмотря на то, что лег за полночь. Сама Зоя сова, она обожает покемарить до полудня. Поскольку экономка Аня на похоронах, впустить приходящих горничных следовало мужу. Но тот, на удивление, проспал. Зоя разозлилась, решила высказать Борису свое «фэ», впустила девушек, отругала их за шум, потребовала кофе и пошла в свою спальню, где благополучно задремала, пока ее не поднял с постели вопль: одна из горничных обнаружила труп хозяина.

Дальше начался кошмар. Домработницы, впав в истерику, не понимали, что делать. Зоя Владимировна металась по дому и рыдала. Она не позвонила ни в «Скорую», ни в милицию, просто кричала, пока кто-то из прислуги не опомнился и не вызвал врачей. Почему не милицию? Ответа нет, но первыми на место прибыли медики из элитной клиники, которую посещали супруги Ветошь. Врачи-то и обратились в местное отделение.

Первое мая — выходной, второго тоже мало кто работает, и большинство друзей Бориса Олеговича уехали из столицы до одиннадцатого числа. Зое Владимировне не к кому было обратиться. Она настолько растерялась, что не позвонила в похоронное бюро. Горничные сразу после того, как спецмашина увезла тело, уехали, даже боясь потерять работу в агентстве, они не хотели убирать комнату, где нашли труп. Шофер тоже постарался побыстрее смыться, в доме остались криминалисты. Одна из них, Анна Павлова, сказала хозяйке:

— Зоя Владимировна, выпейте чаю, хорошо бы

вам принять легкое седативное средство, а потом уезжайте к родственникам.

— У меня никого нет, — прошептала Агишева.

— Позвоните подругам, — предложила Анна.

— У меня их нет, — повторила Зоя Владимировна.

— Ни одной? — уточнила Павлова.

Новоиспеченная вдова затряслась.

— Да, только хорошие знакомые, соседи.

— Думаю, они не откажутся приютить вас в данной ситуации, дома рядом большие, многоэтажные, найдется на время для вас комната, или снимите номер в гостинице, — не успокаивалась Анна. — Неподалеку, в Барвихе, есть отель. Поверьте моему опыту, вам лучше сейчас покинуть дом.

Агишева заплакала.

— Спасибо за сочувствие. Заварка не знаю где, кофемолку сама не включу, лекарства есть, но я понятия не имею, где они хранятся, в спальне один валокордин. Все соседи разъехались до середины мая, мы тоже хотели улететь третьего на Сардинию. Сколько денег на карточке, мне не ведомо, но наличных у меня нет, поэтому в гостиницу лучше не ездить. Я очень хочу есть. Вы не можете мне бутерброды сделать? С чем угодно, не знаю, какие продукты в холодильнике имеются. И кофе! Умоляю! Сварите побольше.

Сначала Анна решила, что у Зои шок, но Павлова провела в особняке целый день и поняла, что хозяйка в бытовых вопросах полный ноль. У плиты она не стояла после Парижа, привыкла, что еду и питье приносят на подносе. Во время работы Анна несколько раз делала перерывы и, проходя на кухню за чаем, видела в гостиной в кресле свернувшуюся клубочком Зою. В конце концов эксперту стало жаль ее, она подошла к Зое Владимировне и сказала:

— Хотите, сварю вам еще кофе?

— Не знаю, — чуть слышно ответила вдова, — я ничего не знаю, не понимаю, как жить дальше, что делать?

— Так бывает со всеми, кто внезапно теряет близких, — вздохнула Анна, — все образуется! Жизнь длинная!

— Не знаю, не знаю, — твердила Агишева.

Павлова посидела немного с хозяйкой, потом сделала снимки комнаты и ушла. Смерть Бориса Олеговича походила на суицид, но Анна не имела права делать выводы, ее задача — собрать улики. Павлова следовала протоколу. Он предписывает непременно сделать фотографии не только комнаты, где найдено тело, но и всех других помещений тоже. Анна опытный специалист, поэтому в деле есть много снимков.

Ничего подозрительного на месте происшествия не нашли. Если не считать дохлого паука, от вида которого передернуло даже привыкших ко всему медиков, оперов и криминалистов. Борис лежал на несмятой кровати, он был обнажен, прикрыт с головой пуховым одеялом, на руках никаких ран. Единственный беспорядок — опрокинутая ваза с цветами — случился из-за доктора «Скорой». Врач подошла к постели, решила удостовериться в смерти пациента, нагнулась, отдернула одеяло, которое было натянуто почти до макушки, и с воплем шарахнулась в сторону, задев стеклянный столик, на котором стояла ваза с тюльпанами и ирисами. Врача можно понять: не всякий сохранит спокойствие, увидев на шее покойника паука размером с суповую тарелку.

— И у меня возник вопрос, — говорил Димон, — зачем убивать себя первого мая? Неужели Борис Олегович не понимал, что в праздничные дни никто Зое Владимировне не поможет, а все бюрократические церемонии растянутся до неимоверности? Все закрыто, никто не работает, большая часть знакомых разъехалась. Да, всякие службы вроде похоронных бюро и милиции не имеют выходных, но Агишева осталась буквально в изоляции. Никого из близких рядом. Ветошь не подумал о реакции прислуги? Ему не пришло в голову, что горничные удерут без оглядки? К кому Зоя могла обратиться за помощью? На праздники Москва опустела, а Агишева давно разучилась решать любые проблемы самостоятельно. Борис любил жену и создал для нее столь стрессовую ситуацию? Странно, а?

— Можно долго рассуждать о психологии самоубийцы, — остановила я Димона, — и ничего не понять. У меня возникли другие вопросы. Яд арлекина опасен?

— Очень, — ответил Коробок, — почти мгновенного действия.

— Сколько времени проходит от укуса до кончины человека?

— В зависимости от веса, возраста, состояния здоровья, — начал деловито перечислять хакер.

— Назови самый большой срок в случае укуса в шею, — потребовала я.

— От двадцати секунд до минуты, — отчеканил Димон, — ты что имеешь в виду — смерть или обездвиженность?

— Уточни вопрос, — попросила я.

— Паук прокусывает кожу, впрыскивает яд, тот почти мгновенно парализует жертву, а сама смерть наступает чуть позднее, от остановки сердца, — ответил Коробок.

— Следовательно, Борис Олегович сразу потерял способность двигаться? — еще раз уточнила я.

Димон разозлился.

— Сколько раз можно повторять? Да!

— Тогда как он смог натянуть одеяло почти до макушки? — спросила я.

Глава 11

— Черт, почему никто не обратил на это внимания? — взвыл хакер.

— Не знаю, — ответила я, — случается, все глядят и не видят. Полезно иногда пригласить, так сказать, свежего человека.

— Может, Борис поместил насекомое под подбородком, сам прикрылся одеялом и стал ждать смерти? — предположил Коробок.

Я отмела его предположение:

— Не получится. Арлекин в темноте мгновенно засыпает, у него на спинке какие-то природные фотоуловители. Вспомни рассказ Агишевой, посмотри в Интернете описание арлекина. Нет, Борис Олегович, страстный пауковед, прекрасно знал — накроет Павлика, и тот безопасен. И так сомнительно, что насекомое цапнет любимого хозяина, а уж под покрывалом арлекин и на муху не нападет, он беспомощен.

— Значит, это убийство, — подытожил Димон. — Теперь у меня нет сомнений. И кого ищем?

Я отложила вилку и хлебным мякишем аккуратно собрала вкусный соус со дна тарелки. Тоже углеводы, я не нарушаю строгой диеты.

— Ау, Тань, проснись, — потребовал Коробок, — не слышу членораздельной речи.

Я быстро проглотила хлеб.

— Необходимо найти человека, который был зол на адвоката.

— Какая оригинальная, светлая, ранее никем не высказанная идея, — принялся ерничать Димон, — учитывая его бизнес, предстоит прошерстить тьмы и тьмы людей.

— Можно сократить круг до нескольких человек, — с набитым ртом проговорила я, — убийца взял в руки Павлика. Много ты знаешь людей, способных прикоснуться к мохнатому пауку?

— Ну нет, — согласился хакер. — Я, например, ни за какие новые программы не соглашусь.

— Следовательно, нужно обратить внимание на лиц, увлеченных насекомыми. И следующий момент. Арлекин не терпит чужих прикосновений, он должен был укусить того, кто его вынул из аквариума, — заметила я.

— Стой, стой, тут нестыковочка, — зачастил Димон, похоже, довольный, что может уличить меня в отсутствии логики, — как же этих монстров ловят? Их бы не могли продавать. Значит, есть способ взять паучище в руки и остаться в живых.

— Ты не дал мне договорить, — укорила я Коробка, — складываем вместе наши размышления и кого получаем? Мужчину, который не просто не боится, но и хорошо умеет обращаться с экзотическими пауками.

— Может, женщину, — буркнул Димон.

Объяснить ему, что даже толерантно относящаяся к мышам дама умчится прочь, завидев мохнатого гигантского паука? Я решила не тратить слова зря.

— Ладно, пусть тетку, что, однако, еще сильнее сужает круг подозреваемых. У меня есть отличный кандидат на роль киллера — ветеринар Антон. Он подходит по всем параметрам. Напрошусь-ка я к парню на беседу.

— Только будь осторожна! — счел своим долгом проинструктировать меня Димон. — Лучше ни о чем не спрашивай в лоб, обратись якобы за консультацией.

— Купить паука и спеть о его плохом самочувствии? — хихикнула я.

— Именно! Сейчас... вот, нашел, шлю эсэмэской адресок, — пообещал Димон. — Лавка с насекомыми-экзотами. Находится на Дмитровском шоссе.

— Весьма удобно, — обрадовалась я, — вроде Антон живет в том же районе. Сейчас ему позвоню. Только давай сначала завершим с уликами, которые нашли эксперты по делу Ветошь. Ничего интересного?

— Нет, в спальне Бориса Олеговича только его

пальчики, плюс жены и прислуги. Похоже, посторонние в комнату вообще не заходили, — отрапортовал Димон.

— Мало кто пускает в интимное помещение гостей, если только не живет в однушке. И не надо рассчитывать, что киллер идиот. Сейчас народ смотрит сериалы про криминалистов, про отпечатки все знают, — вздохнула я, — а в паучьей комнате? Может, убийца там наследил?

— У насекомых идеальный порядок, Ветошь каждый день заставлял горничных в своем паукарии полы пылесосить, — объяснил Димон. — Они тряпками стены протирали, но к аквариумам ближе, чем на полметра, не приближались, хозяин запрещал. Вот там нашелся один фрагмент отпечатка детской ладошки, на столике около жилища арлекина.

— Рука ребенка? — удивилась я.

— Фатима смотрела, сказала, может, лет семь, восемь, — продолжал Димон, — похоже, малыш просто оперся о стеклянную столешницу.

Я не усмотрела в этом сообщении ничего важного.

— Борис Олегович часто собирал гостей, вероятно, показывал чьему-то наследнику насекомых, но, поскольку детей в ночь трагедии в доме Ветошь не наблюдалось, мы легко можем забыть об этой улике.

— Еще одна деталь, — продолжал Коробок. — Токсикологический анализ обнаружил в крови Бориса лекарство, очень распространенное снотворное, дормизол. Судя по его концентрации в крови, Ветошь принял две таблетки, что является терапевтической дозой, отравиться таким количеством невозможно. Зоя Владимировна подтвердила: муж всегда перед сном глотал пару пилюль, они на него замечательно действовали. Он забывался буквально через десять минут, без просыпа храпел пять часов и вставал, ощущая себя огурцом.

— Подожди, у меня звонок по второй линии, — попросила я.

— Больше пока говорить не о чем, — буркнул Димон и отсоединился, я нажала на кнопку и услышала приятный баритон:

— Соблаговолите позвать Татьяну Сергееву.

Мне почему-то стало смешно.

— Я на проводе.

— Вас беспокоит Каро Финогенович, — представился мужчина, — если у вас нет срочных, неотложных дел, то прошу прибыть в фирму «Капризо». Моя дочь плохо себя чувствует, будущий зять отказался, сославшись на спешность и безотлагательность работы. Я бы и сам справился, но в «Капризо» есть правило: при составлении сценария свадьбы должны присутствовать обе стороны. Со мной одним разговора не состоится. Поелику время поджимает...

Я нажала на красную кнопку, набрала телефон Антона и услышала:

— Котов слушает.

Отличная фамилия для ветеринара.

— У меня заболел паук, — заныла я, — можно его вам показать?

— Не сегодня, — отказал Антон, — а что за экземпляр?

— Хорошенький, — всхлипнула я, — симпатичненький, с лапками. Вдруг он умрет? Умоляю! Ему совсем плохо.

— Опишите симптомы, — потребовал врач.

Я растерялась, а потом рассердилась на себя за глупость. Следовало предварительно прочитать описание какой-нибудь паучьей болезни, а уж потом беспокоить Антона. Сейчас придется выкручиваться.

— Ну... ему нехорошо, — осторожно произнесла я.

— Насколько? — уточнил Антон.

— Не ест, не играет, скучный, — в порыве вдохновения перечислила я.

Собеседник молчал.

— Сильно кашляет, — сгустила я краски, — чихает, горло красное, насморк.

Из трубки донесся смешок, и Антон произнес:

— Ну раз у несчастного столь ярко выраженные респираторные явления, то ладно. Могу посмотреть. Сегодня, после двадцати часов, раньше не получится. Вам придется приехать ко мне домой, записывайте адрес. Кто дал вам мой телефон?

— Борис Олегович Ветошь, — сказала я, — еще давно, зимой.

— Он вас предупредил, что я не оказываю платных услуг? Даю консультации исключительно знакомым, по дружбе? — осведомился Антон. — Пауки мое хобби.

— Да, да, да, — зачастила я и на всякий случай решила польстить ветеринару: — Борис о вас говорил с восторгом: «Лучше Антона Котова во всем мире нет!»

Из трубки снова раздался смешок.

— Жду вас. Не опаздывайте.

— Никогда! — радостно закричала я, быстро попрощалась с Антоном и тут же позвонила в магазин, где торговали насекомыми.

На сей раз трубку взяла женщина. Мне оставалось лишь радоваться, как удачно складываются обстоятельства. Антон жил в паре кварталов от магазина, который работал до семи тридцати. Я успею скататься с Карфагенычем, приобрести паука и пробраться под видом энтомолога-любителя к Котову. Я снова нажала на кнопку.

— Весь внимание, — торжественно возвестил Каро.

— Простите, я въехала в зону, где нет приема, — соврала я, — вот мы и разъединились.

— Как вы узнали мой номер? — удивился Карфагеныч.

— У меня определитель, — объяснила я.

Правда, еще есть функция распознавания так называемых «спрятанных» номеров плюс много других интересных возможностей, но милейшему Каро Финогеновичу совсем не нужно о них знать.

— Вы готовы прибыть в агентство? — спросил отец Лапы. — Называю улицу и номер дома. Запомните?

Я надавила кнопку на боковой панели сотового. Вот вам еще одна фишка моей самой затрапезной и дешевой на вид трубки: она записывает любой разговор.

Сегодня явно мой день, фирма, в которую решил обратиться Каро, находилась в самом начале Дмитровки, и при мысли о том, что не придется рулить по пробкам, я обрела прямо-таки лучезарное настроение. Даже Карфагеныч при встрече показался мне вполне симпатичным.

— Татьяна, наша задача получить много услуг за малую плату, — с места в карьер начал будущий тесть Коробка. — Предлагаю предоставить основные переговоры мне. Если я скажу «да», вы соглашаетесь. Произнесу «да, да» — возражаете. В противном случае расходы могут стать выше, чем я рассчитываю.

— Хорошо, — согласилась я.

— Достигнут консенсус, — с удовлетворением заметил Каро, — сидите в приемной, я отправляюсь искать нужного специалиста, абы к кому не пойдем. Сначала произведем психологическое сканирование.

Я снова согласилась.

— Ладно.

В круглом холле, куда выходило несколько дверей, сидели люди с мрачными лицами. Совсем не похоже, что они пришли обговаривать сценарий свадьбы. Сев за маленький столик, я очутилась напротив стенда, где были размещены фотографии разных свадебных платьев. Над ними была надпись, сделанная красным фломастером: «Как одеться невесте, чтобы выделиться на фоне гостей». Стараясь не рассмеяться, я опустила взгляд и услышала тихий женский голос:

— Петь, ты деньги взял?

— Не дам, — коротко ответил бас.

Я постаралась незаметно посмотреть туда, откуда доносились звуки. Чуть поодаль от меня обнаружилась троица. Даме лет пятьдесят. На ней красный костюм, усеянный белыми горошинами. Мужчина в мятых черных брюках и простой майке. Старуха, вся в темно-фиолетовом, глядела грозно.

— Как тебе не стыдно, — укорила дама спутника. — Ну отчего ты такой жадный?

— Мой сын на черный день копит, а теперь все сбережения на свадьбу пустить? — вмешалась в беседу бабка. — Замолчи, Нинка. Хватит того, что он тебя и дочку на горбу несет! Нечего Петеньке на шею еще и будущего зятя сажать. Ох, убили бобра! Нашли голожопого! Ни машины, ни квартиры, ни дачи, ни денег, ни родителей. Долго, Нинка, твоя дочь его искала!

— Мама, вы же знаете, они с Леночкой друг друга любят, — попыталась вразумить свекровь невестка.

— Любовь ихняя, а денежки Петины, — каркнула мамаша.

— Мать, замолчи, — приказал Петр, — не порти праздник.

Бабка притихла, зато в их разговор бесцеремонно вмешался дед, сидевший чуть поодаль от честной компании.

— Правильно, сынок, баб надо в строгости держать, вот я со своей сорок пять лет живу! До сих пор ругаемся, аж в ушах звенит! Она в гневе и сковородку швырнет, и сервиз мне в спину запулит, из дома выгонит, из окна вывесится и ну на всю улицу орать: «Не смей, старый козел, домой возвращаться!»

Но я ей спуску не даю, пойду к мужикам в гараж, всю правду о жене в лицо выскажу, и назад.

Не смеет она мной командовать. Главное, показать, кто в доме хозяин! Не давать бабе спуску. Моя моду взяла, если после девяти вечера домой придешь, дверь не открывает. Программа «Время» по телику идет, старуха в прихожую не выходит. И еще имела наглость мне заявить: «Припрешь поздно, спи на лестнице!»

Думаете, ей такое хамство с рук сошло? Нет! Я всегда в двадцать сорок пять в квартире. По-своему поступил! Никто не имеет права мне указывать, когда в родной дом входить. Я сам решил, что без четверти девять возвращаюсь, и точка!

— Петь, дай мне тысячи две-три, — попросила Нина.

— Зачем? — осведомился муж.

Нина придвинулась вплотную к супругу и прошептала ему что-то на ухо, Петр достал портмоне, выудил из него пару бумажек и протянул ей.

— Здесь только две штуки, — разочарованно протянула Нина. — А я просила две или три! Я, Петя, тебя очень люблю и что имею взамен?

— Если б ты обожала Петеньку, вышла бы замуж за Серегу, — ожила бабка.

Нинка подалась вперед.

— Знаете, мама, после того, что случилось у нас с Петькой в школе в туалете на выпускном, он как честный человек был обязан на мне жениться!

Свекровь уронила очки с носа.

— Господи! А что у вас случилось-то? Чего я не знаю? Что от меня скрыли?

Дед захихикал.

— Мама, замолчи, — вяло сказал Петя.

— Матери рот не заткнешь, — рыкнула бабка.

Я прикусила нижнюю губу, чтобы не рассмеяться, и тут из коридора выкатился Каро Финогенович со словами:

— Соблаговолите пройти в пятый кабинет.

Глава 12

— Садитесь, пожалуйста, — предложил парень, одетый, несмотря на лето, в темный костюм, — мы вам рады, желание клиента для нас закон, работаем триста шестьдесят пять дней в году. Готовы к выполнению любых задач. Я Михаил, ваш персональный менеджер с момента оплаты. Консультация до заключения договора бесплатная. Триста шестьдесят пять суток в году для клиента — вот наш девиз.

Карфагеныч вытащил из кармана калькулятор.

— Михаил, не надо нас обманывать.

Парень совершенно искренне удивился.

— В чем обман?

Каро засучил рукава.

— Объясняю. Только что вы объявили про триста шестьдесят пять рабочих суток. Но это неправда. Следите за ходом моих рассуждений. В году пятьдесят две недели, так?

— Верно, — согласился Михаил.

— Вы небось имеете два выходных, — зажужжал Карфагеныч, — берем количество семидневок, увеличиваем вдвое, получаем сто четыре свободных денечка. Вычитаем из общего количества, имеем... э... э... двести шестьдесят один рабочий день. Далее. Отпуск. Он составляет двадцать четыре дня. Снова отнимаем, имеем двести тридцать семь. Теперь уберем новогодние каникулы, первомайские, плюс всякие там праздники, Пасха, например, Восьмое марта, ноябрьские, всего у нас гулянок на тридцать чисел. Вычитаем. И получим двести семь. Ясно? Уже не триста шестьдесят пять!

Карфагеныч потряс счётами.

— Математика — гениальная вещь. В сутках двадцать четыре часа, следовательно, совершив простое умножение, двести семь на... так... у нас четыре тысячи девятьсот шестьдесят восемь часов, которые вы вроде как трудитесь. Вопрос: сколько должен спать человек?

— Врачи говорят о необходимости проводить в кровати восемь часов, — услужливо подсказала я.

— Спасибо, Татьяна, — церемонно кивнул Каро, — не упускайте мою мысль. Двести семь множим на восемь, и вот вам тысяча шестьсот пятьдесят шесть часов, когда вы кемарите. Четыре тысячи девятьсот шестьдесят восемь минут сон... имеем в результате три тысячи триста двенадцать. Рабочих-то дней все меньше. Но мы на этом не остановимся. Сколько москвич тратит на дорогу от дома до офиса? Михаил?

— Еду два часа, — ответил парень, — пробки повсюду.

— Отлично, — крякнул Каро, — двести семь на два, равно четыреста четырнадцать, убираем пустое, дорожное ничегонеделание, и, пожалуйста, две тысячи восемьсот девяносто восемь. Это вроде рабочий период года? Да? Нет! А еда? Обеденный перерыв? Вы курите?

— Да, — растерялся менеджер.

Карфагеныч заумножал:

— Час на еду, плюс два на телевизор и еще часок на офисную болтовню и чаепитие. Итого: четыре часика в день. Множим, вычитаем, имеем промежуточный результат две тысячи семьдесят минус еще двести семь, получилось — тысяча восемьсот шестьдесят три часа. Ого! Все меньше и меньше на службу.

— Эй, а еще двести семь откуда? — возмутился Михаил.

Каро прищурил правый глаз.

— Ну не при женщине же уточнять. Кхе, кхе. Поняли?

— Нет! — признался Михаил.

— Туалет, — коротко бросил Карфагеныч, — следите за моей мыслью. У людей всегда есть свободное время — погулять, в кино сходить, шашлык, пляж, девушки. Михаил, согласны? Сегодня, например, какие у вас планы?

Менеджер расплылся в улыбке.

— В восемь с приятелем договорился, сначала поедим, потом в клуб.

— Долго веселиться планируете? — осведомился Карфагеныч.

— Наверное, до часа, — честно сказал юноша.

— Девять, десять, одиннадцать... — забормотал Каро, — выходит пять часов. Двести семь на пять... уберем сумму... восемьсот тридцать часов. Учтем время, проведенное в магазинах, покупку продуктов и необходимых вещей, разговоры по телефону, походы к врачу, в химчистку, в автомастерскую...

Каро щелкал костяшками со скоростью дятла,

который выдалбливает из коры дерева вкусных червяков.

— Вычитаем, складываем. Ого! Михаил, окончательный результат — пять часов. Вы работаете всего пять часов в году. И не надо врать клиентам про триста шестьдесят пять суток, потому что это... множим на двадцать четыре... э... восемь тысяч семьсот шестьдесят часов! Пять и почти девять тысяч! Есть разница?

— Как у вас это получилось? — взвыл Миша. — Я сутками сижу в офисе! Безвылазно!

— Математика! — торжественно заявил Каро. — Она никогда не лжет. Я не вру и вам не советую. Честно жить удобнее. Так что вы можете нам предложить?

Михаил кусал губы. Я с интересом посмотрела на Каро Финогеновича. Похоже, отец Лапули сбил у менеджера настройки. Миша действует по стандартной схеме: сначала озвучивает слоган фирмы, потом обсуждает сценарий. И никто до сих пор не спорил с его заявлением: «Мы работаем для вас триста шестьдесят пять суток в год». Хотя если вдуматься и посчитать... Я ущипнула себя за руку, Таня, приди в себя. Похоже, Каро Финогенович распространяет инфекцию. Мне тоже захотелось взять калькулятор.

— Михаил, мы ждем! — окликнул ошалевшего парня Карфагеныч.

Менеджер с шумом выдохнул и воскликнул:

— Сказочный сценарий! Истории с восточным колоритом, вроде Али-бабы и сорока разбойников! Новобрачные играют главные роли, гости — вспомогательные. Там много про пиры рассказано, можно приготовить стол, как у падишаха, разные блюда, много салатов, сладости.

— М-да, — крякнул Каро, — вы исключительно эту легенду разрабатываете?

— Можете предложить свою, — сказал Михаил.

— «Маша и три медведя», — произнес Каро, — они там только кашу хлебали. Без еды лучше.

— Свадьба без угощения не свадьба, — уперся Миша.

— А жаль, — вздохнул Каро, — лучше всего гостям приехать, подарки оставить, и до свидания, пусть молодые их разбирают. Да? Татьяна?

— Да, — быстро ответила я.

— Или все же салаты, рыба, горячее, десерт, выпивки море? Да, да? Таня?

— Да, — брякнула я.

Каро сверкнул глазами.

— Да, да? Татьяна! Да, да?

Я вспомнила наш уговор и изменила позицию.

— Нет!

— Вот видите, сторона жениха тоже за свадьбу без банкета, — обрадовался Карфагеныч.

— Что, с пустым столом? — поразился Миша.

— Дома поесть можно, — заявил Каро, — в ресторанах всегда тьма еды на тарелках остается, неэкономно, неразумно, неправильно.

— Но как же, — растерялся Михаил, — у нас большой выбор кафе. И вообще, мы берем на себя все хлопоты, организуем торжество, договариваемся с загсом, их сотрудники выезжают в ресторан.

Я вспомнила уроки Анны Ивановны:

— Книгу записи актов гражданского состояния нельзя выносить за пределы учреждения, молодожены должны приехать и расписаться в ней в помещении загса, гроссбух, который притаскивают на церемонию в какой-нибудь парк или трактир, это муляж. Небольшой обман присутствующих, для красоты.

— Врать нехорошо, — мигом отреагировал Карфагеныч, — я уже говорил. Ладно, уходим.

— Куда? — испугался Миша.

Каро вынул из барсетки бумажку и с чувством продекламировал:

— Фирма «Коновалов и дети». Свадьбы, дни рождения, крестины, разводы, похороны и другие радостные события вашей жизни без проблем, с улыбкой и тридцатипроцентной скидкой!

— Они жулики! — засуетился Михаил. — Не верьте ни одному слову в рекламе.

— Вы с нами тоже нечестно обходитесь, — сказал Карфагеныч, — вспомните про триста шестьдесят пять рабочих суток и официальную регистрацию на выезде.

— Сделаем все в лучшем виде! — задергался Миша. — Устрою вам личную суперскидку!

Каро пошевелил бровями.

— Ну, тогда начнем конкретную беседу.

Следующие полтора часа Михаил и отец Лапули обсуждали детали предстоящего торжества. Я сидела тише мыши, которую угораздило очутиться в одной компании с котами-крысоловами. Наконец менеджер вытер пот со лба и огласил окончательную сумму. Если учесть, что созывалось чуть более двухсот человек, я была удивлена столь малым количеством денег.

— Согласен, — кивнул Каро.

— Платье, фата и туфли сюда не входят, — предупредил Миша, — одежда для жениха тоже. У меня есть адрес магазина, там вы легко купите любой наряд. Цены приемлемые, с моей визиткой десятипроцентная скидка.

— Спасибо, — церемонно кивнул Карфагеныч, — очень любезно с вашей стороны.

— Оплата за наши услуги вперед, стопроцентно, в рассрочку мы не работаем, — деловито предупредил Миша.

Я ожидала бури негодования со стороны будущего тестя Коробка, но Карфагеныч воспринял это условие спокойно, расстегнул сумку, достал пачку пятитысячных купюр и спросил:

— Где машина для счета?

Михаил аккуратно положил подписанный нами договор в верхний ящик стола и сказал:

— Наличку не принимаем, исключительно кредитные карты.

— Глупости! — фыркнул Каро. — Чем мои деньги плохи?

— Отличные купюры, — похвалил Миша, — новенькие, аж хрустят, но таково распоряжение нашего хозяина, он не желает неприятностей с налоговой, один раз сюда уже прикатывали маски-шоу, повторения концерта не хочется.

— Но у меня деньги! — повторил Карфагеныч. — Трудовые, заработанные.

— Верю, — кивнул Михаил, — через дорогу банк, у нас с ними договор, если человек показывает этот проспект, вот, держите, ему за час открывают счет и дают карту. Идите скорей.

Карфагеныч побагровел:

— Отдать свои кровные и получить взамен кусок пластика? Я что, дурак? Буду добровольно лишаться средств? Я похож на Буратино? Зарою собственные деньги на поле чудес? Банкиры обманщики, они разорятся, и тю-тю мои сбережения!

— Вы же способны мыслить логически, — улыбнулся Михаил, — за час ничего не произойдет! Принесете кредитку, я обналичу ее через терминал, и готово. Надеюсь, паспорт вы прихватили?

— Нет, а он нужен? — нахохлился Карфагеныч. — Безобразие! Ухожу навсегда. Вы потеряли клиента.

— Жаль, — вздохнул Михаил, — все обсудили, договорились, но у нас нет проблем с заказчиками, в коридоре ждет очередь. А вот вам будет сложно найти агентство, которое организует торжество с нуля за пару дней. Мы единственные на этом рынке с приставкой «цито», это по-латыни, а по-русски «быстро».

Каро Финогенович растерянно посмотрел на меня.

— Татьяна, вы пользуетесь карточкой?

— Конечно, — ответила я.

— Возьмите у меня наличку и оплатите со своей карты расход, пожалуйста, — попросил отец Лапули, — дочь мечтает о свадьбе, роды на носу. Михаил прав, я с утра обзвонил всю Москву, никто не берется в короткий срок праздник организовать, они единственные. Живые деньги лучше пластика. Сколько они спишут, столько я вам сейчас и отсчитаю.

Я не стала возражать. Зарплату я получаю хорошую, более того, мне ее регулярно повышают, выписывают премии, порой очень даже существенные. На счету у меня хранится большая сумма, а в планах покупка собственной жилплощади, не жить же до старости у Димона. И ведь Каро не просит в долг, он держит в руках толстую пачку банкнот.

Я вытащила кошелек, протянула кредитку Михаилу. Парень взял ее, хотел сунуть в терминал, но я вдруг осознала свою ошибку.

— Стойте!

— Что не так? — занервничал Карфагеныч.

Я достала из кошелька другую карточку.

— Извините, спутала. Дала вам не свою «сберкнижку», а служебную. У нас есть рабочие карты для расплаты по делам фирмы.

— Пустячок, а приятно, — засмеялся Миша, — вы, наверное, большой начальник, простому клерку хозяин не разрешит свободно его деньгами распоряжаться.

Я улыбнулась.

— Зовите меня просто царица земного шара.

Ну не объяснять же менеджеру, что сотруднику спецбригады может внезапно потребоваться приличная сумма. Один раз мне, изображавшей из себя богатую капризную даму, пришлось ради получения информации купить кольцо с натуральным рубином. Конечно, после завершения дела я сдала украшение шефу. Членам бригады доверяют большие средства, но никто из нас не покусится на них в личных целях.

— Мера моей благодарности огромна, — отчеканил Карфагеныч, отсчитывая пятитысячные. — Михаил, у вас есть конверт?

Через короткое время ассигнации были помещены в белый пакет и тщательно заклеены, Каро написал на лицевой стороне сумму и подал конверт мне со словами:

— Подальше положишь, поскорей найдешь. Спрячьте его под блузкой.

— У меня в машине есть сейф, — улыбнулась я, — и зачем сдавать деньги в банк?

— Как далеко зашел прогресс! — восхитился Карфагеныч. — Вы настоящая современная леди. Телефон у вас необыкновенный, номера распознает, кредитная карта в наличии, теперь еще и в автомобиле несгораемый ящик. Я восхищен. Но! Татьяна, вам не кажется, что машина без сейфа была бы дешевле? Хотите, я посчитаю разницу?

В руке Каро Финогеновича волшебным образом возникли счёты. Я поспешила отказаться от дружеской услуги.

— Огромное спасибо, но я спешу по делам. Вынуждена вас покинуть.

— Удачи во всех начинаниях, — пожелал мне Каро, — и лучше отвезите деньги в хранилище сейчас.

— Не получится, — ответила я, — нет времени. Не волнуйтесь, конверт не пропадет.

Чтобы пройти от порога магазинчика с экзотическими насекомыми до прилавка, расположенного в противоположном углу, требовалось немалое мужество. Справа и слева громоздились аквариумы, в которых сидели невероятные создания, названия которых я не знаю. Более или менее знакомыми мне показались тараканы, но в отличие от московских, мелких, рыжих, эти были интенсивно коричневого окраса и размером с пол-ладони.

Вероятно, на моем лице появилась гримаса брезгливости, потому что мужчина в темно-синей рубашке и джинсах, стоящий с сачком возле одного из стеклянных кубов, сказал:

— Испугались? Они немного необычны!

Я постеснялась признаться в трусости, поэтому слишком громко и уверенно возразила:

— Кого здесь бояться? Крошечных многоножек? У вас как-то странно пахнет, у меня голова закружилась.

Незнакомец ухмыльнулся и отвернулся. Я, стараясь не передергиваться от отвращения, подошла к продавщице и сказала:

— Мой брат обожает пауков. Хочу сделать ему подарок.

— Наверное, у него уже есть некоторые экземпляры, — спросила девушка, — можете сказать какие?

— Нет, Дмитрий обрадуется любому, — успокоила я собеседницу. — С деньгами у меня не густо, найдите недорогого.

— Паучку нужна квартира, — не успокаивалась продавщица, — он в перевозке жить не может. Давайте соберу домик с приданым, сделаем скидку за покупку.

— Пусть Дима сам подопечному хоромы оборудует, — отвергла я любезное предложение.

— Нет проблем, — кивнула девушка, — сейчас подыщу вам приемлемый экземпляр.

Глава 13

День сегодня сложился удачно, вечер тоже не подкачал. Покупка паука заняла пятнадцать минут. Держа руку с пакетом подальше от своего тела, я вернулась в джип, установила перевозку на заднее сиденье, взглянула на часы, вспомнила о регулярном многоразовом питании и тут же увидела небольшое кафе.

Латте в отдаленном районе Москвы оказался в разы дешевле, чем в центре, и на порядок вкуснее, булочки с корицей заслуживали всяческих похвал, но, поскольку они состоят из одних углеводов, я только понюхала их и заказала свиную отбивную с фасолью. Белок! Я теперь никогда не забываю, что его употребляют во второй половине дня.

Приятно проведя время, я ровно в назначенный час позвонила в домофон и услышала искаженный микрофоном голос:

— Кто там?

— Таня с несчастным больным паучком, — прохныкала я, — мы договаривались утром о консультации.

Замок щелкнул, я вошла в подъезд, поднялась на нужный этаж, подошла к квартире и заулыбалась во весь рот. Антон должен убедиться, что к нему пришла не очень умная женщина, любопытная сорока, дурочка...

Дверь распахнулась. Улыбка замерла на моем лице, а из груди вырвался нервный смешок. В прихожей, чуть наклонив голову, стоял тот самый мужчина из магазина, только сейчас у него в руке не было сачка.

— Вы Антон? — сдавленно спросила я.

— Добрый вечер, Таня, — сохраняя невозмутимость, произнес хозяин. — Что, паучок уже успел захворать? Вообще-то странно, в магазине торгуют стопроцентно здоровыми экземплярами.

— Это другое насекомое, — нашлась я.

— Наверное, вы живете рядом? — предположил Антон. — Успели домой сбегать и переложили больного в фирменную упаковку. Входите, разберемся. Бросайте куртку на стул и шагайте.

— Дайте тапочки, — попросила я, — натопчу в комнате, вас отругают.

— Лишних тапок не держу, живу один, — пояснил Антон, — а домработница у меня глухонемая, если и ворчит, то ничего не слышно.

Я сняла ветровку и хотела положить ее на шапку, которая, вероятно, еще с зимы валялась на стуле, но меховое изделие медленно село.

— Ой, мама! — удивилась я. — Это кто?

— Нигерийский дьявол, — ответил Антон, — несмотря на жутковатое название, вполне милый зверь, дальний родственник тигру и кошке. Я его подобрал около одного африканского аэропорта, хотя называть так хижину и четыре кукурузника, наверное, неправильно. Вы когда-нибудь летали стоя?

— Нет, разве такое возможно? — удивилась я.

Антон засмеялся.

— Запросто. Десять местных жителей, несколько коз, куры, пара собак и я с найденным дьяволом. Пожалел его, видно было, что он погибнет, и решил вылечить. Эй, Рудик, иди-ка лучше спать на кухню. Не бойтесь, он не кусается и не царапается и вообще расстроен. Я в начале мая улетел в командировку, вернулся только вчера утром. Рудик жил с моей домработницей, сильно скучал.

— У нас дома четыре кошки, — сказала я.

— И пауки? — прищурился Антон.

— Да! — храбро соврала я. — Один из них арлекин.

— Интересно, — оживился хозяин, — ну, давайте несчастного.

Мы прошли в просторную комнату, Антон вынул из пакета перевозку.

— Ага, вы ее только что купили?

Раз соврав, невозможно остановиться.

— Очень удобно больного в ней транспортировать, не в руках же его нести.

Антон сел на диван.

— Таня, вы считаете меня дураком? Дебилом? Рассчитывали, что тупой докторишка не отличит одно насекомое от другого? Вы можете перепутать меня с Майклом Джексоном?

— Нет, — выдавила я из себя.

— И почему же? — прищурился энтомолог.

— Вы не похожи, — пролепетала я.

Антон показал пальцем на перевозку:

— Он для меня как Джексон. Ясно? Чего вы хотите? Кто вы? Зачем пришли? Кто дал вам мой телефон? Хотя, конечно, я широко известен в узком кругу. Надо уметь красиво проигрывать, дорогая.

Я потупилась.

— Ладно. Расскажу все, как есть. Моя фамилия Сергеева, я преподавала в школе, устала, дети надоели, их родители осточертели, решила сменить работу. Приятельница устроила меня в детективное агентство «МБР». Вот удостоверение.

Антон взял из моих рук бордовую книжечку и начал сосредоточенно разглядывать ее. Я не испытывала ни малейшего волнения, у нас с Димоном имеется набор документов на разные случаи жизни, бумаги сделаны добротно, агентство «МБР» реально существует, и Татьяна Сергеева там числится. Если кому-нибудь взбредет в голову позвонить на фирму и спросить меня, ему ответят:

— Она сейчас на выезде, оставьте контактный номер, Сергеева освободится и соединится с вами.

— Да, видно, я не очень подхожу для этой службы, — болтала я, — до сих пор следила за неверными супругами, сидела в засаде и щелкала фотоаппаратом. Муторная, не творческая работенка, утешает лишь то, что в школе значительно хуже.

— Я никогда не был женат, — удивился Антон. — Кому могло прийти в голову подглядывать за скромным энтомологом?

— Ваш телефон дала мне Маргарита, бывшая экономка Бориса Олеговича Ветошь. Вы, похоже, хорошо знаете адвоката? — в свою очередь спросила я.

— Ну конечно, — обрадовался Антон, — он редкий энтузиаст, невероятно ответственный человек, понимающий, что он в ответе за тех, кого приручил. Ветошь создал своим паукам исключительные условия. Более внимательного, аккуратного хозяина я не встречал. И он замечательный, воспитанный, интеллигентный, с чувством юмора. Я к нему всегда с огромной радостью езжу.

Антон внезапно осекся.

— По какой причине вы ко мне явились?

— Мне очень не нравится быть гонцом, приносящим дурную весть, но выхода нет. Ветошь покончил с собой.

Энтомолог вскочил со стула, потом снова сел.

— Что? Как? Это невероятно!

— Он посадил к себе на шею Павлика, — уточнила я, — а тот его укусил.

— Не-воз-мож-но, — по слогам произнес Антон. — Павлик любил Бориса, а арлекины умны, они выбирают хозяина и никогда его не предадут. Кстати, когда вы сказали, что у вас дома живет арлекин, я сразу усомнился. Насколько мне известно, их в Москве всего два, и я за ними присматриваю. Оба, как ни странно, обитают по соседству. Ветошь заразил любовью к паукам своего соседа, миллиардера Козихина, банкира и владельца крупнейшего строительного холдинга. Степан Сергеевич человек увлекающийся, он впечатлился Павликом и добыл себе такого же, назвал его красиво — Эдди. Вот я и катаюсь к ним двоим, когда время есть. Не сочтите за саморекламу, но никто, кроме меня, этих пауков не знает, ухаживать за ними не умеет и не понимает, как надо обращаться с божьими созданиями. Арлекин не болонка, его укус стопроцентно смертелен.

— Слышала, вроде есть антидот от их яда, — возразила я.

— Я тоже слышал, — улыбнулся Антон. — Маленькое уточнение: вас парализует спустя считаные секунды, через минуту вы умрете от удушья, вызванного остановкой сердца. Противоядие хранится в сухом виде, его необходимо развести и ввести в вену. Успеете?

— Даже если пузырек окажется в руке, нет, — признала я, — и домашние растеряются.

— Павлик не мог укусить Бориса Олеговича. Никогда! — не успокаивался энтомолог.

— Но он так поступил, — возразила я. — Может, взбесился?

— Нет! — стоял на своем Антон. — Где труп Павлика? Можно на него взглянуть?

— Сейчас узнаю, — сказала я и позвонила Димону. — Коробок, где тело?

— Кремировано и похоронено на кладбище. Если ты подумала об эксгумации, то можешь забыть, — хрустя сухариками, ответил хакер.

— Я спрашиваю про паука, — уточнила я.

— Понятия не имею, — удивился Димон, — но сейчас выясню. Кстати о Тряпкиной.

— Спасибо, Дима, — прощебетала я, — мы тут с доктором-насекомоведом болтаем о разном.

— Понял, — вздохнул Коробок.

Я положила трубку на стол.

— Если вы получите останки Павлика, сумеете определить, что с ним стряслось?

— Надо внимательно изучить материал, — осторожно ответил доктор.

— А если предположить, что кто-то другой посадил паука на Бориса? Это возможно?

— Вероятно, — вновь обтекаемо ответил Антон.

— Кто мог взять Павлика в руки? — не успокаивалась я.

— Ваш покорный слуга, — поклонился хозяин, — не могу сказать, что арлекин всегда радовался моему приходу, но он был умен и понимал: я за ним ухаживаю. Тем не менее, я всегда надевал защитную перчатку и пользовался колпаком.

Антон встал, открыл шкаф, достал оттуда железное сооружение, напоминающее пирамиду, и две резиновые перчатки, наподобие тех, которыми снабжают костюмы химзащиты, плотные, длиной до локтя.

— Поймать арлекина — это искусство, местное население знает, что ядовитое насекомое мгновенно засыпает в темноте. Поэтому люди используют корзинки, обмазанные глиной. А европейцы берут вот такие колпаки. Ну, на всякий случай еще и перчатки. У Бориса Олеговича и Козихина тоже есть подобные наборы. Как-то раз Степану Сергеевичу пришла в голову светлая мысль сравнить, кто из арлекинов больше, и он принес своего Эдди в дом к Борису. Хорошо, что тот не разрешил Эдди к Павлику подсаживать, поместил гостя в пустой аквариум. Уходя, Степан случайно взял кожух Бориса, дома понял, что ошибся, пошел менять. Недели через две я к нему приезжаю, а банкир с загадочным видом говорит:

— Глянь на колпак Эдди. Что видишь?

Я ничего не заметил. Степан расстроился, как первоклассник, которому хомячка не купили, показывает пальцем на внутреннюю сторону, а там выгравирован вензель «ЭК» и корона сверху.

— Эдди Козихин, — гордо пояснил олигарх, — царь арлекинов. Теперь у меня эксклюзивный колпак, не такой, как у Бориса. Мне по рангу и статусу положено все уникальное.

Ну и как на это реагировать? Взрослый человек, солидный бизнесмен — и детская реакция на одинаковые игрушки.

— Имея колпак и рукавицы, любой мог унести арлекина, — сделала я вывод из услышанного.

— Отнюдь, — не согласился Антон, — необходимы умение и моральная готовность.

Я усмехнулась.

— Моральная готовность? Можно подумать, речь идет о розыгрыше олимпийских наград или полете в космос.

Антон отошел в глубь комнаты, отодвинул занавеску, взял что-то с подоконника, повернулся... Я остолбенела. Энтомолог держал паука. Нет, паучище, гиперловца мух. Тело монстра напоминало мохнатый тазик, вокруг веером расположились лапы, они хаотично шевелились в воздухе, а на спине виднелись какие-то белые шары. Я похолодела, уши, наоборот, охватило огнем.

— Хотите погладить? — весело спросил Антон и направился в мою сторону, не выпуская из рук чудище.

На мою голову словно натянули плотную шапку, перед глазами заскакали разноцветные зайчики, Антон что-то говорил, но я не слышала слов, видела лишь, как хозяин дома открывает и закрывает рот, а потом резко потемнело.

Глава 14

— Танюша, — сказал Димон, — очнись.

В нос ударил противный запах, я замахала руками, не открывая глаз, села и заорала:

— Коробок! Отстань! Ну и глупости тебе приходят в голову!

Глаза распахнулись, я притихла. Около дивана, на котором я почему-то лежала, стоял Антон с ваткой в руке.

— Простите, напугал вас. Не ожидал столь резкой реакции, я полагал, что завизжите, а вы тихо ушли в астрал.

— Паук! — подпрыгнула я. — Где он?

— Дурацкая шутка, простите меня, — поморщился энтомолог, — это резиновая игрушка, я приобрел ее случайно. Хотел вам объяснить, что такое моральная готовность взять в руки паука. Человек меньше боится льва, чем скорпиона. Я не могу объяснить, почему большинство населения земного шара страдает арахнофобией[1], но, обратите внимание, при виде лежащего на стуле Рудика вас не передернуло, вы не кинулись прочь, лишь спросили: «Кто это?» — услышали про «нигерийского дьявола» и успокоились. Хотя, на мой взгляд, местное название зверька должно, по крайней мере, настораживать. Зато при виде паука, который меньше Руди и находился в крепких руках хозяина, вы лишились чувств.

Я спустила ноги с дивана, решила прикинуться, что ничего не произошло, и вернулась к тому моменту беседы, после которого потеряла сознание.

— Кто из ближайшего окружения Бориса мог взять Павлика в руки?

Антон сел в кресло.

---

[1] Арахнофобия — боязнь пауков.

— Зоя Владимировна — никогда, она его боялась, горничные тоже. Маргарита поспокойнее реагировала, но тоже к аквариуму не подходила. После того как Рита ушла от Бориса Олеговича, в доме появились новые экономки, сначала вроде Надежда, потом Аня. Обе убегали подальше, едва я к дому подъезжал. Еще там работал симпатичный паренек Илья, лет восемнадцати или девятнадцати. Он бассейн и бани чистил, мы иногда с ним совпадали. Я приеду, и юноша там, он меня все про рыбок расспрашивал, хотел аквариум завести. Сомневался, может, лучше черепаху купить. Я ему объяснил, что не очень хорошо рептилий знаю и собак и кошек лечить не возьмусь, меня интересуют только пауки. И он начал об арлекине говорить. Знаете, мне показалось, что юноша просто хочет понравиться хозяину, общее хобби ведь сближает, но на самом деле он Павлика опасался.

— Илья мог взять Павлика в руки? — встрепенулась я.

— Наверное. Но зачем? Чтобы убить Бориса? А смысл? — пожал плечами Антон. — Лишить человека жизни нетрудно. В обычной аптеке полно лекарств, передозировка которых легко может привести к смерти. Но брать паука? Рисковать собственной жизнью? Это было сделано неспроста.

— Поясните, — попросила я.

— Мне кажется, тут глубоко личное, — произнес после паузы Антон. — Я немного увлекаюсь психологией, почитываю разные книги. Вот вы, как детектив, знаете, о чем свидетельствует труп, обнаруженный в аккуратной позе? Например, убийца сложил после изнасилования руки жертвы на груди, одернул юбку, прикрыл женщине колени.

— Если преступник позаботился о внешнем виде трупа, значит, он испытывает раскаяние, — ответила я.

— Верно, — согласился собеседник, — а в случае Бориса мне кажется, что он кого-то слишком сильно задел, обидел до печенок, нанес незаживающую рану, она кровоточит, мучает, не дает человеку успокоиться. Очевидно, убийца достаточно хорошо знал адвоката и долго готовился к преступлению, он не наемник и входит в очень близкий круг друзей.

Антон взял с маленького столика старые четки и стал медленно перебирать бусины.

— Повторяю, убить человека просто. Лекарства, записка с прощальными словами, при некоторой изворотливости это может сойти с рук. Вы должны знать, что имитация самоповешения или постановочный выстрел в висок довольно легко распознаются. А вот с ядами сложнее. Главное, не сглупить, не насыпать жертве сто таблеток в кефир, хватит трех-четырех. Не буду вам читать краткий курс под названием «Как без проблем стать вдовой». Я исхожу из простой мысли: использование для убийства одного из самых опасных и непредсказуемых насекомых земного шара слишком опасно. Я думаю, Павлик был выбран не случайно. И убил тот, кто ненавидел Бориса Олеговича со всепоглощающей страстью, перешедшей почти в манию.

Энтомолог отложил четки и закинул ногу на ногу.

— Я достаточно часто бывал в доме Ветошь, как правило, либо рано утром, около восьми, либо совсем поздно. И мне казалось, что арлекин единственное божье создание, которое Борис Олегович беззаветно любит, не притворяясь, ничего не изображая.

— Адвокат был неискренним человеком? — уточнила я.

Антон чуть заметно улыбнулся:

— Светским, воспитанным, никогда не позволяющим себе ни злости, ни раздражения, идеально вежливым с прислугой, внимательным к людям. Но искренним? Это чувство не для людей его круга. Повторяю, мне казалось, что Ветошь по-настоящему любит одного арлекина. Похоже, убийца об этом тоже знал. Вот почему Павлик стал орудием смерти. Я убиваю тебя тем, что ты считаешь самым дорогим для себя, оно умрет вместе с тобой.

— Если Борис Олегович спал в тот момент, когда преступник посадил ему на шею Павлика, то навряд ли адвокат успел понять, что его убивают и кто наносит смертельную рану, — вздохнула я.

— Речь не о жертве, а о преступнике, — сказал Антон, — это ему надо было знать, что Ветошь погиб от любимого паука, это он испытал чувство удовлетворения и торжества. Слышали про Роджера Кранта, прозванного «Палач любви»?

— Нет, — ответила я.

— Роджер выискивал семейные пары, счастливые в браке, — продолжал энтомолог, — и заставлял мужа убить жену. Для Кранта было особой радостью видеть ужас женщины, которая понимает: ее лишает жизни тот, кому она доверяла и кого обожала. Немного похоже на случай с адвокатом. Ищите человека, которому Борис Олегович нанес травму, разбил его мечты, надежды. Может, здесь замешана кончина ребенка или крах карьеры, потеря родителей, не знаю, что именно, но оно очень значимо для убийцы. И еще. Не исключайте женщин из числа подозреваемых.

Я поежилась.

— Покажите хоть одну даму, способную прикоснуться к арлекину!

Антон оперся руками о колени.

— Слабый пол способен на сильные поступки. Поройтесь в самом ближайшем окружении жертвы. Я уверен: тот, кто убил Бориса Олеговича, хорошо его знал, причем не по светским вечеринкам, где присутствующие улыбаются друг другу и болтают о всякой ерунде.

Я поблагодарила Антона. Энтомолог любезно проводил меня до машины и восхитился, увидев ее.

— Отличный джип, но не великоват ли? Женщины предпочитают малоразмерные модели. Хотя если автомобиль дарит мужчина, то он как раз выберет подобного монстра на колесах.

Я подошла к дверце, которая тихо щелкнула, отреагировав на метку, лежащую у меня в кармане.

— С трудом представляю себя в «двухдверке». Это как слона запихнуть в банку из-под шпрот. И я не из тех, кто принимает дорогостоящие подарки даже от очень близкого человека. Джип принадлежит детективному агентству, это служебная машина.

— Дайте ваш телефон, — попросил Антон, — вдруг я узнаю нечто интересное?

Я протянула ему визитку.

— Буду очень благодарна, звонить можно круглосуточно.

Не успев войти в дом, я налетела на Лапулю, которая со слезами на глазах произнесла:

— Горькое горе страшнее ужаса! Димочка ел на ужин шпроты с хлебом.

— Отличные консервы, — одобрила я выбор Коробка, — сама их люблю, и это белок! У нас еще остались?

Лапа заломила руки.

— У верной женщины ее котик ест только вкусное.

Я обняла расстроенную донельзя Барби.

— Что стряслось?

— Неприятность хуже цунами, — шмыгнула носом Лапа, — там вода, а у нас огонь!

— Что-то сгорело! — догадалась я.

— Рулетик, — прошептала Лапуля, — из десяти видов мяса.

— Ну и ну! Я могу назвать лишь три сорта: говядина, свинина и баранина, — изумилась я.

Лапа вытерла слезы кулачком.

— Танюшечка, ты чего? Ягнятинка, телятинка, курятинка, индюшатинка, поросятинка, утятинка, перепелятинка. Можно еще насчитать!

— Курица не мясо, — возразила я.

— Но и не рыба, — неожиданно логично возразила Лапа.

— Она птица, — ввязалась я в глупый спор.

Лапуля откинула на спину белокурые, завитые штопором волосы.

— Птички летят летом в Москву, зимой в Африку, а ряба сидит на одном месте. Она точно мясо.

— Ну, хорошо, — опомнилась я, — ты не поленилась сварганить рулет из...

— Это очень просто, — азартно перебила меня Барби, — берешь филе по двести граммов каждого, мелешь его в кофемолке, делаешь тесто. Туда для вкуса добавляешь соль, перец, чеснок, аджику, укропчик, кинзочку...

— Короче, рулет сгорел! — подвела я итог. — Дима взял шпроты и слопал их с хлебом. Не расстраивайся, и на старуху бывает проруха. Даже гениальная повариха может ошибиться.

Лапуля округлила свои и без того огромные глаза.

— Проруха? Кто это?

Я зашла в тупик. Действительно, что такое проруха? Никогда не задавалась этим вопросом.

— Пойду повешусь, — всхлипнула Лапуля, — или утоплюсь!

Я снова обняла донельзя расстроенную кулинарку.

— Забудь. Вспомни про Зайчика, ему не нравится, когда мама печалится.

Лапуля погладила свой живот.

— Пойду, почитаю ему сказочку про горшочек с мухами.

Я не спросила, какую сказку она имеет в виду, неужели ту, в которой кастрюлька безостановочно варила вкусную кашу?

— Танюсечка, кусечка, мусечка, — сказала Лапа, — мой желудок туда-сюда катается.

— Тебя тошнит? — расстроилась я. — Надо позвонить врачу. Токсикоз на последних месяцах беременности плохой признак.

Лапа прижала ладошки к щекам.

— Танюсечка, послушай, плиз. Карфагеныч, он, как тот... в белых штанах, из... ой, ну как ее, там еще бананы растут.

— В Африке? — подсказала я.

— Нет, — занервничала Лапа, — на Белогорской стоит, такой большой, с окнами. Поверь, Карфагеныч такой, Элен от него ушла, потому что устала, у ее мамы был золотой ключик, и он пропал. Мне очень неудобно и стыдно за все.

Я улыбнулась. Иногда Лапа выражается совсем уж непонятно, но, если отбросить ее заявление о приезде Каро из страны бананов, расположенной на Белогорской улице, то остается сухой остаток в виде фразы: «Мне очень неудобно и стыдно за все». На слова про бабушку с золотым ключиком лучше махнуть рукой. Сильно сомневаюсь, что Лапуля в родстве с черепахой Тортилой.

— Желудок тошнит и пятки леденеют, когда думаю о нем, — призналась Лапуля, — будет не хорошо. Ну поверь, я боюсь свадьбы! Не хочу! Танюсенька, сделай как лучше, а?

Я стала гладить Лапу по спине.

— Успокойся. Все невесты нервничают.

— Но не у каждой есть он в белых штанах, — возразила Лапуля, — и рулетик сгорел. Танюся, помоги мне, выброси его вон!

— Прямо сейчас выкину, — пообещала я.

Барби захлопала в ладоши.

— Правда?

— Стопроцентно! — ответила я и уже хотела идти на кухню, чтобы отправить неудавшийся ужин в помойку, но тут в коридоре появился Димон с тарелкой в руке.

— Ты дома? Отлично, рули в кабинет, — приказал он. — Лапуля, рыбки у тебя супер получились. Закатай таких банок побольше.

Лапа захихикала.

— Димочка, шпротики готовенькими прилетают на самолетике или поездом едут.

— Все равно, хоть на собаках, запаси банок сто, — отмахнулся Коробок и ушел.

Лапа поцеловала меня в щеку.

— Не стану вешаться! Жизнь прекрасна! Ты его выкинешь! Мы с Зайчиком пошли читать про мух с гречкой. В Интернете написано, что лучше всего начинать готовить ребенка к школе, когда он еще не родился. Тогда Зайчик получится таким умным, как ты, Танюшечка.

— Лучше пусть будет похож на Коробка, — вздохнула я, — у меня большие пробелы в математике, физике и прочих предметах, где есть цифры.

— Димочка гений, такой рождается раз в десятилетие, как Бенджамин Ру! — пылко воскликнула Лапа.

В ту же секунду в дверь позвонили. Лапуля, не посмотрев в домофон, распахнула дверь и бросилась обнимать стройную девушку в бежевом макси-платье.

— Аленушка!

— Лапусенька, — завизжала красотка.

— Чмок-чмок.

— Чмок-чмок.

— Прекрасно выглядишь! — восхитилась Алена.

— Зато ты жениха нашла, — порадовалась за подругу Лапуля, а потом чуть тише спросила, — сказала своему котику, сколько тебе лет?

Алена отвела глаза в сторону.

— Частично, приблизительно. Я не люблю точные цифры. Вот я даже не поинтересовалась, сколько Вася зарабатывает. Когда очень любишь человека, ведь не важно, какая у него зарплата, главное, сколько мне на покупки достанется. Ты дашь мне коробочку?

— Кисонька, сколько хочешь! — заверила Лапуля. — Хоть все!

Подружка снова заключила Лапу в объятия.

— Другая бы ни за что не согласилась! Сами счастье отгрызут и ни с кем не поделятся, а ты ангел.

Лапуля засмущалась.

— Нет, просто я хочу, чтобы у тебя все получилось.

Аленушка кивнула.

— Спасибо. Я стараюсь, но, к сожалению, у Васи мать злющая, старая, очки минус десять.

— Бедненькая, наверное, ей постоянно холодно, — тут же пожалела незнакомую тетку Лапа, — минус десять! Это же мороз.

— Не думала с этой стороны, — оторопела Алена, — ох, Лапуля, ты умнее всех нас! Может, она потому и злится, что ее мороз треплет?

Лапа взяла подругу за руку.

— Пошли работать с коробочкой. Ты ее принесла?

— Три штуки, — взвизгнула Алена и обняла Лапулю. — В Интернете так дорого просят! Совсем взбесились!

Две завитые белокурые головки склонились друг к другу, девушки-красавицы в ногу зашагали по коридору.

Я осталась одна в прихожей. Заявление Лапули о тетке, которая дрожит от холода, потому что у нее очки с минусовыми диоптриями, меня не поразило. Лапуля верна себе: если «минус», то холодно. Но что означает фраза «Пошли работать с коробочкой»? И это уже не первая подружка, которая явилась за упомянутой коробочкой. И при чем тут Интернет? За что там дорого просят?

В глубоком недоумении я отправилась к Димону и прямо с порога поинтересовалась:

— Ты знаешь, кто такой Бенджамин Ру?

— Впервые слышу. Какое отношение он имеет к делу Бориса Олеговича? — не отрываясь от ноутбука, спросил Коробок.

— Ладно, забудь, — вздохнула я. — Что ты нарыл по нашему делу?

— Тряпкина Зинаида Романовна, осуждена за наезд на пешехода, — начал медленно излагать Димон, — отсидела немалый срок, освободилась осенью прошлого года. Прописалась в Подмосковье, в местечке Брункино, работает в мегамолле «Бразилия» уборщицей.

— Разве за сбитого человека много дают? — усомнилась я. — Как правило, водитель отделывается колонией, поселением или, при наличии хорошего адвоката, получает условное наказание.

— Не было у Зинаиды такого юриста, — произнес Коробок. — Откуда он у студентки? Зато имелись отягощающие обстоятельства. Зина сбила на «зебре» беременную женщину, та скончалась в больнице. В крови водительницы нашли коктейль из разных лекарств, которые ей никогда не выписывали врачи.

— Ой-ой, нехорошо-то как! — воскликнула я.

— Ну когда ты научишься выслушивать до конца? Замолчи и сиди тихо, — велел Димон.

Я сложила руки на коленях.

— Вещай, о великий гуру!

Зина Тряпкина училась в институте на библиотекаря. В высшее учебное заведение девушка попала на особых условиях, как сирота, чьи родители погибли, исполняя служебный долг. И отец, и мать Тряпкиной были военными, умерли при странных обстоятельствах во время командировки в Китай. Димон не стал копаться в этой истории, потому что Зина осталась сиротой в трехлетнем возрасте. Ее воспитывала бабушка, которая скончалась, когда девушка обучалась на первом курсе. Зиночка тогда жила в ближайшем Подмосковье, от ее дома до метро «Тушинская» было пятнадцать минут езды на автобусе.

Сомнительно, что Тряпкина собиралась провести всю жизнь, расхаживая среди полок с пыльными книгами или составляя каталоги. Похоже, абитуриентка подала документы туда, куда ее гарантированно брали. Даже несмотря на сиротство, в МГУ, МГИМО и другие престижные вузы попасть непросто, а Зина не очень прилежно училась, в ее аттестате стояли одни тройки. Зато девушка была очень хорошенькой, прямо картинка из гламурного журнала, но, в отличие от большинства моделей, у нее было все свое, натуральное. Волосы вились не от «химии», а от природы, бюст достиг четвертого размера без всяких имплантов, ровные белые зубки никогда не встречались с брекетами, в губы не попало ни капли силикона. Зиночка понимала, что у нее уникальная внешность, и старательно строила карьеру красавицы. На первом курсе она стала сначала «Мисс института», затем завоевала звание «Краса студенчества», легко обошла соперниц на городском уровне и готовилась к всероссийскому конкурсу. За месяц до отлета в Питер, где Тряпкиной предстояло побороться за корону, и случилась авария.

И во время следствия, и на суде Зиночка рыдала, повторяя:

— Простите, простите, я не виновата.

Вид испуганной, глубоко раскаивающейся красавицы мог бы разжалобить даже серийного убийцу, но председателем суда была известная в криминальных кругах Мария Петровна Островая по кличке «Лопатник», что на уголовном жаргоне обозначает «бумажник». Погибшая оказалась единственной дочерью владельца сети ларьков с шаурмой. Нужны ли еще уточнения? Денег на хорошего адвоката у Зины не было, ей предоставили бесплатного защитника, но, полагаю, даже очень опытный юрист не смог бы победить Марию Петровну. Здесь требовались большие деньги или огромные связи. Островая наказала девушку по полной программе. Зина оказалась на зоне. Через два года она стала участницей драки, во время которой убили заключенную. Кто нанес несчастной смертельное ранение, разбираться не стали, срок добавили всем, махавшим кулаками. Зинаида отсидела от звонка до звонка. Ни о каких конкурсах красоты теперь речи не было, хорошо хоть, у нее сохранился домик в деревне и ее взяли на работу уборщицей в супермаркет. Не всем бывшим зэкам так везет.

И вот интересный момент: в списке устроителей всероссийского конкурса красоты, победительницей которого Зиночке не довелось стать, первой стояла фамилия Ветошь.

Глава 15

Найти в громадном магазине уборщицу оказалось непросто. Менеджер, поводив пальцем по расписанию, сказал:

— Тряпкина в молочном отделе.

Я послушно отправилась в ряды со сметаной, кефиром, творожными сырками, не нашла там никого с веником, вернулась назад и сообщила начальнику поломоек:

— Зинаида Романовна в указанном вами месте отсутствует.

— Она там, — нахмурился мужчина.

— Нет, — разозлилась я.

— Чертова баба! — возмутился менеджер и схватил рацию. — Катя, куда подевалась Тряпкина?

— На складе полно тряпок, — прохрипели в ответ, — вам какие нужны? Синтетика или мешковина?

— Зина мне требуется, — заорал начальник, — из адвокатской конторы приехали, наследство ей оставили.

— Пусть в моло́чке поищет, — посоветовала Катя.

— Там ее нет, — надрывался менеджер.

— Вспомнила! — заголосила Катерина. — Я отправила Зинку в пятую подсобку! А что, ей много денег достанется?

— Ага, — не растерялся менеджер, — купит «Бразилию» и нас вон вытурит.

Из рации донеслось радостное ржание.

— Приятно, когда у людей на службе есть время пошутить, — язвительно заметила я, — но мне желательно побыстрее увидеть Зинаиду Романовну.

— Коля! — заорал мужчина. — Проводи адвоката в пятую.

Мрачный парень, пахнущий мятными конфетами, довел меня до двери, выкрашенной синей краской и, буркнув: «Тут это», — быстро ушел.

Я толкнула створку. Крохотное, едва ли десятиметровое помещение освещалось слишком яркой лампочкой без абажура. В центре на табуретке сидела очень худенькая женщина в оранжевом фартуке с надписью «Бразилия». Справа от нее стоял ящик, наполненный странными дубинками белосерого цвета, слева громоздился другой, похоже, пустой. На коленях Зины лежала одна из палок, в одной руке уборщица держала губку, в другой пульверизатор. Не обращая внимания на постороннего человека, Зинаида попшикала на дубинку и начала тереть ее мочалкой. Из-под белого налета появились темно-коричневые островки.

Во мне проснулось любопытство:

— Что вы делаете?

— Народ обманываю, — не меняя позы, ответила уборщица, — что, никогда не видела, как колбасу от плесени чистят? Срок годности вышел, шкурка зацвела, а тут ее маслицем отполируют и продадут задорого. Ты новенькая? Не тушуйся, научишься.

Зинаида подняла голову, и я поняла, что в молодости Тряпкина была настоящей красавицей. Она и сейчас еще хороша собой, несмотря на усталый вид и синяки под глазами.

— Тебя Катя в помощь мне прислала? — продолжала бывшая зэчка. — Возьми табуретку в коридоре и начинай.

— Меня зовут Таня, — представилась я.

— Зина, — равнодушно ответила Тряпкина, — не стой столбом. Раньше начнешь, быстрее закончишь.

— Нам надо поговорить, — сказала я, — не хотите кофе?

— Некогда мне, — апатично ответила Зинаида, — за трепотню денег не платят.

— Вы знаете Бориса Олеговича Ветошь? — прямо спросила я.

— Нет, — без всяких эмоций солгала Зина.

— А вот его секретарь Маргарита утверждает, что вы приходили в контору адвоката, стучались в закрытый офис, а когда вам не открыли, плюнули на дверь. Зачем говорите неправду? — укорила я уборщицу.

Зинаида не перестала методично очищать колбасу.

— Теперь припоминаю. Я искала юриста для консультации по жилью. Ну и выбрала в Яндексе первого, кто на глаза попался.

— Вообще-то первыми в списках идут фамилии на «А». — Я попыталась снова поймать Тряпкину на лжи. — Ветошь не в начале списка.

— Не помню фамилий, — спокойно сказала Зинаида, — мне его адрес подходил, это в центре! Но контора не работала, я пошла в другую, там все за деньги объяснили. Конец истории.

— Куда же вы направились? — не отставала я.

— Улицу не назову, — орудуя губкой, сказала уборщица. — Где-то в Москве, шла и по дороге увидела.

Я продолжала бить в одну точку:

— Зачем тогда вы плевали Борису Олеговичу на дверь?

Зинаида переместила очищенную колбасу в пустой ящик и выпрямила спину.

— Вы кто? В чем меня обвиняете? Если хотите за мелкое хулиганство привлечь, то я ученая, знаю, как вести себя. Докажите, что я харкнула. Делайте анализ ДНК. Мы без протокола беседуем, я не задержана?

— Конечно, нет, ну что вы, — защебетала я, понимая, что неправильно строю разговор. — Просто я хотела поболтать с вами по-дружески за чашечкой кофе и куском торта. Борис Олегович...

Зинаида встала, аккуратно положила губку на лист расстеленной на полу газеты, поставила пульверизатор и молча вышла в коридор. Я кинулась следом.

— Пожалуйста, подождите...

Но Зина быстро потрусила в зал, мне удалось схватить ее за руку лишь около стеллажей с печеньем.

— Постойте!

Тряпкина показала пальцем в потолок:

— Везде камеры, охрана нас видит. Лучше отойдите.

— Не надо меня бояться, — попросила я, — выслушайте, пожалуйста. Никто не собирается вспоминать про плевок на дверь.

Зина улыбнулась.

— Я и не сомневалась. Анализ ДНК вещь дорогая, если по каждой хулиганке его делать, никакого ментовского бюджета не хватит. Криминалисты засомневаются даже в случае убийства, экспертов за перерасход денег по головке не погладят.

На лице Тряпкиной не дрогнул ни один мускул. Она продолжила:

— Я стояла у офиса, насчет плевка поясню: чихнула случайно, а секретарь не поняла. До свидания.

Зинаида повернулась ко мне спиной.

— Он умер! — быстро сказала я.

Уборщица обернулась.

— Чай? Не берите, если срок годности закончился.

— Ветошь убили, — выпалила я, — Бориса Олеговича нет в живых.

Тряпкина взяла с полки жестянку и повертела в руках.

— Напрасно вы гоните, свежий совсем.

— Бориса нет в живых, — повторила я, — давайте поговорим, вероятно, вы поможете нам отыскать преступника.

Уборщица вернула коробку на место.

— Жаль человека, но я тут ни с какой стороны. Прощайте.

От злости я чуть не пошвыряла на пол упаковки с печеньем. Ну надо же было так опростоволоситься!

Я постояла несколько минут, тупо уставившись на пакеты с кексами. Потом взяла телефон и, услышав голос Димона, с чувством произнесла:

— Я дура!

— Не решаюсь спорить, — галантно ответил Коробок, — как скажешь, дорогая!

— Немедленно прослушай разговоры Тряпкиной по мобильному, — потребовала я, — на что угодно готова спорить, она сейчас просто обязана соединиться с кем-то из близких: подругой, любовником.

— Нет, это не в моих силах, — произнес Димон.

— Безобразие! — возмутилась я. — Почему?

— По техническим причинам, — прибегнул к распространенной отговорке Коробок, — но я могу прочитать ее эсэмэс. Давай номер телефона.

Я горько вздохнула:

— Не знаю его.

Димон чем-то захрустел.

— Ситуация напоминает русскую народную сказку, в которой Баба Яга велит Иванушке: «Пойди туда, не знаю куда, добудь то, не знаю что».

— Спасибо, что сравнил меня с Ягой, — хмуро сказала я, — но пока ты шутишь, Зинаида общается с приятелями.

— Уверена, что у тетеньки есть мобильный? — поинтересовался Коробок.

— Они сейчас есть у всех, — отрезала я.

— Ошибаешься, — не согласился Коробков, — не вижу Тряпкину ни в Билайне, ни в Мегафоне, ни в МТС, ни в Скайлинке. Или она предпочитает общаться по старинке при помощи проводного аппарата, либо ей просто не нужен мобильник, а может, она купила на Горбушке левую симку, во всех случаях я бессилен.

Я пожаловалась:

— Я спугнула Тряпкину, неправильно построила с ней беседу. Зинаида просто Штирлиц, никакой естественной человеческой реакции.

— Женщина, которая не один год провела на зоне, не станет впадать в панику, ее мало чем можно напугать. Не переживай, с каждым может случиться, — попытался утешить меня Димон. — Иду, Каро Финогенович, через минуту.

— Вы куда-то собрались? — полюбопытствовала я.

— Лучше не напоминай, — застонал хакер, — едем за шмотками. Лапе необходимо белое платье.

— А ты им зачем? Говорят, это плохая примета, если жених до свадьбы будущую жену в подвенечном наряде увидит, — сказала я.

— Предлагаешь отпустить Лапу на метро? — полез в бутылку Димон. — Я не намерен выходить из машины, буду у них шофером. Черт бы побрал этого Каро, только прилетел, а уже все лучше москвичей знает. Нашел какой-то магазин, где, как он уверяет, шикарные шмотки задаром продают.

— Звучит странно, без денег в Москве можно приобрести только неприятности, надеюсь, щедрый папенька не направится в секонд-хенд, — насторожилась я. — Может, тебе все же лучше пойти с ними? Приглядишь за процессом.

— Сама говорила, это плохая примета, — возразил хакер.

— С каких пор ты в них веришь? — удивилась я.

— С того вечера, как увидел Леру, которая изо всех сил терла морду одновременно обеими лапами. Марго сказала: «Кошка нам гостей намывает», — а наутро здрассти, приехал Карфагеныч, — мрачно признался Димон.

— Дим, посоветуй, как поступить с Тряпкиной? — заныла я.

Хорошо еще, что он не знает, как я сглупила, придя с пауком к Антону!

— Попробуй еще раз подобраться к Зине, — не долго раздумывая, ответил Коробов.

— Она не идет на контакт. И это весьма подозрительно. Почему не желает говорить об адвокате? — запоздало удивилась я. — Он был организатором конкурса красоты, на котором Зина надеялась получить корону. Не верится, что она его не знала, и фамилия у него редкая, должна была остаться в памяти.

— Скажи, что есть свидетели, которые ее видели около офиса адвоката, — оживился Коробок.

— Она признает факт визита, но уверяет, будто

просто обратилась к первому попавшемуся юристу, ткнула пальцем в поисковую систему и увидела этот адрес, — пожаловалась я.

— Эй, встряхнись, — приказал Димон, — слышу уныние в твоем голосе. Знаешь, вдова адвоката начинает распродавать имущество.

Я не удержалась от замечания:

— Она ведь говорила, что у них все чужое, предоставленное напрокат или фальшивое, вроде украшений «княгини».

— Ну, что-то свое все же есть, — продолжал Коробок. — Я нашел объявления в Сети. Вдовушка избавляется от картин, в том числе Айвазовского, напольных древнекитайских ваз, столового набора из серебра с инкрустацией, ну и дальше: ковры, плед из соболя. Если сложить запрашиваемые суммы, получается красивая цифра в полтора миллиона евро.

У меня закружилась голова.

— Она врала, когда говорила о своей бедности? Так убедительно жаловалась на отсутствие денег!

— Мне пора, — резко оборвал беседу Димон. — Вечером договорим. Ну и погода на дворе, дождь стеной идет, неба не видно.

Похоже, пока я безуспешно пыталась наладить контакт с Зинаидой, всю Москву залил ливень. В такую погоду неприятно бродить по улицам. Бродить по улицам? В полном восторге от пришедшей в голову мысли я развернулась и поспешила к начальнику над уборщицами.

— Потолковали с Зиной? — он не стал скрывать любопытства, снова увидев меня в кабинете. — Много денег ей достанется?

— До фига и больше, — брякнула я, потом вспомнила об имидже юриста и прибавила: — Так ответил бы вам простой обыватель, но я никак не прокомментирую ситуацию. Когда у Тряпкиной заканчивается смена?

— А вам зачем? — снова проявил неприличный интерес менеджер.

Я ехидно улыбнулась:

— Поедем вместе с ней в контору документы оформлять.

— В девятнадцать ноль-ноль! Вот уж повезло Зинке, почему мне никто особняк и счет в банке не оставил? — завистливо протянул дядька.

Глава 16

Мой план был прост, как банан. На улице непогода, кому захочется шлепать по лужам до ближайшего метро или лезть в переполненную маршрутку, за рулем которой восседает черноглазый парень, похожий на многорукую богиню Кали? Да еще вопрос, сумело бы индийское божество крутить руль, брать у пассажиров деньги, отсчитывать им мелкими монетками сдачу, ругаться с пенсионерами, которые медленно влезают в салон, орать на тех, кто едет в соседних рядах, есть лапшу из стакана, курить, искать любимую радиостанцию — и все одновременно! Боюсь, бедняжке Кали не справиться и с половиной дел. Так вот, только Зина выйдет из супермаркета, а тут я на джипе, готовая довезти ее прямиком до родного огорода. На сей раз я найду подходящие слова, подыщу правильные аргументы. Мне надо где-то перекантоваться несколько часов, дождаться семи вечера.

В кармане занервничал сотовый, на экране появилось слово «ветантон». Не знаю, как у вас, а у меня в телефонной книжке можно найти дивные записи. Периодически я изучаю список контактов и поражаюсь. «Максимглазасобака»! Что я имела в виду, когда написала это? У Максима глаза, как у собаки? Или он делает псам новые очи? Где мы познакомились? Или «Пашакость». Павел ест кости? Вырезает из них фигурки? Почему я не удаляю такие номера? Никогда не знаешь, что тебе понадобится, вдруг мне захочется украсить свою комнату поделкой из останков мамонта, а Паша — вот он!

— У меня шокирующая информация, — интригующим тоном произнес Антон, — касательно Бориса Олеговича.

— Говори скорей, — потребовала я, стихийно перейдя с энтомологом на «ты».

— Не по телефону, — зашептал Антон, — давай в городе пересечемся. Ты где?

— Возле торгового комплекса «Бразилия», — ответила я.

— Знаю, — отозвался собеседник, — не слишком приятное место, народу тьма, из кафе только «Быстроцыпа». Как ты относишься к средиземноморской кухне?

— Положительно, ем все, кроме сушеных кузнечиков, — засмеялась я.

— Опрометчивое заявление, — не замедлил с реакцией Антон, — в мире полно блюд, по сравнению с которыми представитель подсемейства прямокрылых, подотряда длинноусых покажется рай-

ским деликатесом. Выезжай с парковки «Бразилии», надеюсь, ты там не встретишь ни обезьян, ни
Остапа Бендера.

— А он здесь при чем? — спросила я, включая
мотор.

— Ты не читала Ильфа и Петрова? — поразился
Котов.

— Очень давно, — без смущения сказала я, —
больше половины текста забыла.

— Остап мечтал купить белые брюки и прогу-
ляться по Рио-де-Жанейро, — объяснил Антон.

— И при чем тут Бразилия? — вздохнула я.

Энтомолог расхохотался.

— Совсем ни при чем! Рио-де-Жанейро — сто-
лица этой страны.

На секунду мне показалось, что я услышала
важную информацию, но в ту же секунду смутилась.

— Извини, у меня географический кретинизм.

— Красивой женщине нет нужды запоминать,
где находится Париж, — галантно сказал Антон, —
рядом всегда найдутся мужчины, которые предло-
жат ей туда прокатиться.

Я пропустила топорный комплимент. Не при-
надлежу к категории прелестниц, уверенных, что
любой представитель сильного пола рухнет к ее
ногам, бросив только один взгляд на ножки дамоч-
ки. Я реально оцениваю свою фигуру, и лучше нам
с Антоном беседовать о деле.

— Так куда мне направиться, покинув стоянку?

— Прямо, до третьего светофора, там налево
через двести метров увидишь высокую кирпичну́

«башню», ресторанчик на первом этаже, — дал четкие указания Антон.

— Похоже, я приеду быстро, подожду тебя в машине, — предложила я.

— Лечу по МКАД, — обнадежил меня Антон, — тьфу, тьфу, кольцо пустое, скоро буду.

Едва мы устроились за столом, как энтомолог сказал:

— Я ездил с утра к Козихину, соседу Бориса Олеговича, я тебе вчера о нем рассказывал.

— Банкир, владелец строительного холдинга, паука Эдди и эксклюзивного защитного колпака с инициалами на внутренней стороне, — доложила я.

— Без малейших признаков насмешки я восхищен твоей памятью, — произнес Антон. — Степан Сергеевич улетал в Европу, а как только вернулся, сразу помчался к любимому Эдди, стал нахваливать его на все лады. Паук отлично знает голос Козихина, он обожает хозяина и, услышав его бас, спешит на зов. Но в этот раз Эдди забился в так называемую «квартирку», сложенную из специальных камней, и не покинул укрытия. Козихин расстроился, подумал, что паук обиделся на него за длительное отсутствие, и решил угостить Эдди его излюбленным лакомством, телячьей печенью. Но паук не отреагировал на сочный кусочек, который Степан Сергеевич сам очистил от пленок.

Козихин разнервничался и бросился звонить Антону.

Дело было пятого мая. Обычно, услышав о неприятностях со здоровьем у своих подопечных, Котов, несмотря на занятость, находит возможность приехать, правда не сразу. Антон может примчаться и в шесть утра, или, наоборот, в два часа ночи, но в тот день энтомолога отправили в командировку, он был за тысячу километров от столицы.

Поняв, что помощь подоспеет не скоро, Козихин впал в панику. Антон начал давать советы издалека, был постоянно на связи. Домой он вернулся недавно и договорился со Степаном, что сегодня рано утром непременно заедет к нему.

Прибыв по вызову, Котов сразу понял, что Эдди пережил большой стресс. Обычно паук уходит в «квартиру» лишь на сон, в остальное время предпочитает бродить по аквариуму. Эдди есть где гулять, размерам его жилья могут позавидовать некоторые люди, у него наилучший интерьер, камни и песок из родных мест. Есть даже солнце с луной: днем горит одна лампа, а ночью другая. Сутками в укрытии паук сидит лишь тогда, когда заболел или только поселился у нового владельца — арлекины тяжело переносят переезд, еще хуже им дается смена хозяина.

Антон встал у аквариума и позвал Эдди. Паук немедленно вышел.

— Во мерзавец! — возмутился Козихин. — Тебе рад, а на меня ему наплевать? Я для него печеночку из серединки куска выковыривал. Ну и кто ты, Эдди, после этого, а? Слушай, какой-то он не такой.

Паук выглядел странно, ему определенно было не очень хорошо, более того, бас Степана испугал его, он хотел шмыгнуть в укрытие, но энтомолог перекрыл вход, вгляделся в Эдди и ахнул. В аквариуме сидел Павлик!

— Врешь! — подпрыгнула я. — Павлик умер, укусив Бориса Олеговича.

Антон лег грудью на стол.

— Да пойми ты! Арлекины не трогают хозяина. Ветошь скончался от яда, но его впрыснул Эдди. Я все не мог понять, ну почему Павлик, образно говоря, замахнулся на Бориса? У них были такие нежные отношения! А теперь все встало на свои места, для Эдди Ветошь никто. Думаю, он его знал, соседи часто ходили друг к другу, стояли вместе у аквариумов, но хозяином Эдди являлся Козихин, Бориса паук цапнул, не раздумывая.

— Ничего не понимаю, — пробормотала я.

— Дослушай до конца, — почти как Коробков, велел Антон. — Я начал осматривать аквариум, потом изучил резиновые рукавицы и колпак. Последний оказался из дома Ветошь — нет на нем гравировки.

— Это что же получается? — воскликнула я. — Убийца взял Павлика, накрыл его черным колпаком, принес к Козихиным, потом схватил Эдди и отнес его к Борису? И перепутал защитные устройства?

— Выходит, так, — согласился Антон, накручивая на вилку спагетти. — Преступник не знал про инициалы. Снаружи колпаки одинаковые, внутрь никто не заглядывает, не похвастай Степан передо мной вензелем, я бы точно не увидел разницы. Конус и конус.

— Убийца мазохист? Ему нравится создавать себе трудности, а затем преодолевать их? — озадаченно произнесла я.

— Нет, но он очень хотел, чтобы Борис Олегович скончался именно от укуса паука. Вот только Павлик не тронул бы хозяина, пришлось заменить его на Эдди. Преступник не желал шума, который непременно поднялся бы, обнаружь Козихин пустой аквариум, поэтому убийца и подменил паука. Думаю, киллер не профессиональный энтомолог, на его взгляд, насекомые одинаковые, вот он и решил, что Степан не заметит подмены Эдди. И убийце повезло, перепуганный Павлик до моего прихода не высовывался из домика, хозяин не видел подопечного, думал, что его мальчик заболел, поэтому не идет на контакт.

В полном смятении я сделала то, из-за чего всегда злились мои родители и свекровь Этти[1], вытянула руку и принялась загибать пальцы:

— Киллер хорошо знает повадки арлекинов. Он умеет с ними обращаться. Не боится насекомых, при одном взгляде на которых многие с ходу лишаются чувств. У него есть доступ в дома Ветошь и Козихина, он ненавидит Бориса.

Пальцы закончились, вопрос: «Кто он?» я произнесла со сжатым кулаком.

— Я, — ответил Антон, — отлично подхожу по всем параметрам, кроме ненависти к Боре.

Мой кулак разжался.

— Нет. Ты знал о вензеле, не перепутаешь конусы и понимаешь, что пауки совсем не идентичны.

Антон улыбнулся.

---

[1] История детства и юности Татьяны Сергеевой описана в книге Дарьи Донцовой «Старуха Кристи — отдыхает!», издательство «Эксмо».

— Ну спасибо.

— Ты сегодня надевал у Козихина его перчатки? — спохватилась я.

— Нет, всегда пользуюсь своими, — удивился энтомолог, — и не стал трогать Павлика, тот и так перенес тяжелый стресс.

— Можешь устроить мне свидание со Степаном Сергеевичем? — спросила я.

— Попробую, но... — начал Антон и был остановлен веселым окликом.

— Тоша, почему ко мне не зашел?

К нашему столику подошла стройная женщина, одетая в слегка мятое серо-розовое платье из льна.

— Анечка! — обрадовался энтомолог. — Таня, познакомься, это моя сестра.

Дама перевела на меня внимательный взгляд, потом, не меняя приветливого выражения лица, медленно и четко сказала:

— Корь уже прошла? Вижу, она не оставила на вашей внешности ни малейшего следа!

Я издала нечленораздельное мычание. А как следовало реагировать, если учесть, что сейчас в ресторанчике оказалась хорошо известная мне особа? Правда, на ней был не строгий серый костюм с белой блузкой, пышные волосы не уложены в высокую прическу, а завитыми локонами падают на плечи, и помада на губах переливается розовым перламутром. Но, несмотря на все отличия во внешнем облике, это оказалась заведующая загсом Анна Ивановна.

— Вы знакомы? — поразился Антон.

— Да, — кивнула его сестра, — Татьяна находится у нас в учреждении на испытательном сроке. Проработала несколько дней, заразилась от ребенка соседки корью и ушла на бюллетень. Как вы себя чувствуете? Когда намерены приступить к исполнению своих обязанностей?

Я схватила пустую чашку и сделала вид, что пью кофе. Был в моей жизни день, который в рейтинге неудачных занимал до сих пор первое место. Помнится, мне тогда отказали в приеме на работу. Находясь в кабинке туалета, я услышала, как две сотрудницы конторы, куда я только что безуспешно пыталась устроиться, стоя у рукомойника и не зная, что претендентка на вакантное место находится рядом, подробно обсуждают мою внешность. Спустя четверть часа я, вытерев слезы, вышла из офиса и стала свидетельницей наезда машины на старика. Жуткий выдался денек, но после него моя жизнь изменилась самым волшебным образом. Может, и сегодня тоже случится нечто прекрасное[1].

Я давно не попадала в столь щекотливую ситуацию. Вчера с Антоном, сегодня неудачная беседа с Зинаидой Тряпкиной и в качестве десерта столкновение с Анной Ивановной в присутствии того же Антона. Хотя десерт ли это? День в разгаре, а неприятности часто напоминают пакеты с бумажными носовыми платками — выдергиваешь один, а за него цепляется еще три других.

— Так когда вас ждать на службе? — не отставала Анна Ивановна.

---

[1] События, которые вспоминает Татьяна, описаны в книге Дарьи Донцовой «Старуха Кристи — отдыхает!», издательство «Эксмо».

— У меня освобождение, — промямлила я, — доктор дал его на две недели.

— Где же вы нашли столь доброго врача? — восхитилась заведующая. — Как правило, более трех дней дома не оставляют.

Я справилась с растерянностью.

— Корь заразна, у нее инкубационный период... э... четырнадцать дней.

Моя нога ощутила толчок, но я не остановилась:

— Вот поэтому врач и счел нужным задержать меня, чтобы я не инфицировала окружающих. Вы же не хотите, чтобы весь коллектив загса слег с высокой температурой?

Анна Ивановна приподняла одну бровь.

— Прелестно. Спасибо, что позаботились о сотрудниках, но как же мой брат? Он, по-вашему, бесполезный член общества, пусть умирает от осложнений, которые неизбежно в его возрасте вызовет детская болячка? А люди в кафе? На улице? Вы понимаете, что являетесь по сути бактериологическим оружием? Пробиркой с вирусами? Каждый ваш чих распространяет миллионы бацилл.

Я поспешила оправдаться:

— У меня нет респираторных признаков.

В ту же секунду в носу зачесалось, и я не смогла сдержать оглушительное «апчхи».

Тоненький палец Анны Ивановны уперся в чашечку, стоявшую на столе.

— Отлично. Посуда облеплена микробами. Сейчас ее возьмет официантка, пронесет по залу, передаст на кухню, там чашку поставят в мойку, небрежно ополоснут и нальют кофе следующему клиенту. Результат: корь получат все — посетители, которых обслужит официантка, народ в рабочих помещениях, тот, кто после вас выпьет эспрессо, не говоря уже об Антоне и мне. Вы безответственны и эгоистичны.

— Да нет у меня кори! — воскликнула я.

— Великолепно, — протянула Анна Ивановна, — а бюллетень на две недели? Понимаете, в какие условия вы нас поставили? В загсе не хватает сотрудников, брачующихся много, разводящихся толпы, полно регистрирующих естественные процессы рождения-смерти, а вы заняли штатную единицу и отправились в ресторан? Проводите время с мужчиной, наплевали на службу, не подумали о коллегах, которые вынуждены исполнять ваши обязанности. Это саботаж! За такое раньше сажали в тюрьму! Расстреливали!

Анна Ивановна села за стол, открыла сумку, вынула папку, достала оттуда пару листов бумаги и велела:

— Пишите заявление об увольнении по собственному желанию, поставьте сегодняшнее число. Вы нам не подходите, под каким углом ни смотри, все очень плохо. Вы подцепили корь и гуляете в ресторане! Вы безответственная эгоистка, распространитель инфекции, которая может перерасти в эпидемию. Утверждаете, что не больны? Следовательно, вы лентяйка, и снова безответственная эгоистка, которой безразличны коллеги и брачующиеся-разводящиеся. Испытательный срок вы не прошли, надеюсь, мы больше никогда не встретимся. Антон! Мы с мамой, конечно, не всегда были довольны твоим образом жизни, однако с улыбкой принимали твоих женщин. Но сейчас я выскажусь вполне определенно: твои отношения с данной особой необходимо прекратить прямо сейчас! Немедленно!

Завершив гневную тираду, Анна Ивановна взяла нацарапанное мною заявление, аккуратно убрала его в папку, сунула ту в сумку, повесила ее на плечо, встала, вздернула голову и с идеально прямой спиной пошла к выходу, не сказав «до свидания». Несмотря на неприятную сцену, я в душе позавидовала заведующей. Со спины ей не дать больше двадцати лет. Да еще не всякая юная девушка обладает такой идеальной фигуркой. Может, окликнуть даму и поинтересоваться, какой диеты она придерживается?

Глава 17

— М-да, — изрек Антон, когда Анна Ивановна исчезла за порогом, — не расстраивайся! Кстати, инкубационный период кори составляет от восьми до четырнадцати дней и болезнь заразна лишь до начала высыпаний, я пинал тебя под столом ногой, но ты не среагировала, продолжала нести чушь.

Я изобразила на лице беспечность.

— Жизнь частного детектива полна неожиданных поворотов, в загс меня занесло по служебной необходимости.

— Аня принципиальна до идиотизма, — грустно сказал Антон, — с детства такая. Если кто соврал, он предатель, больше моя сестра с ним дел иметь не станет, он будет в реке тонуть, она мимо пройдет и руки не протянет. Надеюсь, глупое происшествие не помешало твоей работе? Ты надеялась спустя несколько дней вернуться в загс?

Надеялась? Да я столько времени искала хоть какие-нибудь следы Гри, с огромным трудом вычислила, где именно можно обнаружить необходимую информацию, почти подобралась к ней и... облом. Вредная Анна Ивановна больше не подпустит меня к своему загсу, это крушение всех моих надежд.

На глаза навернулись слезы.

— Не расстраивайся, — участливо произнес Антон, — скажи, что надо, я попытаюсь помочь.

Отличное предложение. Интересно, как он отреагирует, если я раскрою рот и заявлю:

«Я сотрудница спецбригады по расследованию особо тяжких и опасных преступлений. Мой муж Гри был отправлен на работу под прикрытием в паре с Мартой Карц. Я понятия не имею, где он. Из моих документов убраны все сведения о регистрации брака. Какая-то принципиальная заведующая загса по приказу моего высшего начальства переделала кучу бумаг. Больше всего на свете я хочу получить возможность хоть изредка тайком смотреть на Гри, только смотреть, ничего более, я не приближусь к нему».

Но есть слова, которые нельзя произносить вслух. Я еще раз оглушительно чихнула и сказала:

— Спасибо, Антон, неприятно, что я разозлила Анну Ивановну, она мне нравится. Если действительно хочешь помочь, познакомь меня с Козихиным, уговори его не трогать резиновые перчатки и отдать их мне.

— Степан не пользуется ими, — успокоил меня энтомолог. — А зачем они тебе?

— Хочу передать их нашему эксперту Фатиме. С тех пор как англичанин Уильям Гершель, полицейский чиновник в Индии, в тысяча восемьсот семьдесят седьмом году выдвинул теорию об уникальности и неизменности папиллярного рисунка ладонных поверхностей человека, люди, которые хотят скрыть свое участие в преступлении, натягивают перчатки на руки. Да только в наши дни криминалисты легко снимают отпечатки внутри перчаток. Преступники же натягивают их на руки, и «пальчики» остаются на изнаночной стороне, — объяснила я. — С Зоей Владимировной я договорюсь сама, а вот к Козихину не подберусь.

— Ну, это легко, — обрадовался Антон и взял мобильный.

Я покосилась на часы. До конца смены Зинаиды остается двадцать минут, пора занимать пост у служебного входа в «Бразилию».

— Степан Сергеевич может встретиться с тобой завтра в восемь утра, — радостно воскликнул Антон, — другого свободного времени у него нет.

— А еще говорят, что богатые спят до полудня, потом завтракают целый час, идут на массаж, принимают ванну, — протянула я.

— Козихин все время пашет, — не согласился энтомолог, — ну как, это устраивает тебя?

— Конечно, — кивнула я. — Спасибо за сообщение о Павлике и за помощь, я теперь твоя должница.

— Долги надо платить, — серьезно заметил энтомолог.

— Непременно, — пообещала я.

— Тогда поехали в кино? — обрадовался Антон. — Выбирай фильм по своему вкусу.

— Прости, не могу, — изобразив огорчение, сказала я, — весь вечер забит работой.

— Но время на кофе у тебя нашлось, — тихо сказал он.

— Это по службе, — парировала я, — пришла получить от тебя информацию.

— Понятно, — протянул Антон, — ладно, подожду, пока у тебя образуется свободный часок. Кто такой Дима, которому ты вчера звонила?

— Коллега, — ответила я.

— Просто сослуживец или?.. — уточнил он.

Я встала.

— Коробок скоро станет счастливым отцом. Сына ему должна родить милая девушка Лапуля. Извини, сомневаюсь, что в ближайшее время смогу насладиться интересным фильмом, Дима собрался играть свадьбу, у нас полно хлопот.

— Помогаешь устроить торжество? — улыбнулся Антон.

— Коробок мой ближайший друг, — пояснила я, — прости, честное слово, мне некогда.

— Удачи, Танюша, — пожелал энтомолог.

— И тебе того же, — не осталась я в долгу.

На улице лило, как в Индии в сезон дождей, но у меня при виде потоков воды на душе стало радостно. Мало кто откажется сесть в комфортабельную машину, когда над головой разверзлись хляби небесные.

Припарковав машину почти впритык к служебной двери, я замерла, вглядываясь в окно. Ждать пришлось недолго, на работу люди могут опоздать, а вот домой, в особенности если орудуют тряпкой, вылетают со звонком, оповещающим об окончании смены. Железная дверь распахнулась, на крыльце стали появляться женщины, некоторые без зонтов. С утра погода радовала москвичей солнышком, зачем тащить в сумочке лишнее?

Я смотрела, как дамы накрывают голову пластиковыми пакетами, в которые покупатели складывают на выходе покупки, кое-кто навязывал полиэтиленовые мешки на ноги. Толпа редела, Зинаида все не показывалась. В конце концов крыльцо опустело, я посидела еще четверть часа и пошла к менеджеру.

— Тряпкина? — уточнил он. — Так она давно сама к вам поехала. Заявление об уходе на стол бросила и умчала.

— Вы уверены? — с удивлением спросила я.

Менеджер потер руки.

— Только вы ушли, как я Зину в отделе сыров увидел, подошел к ней и говорю: «Будь человеком, поднимись на второй этаж и купи платье в «Мара», там совсем недорого. Не позорь нас, придет адвокат, увидит твою жуткую юбку с футболкой, когда ты форму снимешь, подумает: «Бразилия» бомжей на работу принимает.

Зинаида удивилась и начала расспрашивать шефа. А тот в полном восторге рассказал ей, что юрист будет ждать ее по окончании рабочего дня. Через сорок минут Зина притащила заявление и в ответ на вопли менеджера, что не заплатит ей ни копейки, если она не отработает положенные две недели, заявила:

— Плевать! Меня наследство ждет, сами гнилую колбасу очищайте.

— Чего, она до вас не добралась? — бубнил идиот. — Сумасшедший дом в Москве, пробки офигенные, маршрутки по два часа километр едут.

Сил продолжать беседу с кретином не было, я вернулась в машину и позвонила Димону.

— Что? — обморочным голосом прошептал Коробок.

— Все так плохо? — сочувственно спросила я.

— Ты когда-нибудь покупала невестин наряд? — спросил хакер.

— Нет, — призналась я, — в свое время обошлась без свадебных атрибутов.

— Серое с воланами, белое, вышитое цветами, персиковое с корсетом, бежевое в блестках, — затараторил Димон, — платьев гора! А еще чулки, туфли, тряпка на башку, забыл, как называется!

— Фата, — подсказала я.

— Верно, — вздохнул Димон, — почему женщины любят все усложнять? Отчего не пойти в загс нормально одетой? Лапе лучше сейчас о здоровье подумать! Я пока их с Каро в магазин вез, ей постоянно кто-то звонил, а она отвечала:

— Да, конечно, отдам коробочки! Непременно сделаю коробочки!

Чем она занимается? Какие коробки?

— Значит, тебя все же взяли в магазин, наплевав на все приметы, — засмеялась я.

Коробок издал протяжный стон.

— Лапа было заикнулась, что не положено жениху до церемонии на прикид глядеть, а Карфагеныч ей мораль прочитал. Дескать, жена да убоится мужа, нельзя без супруга ничего делать, начинается с самостоятельного выбора шмоток, а заканчивается тем, что баба лично распоряжается семейной кассой. Вот я и сижу в бутике размером с автобусную остановку. Думал, здесь один наряд будет, быстро его схватим и уйдем. А их все тащат и тащат! Лапа мухой носится и жужжит: «Котик, бантик слева или бантик справа? Котик, бантик справа или бантик слева?» Да хоть на макушку нацепи, только покупай быстрей, и сматываемся!

— Очень надеюсь, что ты не произнес этих слов вслух, — встрепенулась я.

— Удержался, — буркнул Коробок, — предложил: «Лапа, если так трудно определиться с бантом, посмотри другой фасон». Она согласилась...

— Вот видишь! — обрадовалась я. — Лапуля умница, с ней всегда можно договориться.

— ...и приволокла два безумия, — продолжал Димон, — на мой взгляд, платья-близнецы, но Лапа завела: «Котик, лучше с воланчиками или с рюшечками? Котик, с рюшечками или воланчиками?» Таня, зачем ей воланчик? Им же в бадминтон играют!

Сдавленным от сдерживаемого смеха голосом я ответила:

— Воланчик в данном контексте — сосборенная полоска ткани, пришитая к изделию.

— А рюшечки? — умирающим тоном осведомился Коробок.

— Сосборенная полоска ткани, пришитая к изделию, — как включенная дважды запись, повторила я.

— И какая между ними разница? — прошипел хакер. — В чем отличие хренова воланчика от фиговой рюшечки?

Теперь я оказалась в тупике.

— Ну... одно воланчик, а другое рюшечка.

— Молодец, отлично объяснила, — ядовито похвалил меня Димон. — Теперь фестончик! Это что за зверь?

— Близкий родственник воланчика и рюшечки, — пробубнила я, — они все из одной семьи сосборенных тряпок.

— Классно, — обреченно выдавил Димон, — еще меня поставили в тупик слова про подвязку, почему Лапуля сказала: «Нет, нет, беру маленькую, без жемчужинок, иначе Димочка оцарапает ротик». Какое отношение мой рот может иметь к резинке, поддерживающей женский чулок? И не проще ли натянуть обычные колготки?

Я откашлялась.

— Димон, свадьба — это определенный обряд. Знаешь, что невеста перед отъездом в гостиницу, где проведет брачную ночь, швыряет свой букет в толпу гостей?

— Гостиница? — поразился Коробок. — А почему не дома?

— Эту тему обсудим позднее, — вздохнула я, — сейчас о букете.

— О нем вроде слышал, — ответил Димон, — та подружка, что его поймает, следующей отправится под венец.

Мне захотелось приободрить приунывшего Коробка.

— Ты истинный знаток свадебной церемонии. Подвязка из той же серии. Молодой муж зубами стаскивает ее и бросает друзьям. Кто поймал, тот вскоре женится.

— Никогда! — захрипел Димон. — Придет же такое в голову! Кусать чулки! Да если подвязка упадет на пол, к ней никто не прикоснется!

— Почему? — не поняла я. — За нее всегда дерутся.

И услышала в ответ:

— Если я кину мужикам новый ноутбук, они свалку устроят, а при виде тряпки, которая им скорую женитьбу сулит, врассыпную кинутся.

Я поняла, что надо переходить к рабочим вопросам, попросила домашний адрес Тряпкиной и, услышав его, обрадовалась. Зинаида не случайно устроилась в «Бразилию». Она живет недалеко от торгового центра, минут десять-пятнадцать езды по Дмитровскому шоссе в сторону Московской области.

Домик Тряпкиной оказался последним в ряду черных покосившихся избушек, даже окруженные буйно цветущей сиренью, они смотрелись жалко. Калитка была не заперта, я толкнула ее, пересекла небольшую площадку со вскопанными грядками, постучала в стекло веранды и услышала с заднего двора знакомый голос:

— Кто там? Любаша, ты? Иди к бане.

Я обогнула здание и увидела Зину, одетую в дождевик. Она стояла возле огромной бочки.

— Хлещет-то как! — крикнула она. — Поливать огород не надо. Люба, хочешь чаю? Тогда ступай в дом.

То ли у Тряпкиной близорукость, то ли ливень помешал ей хорошо рассмотреть гостью, но Зина приняла меня за некую Любу, а я, не став указывать хозяйке на ошибку, быстро прошла в избу.

Через пару минут послышался скрип двери, Зина появилась на веранде уже без плаща, зато с огурцами в руках.

— Сейчас салат... — начала она и замолчала.

— Готова помочь, — воскликнула я.

— Чтоб тебя поездом задавило! — топнула ногой Тряпкина. — Жвачка липкая. Пошла вон! Упираться будешь, участкового позову, он через дом живет.

Я вцепилась в сиденье стула.

— Борис Олегович умер.

— Не заплачу! — гаркнула Зинаида.

— Я не следователь, не оперативник, частный детектив, которого наняла вдова покойного.

— Он женился? — вдруг заинтересовалась Зина. — На ком же?

Я обрадовалась возможности завязать разговор.

— Супруга Бориса француженка, из Парижа.

Тряпкина опустилась на табуретку.

— И давно?

— Точно не скажу, но не вчера и не год-два назад, могу сейчас узнать, — засуетилась я.

— Не надо, — тихо произнесла Зина. — Что вы ко мне пристали? Я давно не общалась с Борисом! Уходите. Ментов не люблю, разговаривать с ними ни при каких обстоятельствах без адвоката не стану, жизнь меня осторожности научила. Хотя это только у америкосов в сериалах задержанный кулаком по столу стучит, требует адвоката, и его мигом приводят. У нас иначе, по морде так надают, что само слово «адвокат» не вспомнишь. С частниками я не встречалась, не знаю, может, вы и приличная женщина. Документ есть?

Я протянула Зине бордовую книжечку. Тряпкина внимательно изучила ее, вернула мне и неожиданно смилостивилась:

— Что вам надо?

— Зачем вы приходили к Борису Олеговичу? Только не говорите, будто случайно нашли его адрес в Интернете, — попросила я.

— Какой смысл мне откровенничать? — скривилась Зинаида. — Уезжайте.

Я встала.

— Хорошо. Но перед тем как захлопнуть за мной дверь, выслушайте меня, надолго ваше внимание не займу. Бориса Олеговича убили. Ни малейшей зацепки у следствия нет, об адвокате окружающие говорят исключительно хорошо, похоже, Борис Олегович совершал одни добрые дела. Все любили его, а вы плюнули ему на дверь. Ну и кого заподозрят в убийстве? Ваша биография непростая: сначала наезд на беременную женщину, потом участие в драке, в которой убили соседку по бараку. Вдова Бориса, Зоя Владимировна, человек со связями, если наше агентство ей не поможет, начнет звонить высокопоставленным приятелям покойного мужа, требовать, чтобы милиция открыла дело и занялась расследованием. Вы не один год отсидели за решеткой, знаете ментовскую кухню: сверху давят, требуют результата, лишают премий, навешивают выговоры, те же, кто внизу, чтобы жить спокойно, быстренько найдут кандидатку на роль убийцы и отрапортуют о победе. Главное, закрыть дело, остальное никого не колышет. Повторяю, лучшей кандидатуры на роль козла отпущения, чем вы, нет. Ваша связь с Ветошь видна сразу, он был одним из устроителей конкурса, где вам в свое время прочили корону. Хотите снова очутиться на зоне, на этот раз за смерть Бориса Олеговича?

Зина подняла на меня тяжелый взгляд.

— А ты, значит, добрая, пришла меня, убогую, пожалеть?

Я снова села на стул.

— Нет, хочу разобраться. Вы насекомых боитесь?

Тряпкина моргнула.

— Тараканов, мух?

— Комаров, пауков, — добавила я.

Зина показала пальцем на розетку, из которой торчал зеленый пластмассовый кругляш.

— В деревне такого добра хватает, хотя сейчас мух меньше. В мое детство тут в каждом дворе и коров, и свиней, и кур держали, тогда мы летом липучками обматывались. А сейчас стало получше, фумигаторы есть, я свои целыми сутками включенными держу.

— Вроде это электроприбор только от комаров, — вздохнула я.

— Разные бывают, — охотно пояснила Тряпкина, — покупаешь аппарат, а в него можно мушиную или комариную отраву положить, запаха никакого, ну, может, цветами чуть-чуть отдает.

Я приспособилась брать средство от ос, оно для всех убойное: мух, комаров.

— А пауки? — спросила я.

— Море, — кивнула Зина, — по десять дохлых вечером на совок заметаю, прямо всю передергивает от отвращения! Специально веник с длинной ручкой купила. Корова, курица, коза, собака, лошадь, кошка — все полезны. Даже осы, они растения опыляют. Но мухи с комарами и пауками! Фу! Они зачем? Наверное, боженька накурился и с чумных глаз их сотворил. Бе-е! Гадость! А при чем тут мой фумигатор?

— Знаете, Зина, я думаю, вы не трогали Бориса Олеговича, так помогите мне убедить в вашей невиновности других, — попросила я.

Глава 18

Тряпкина открыла буфет, достала оттуда корзиночку с печеньем, включила электрочайник и подошла к столу.

— Ну, вообще-то существует презумпция невиновности, это вы должны доказать, что я убила Бориса, а не мне надо оправдываться. Дура я! Чувствовала, не закончится добром поездка к Боре, и Аня, наша старшая по бараку, не советовала, предупреждала: «Плюнь на него, Зинка, эту гадину Господь накажет».

Но меня жизнь на зоне убедила: может, Боженька и справедливый, и добрый, но есть места, куда он забывает заглянуть. И видно, у Создателя тоже вип-клиенты есть, иначе почему Борису так везло?

— Его убили, — напомнила я.

— Найдете кто, подскажите адрес, пошлю ему букет цветов, — огрызнулась Тряпкина.

— Что вам сделал Борис? — поразилась я. — Мертвого человека принято прощать.

Зина потерла подбородок и начала рассказ, который поначалу не вызвал у меня ни малейшего удивления.

В деревенском бедном домике бабушка Елена Петровна воспитывала внучку-сироту. Какие деньги у пенсионерки, всю жизнь работавшей в колхозе птичницей? Слезы. А за погибших родителей Зине платили совсем крохотное пособие. Старушку выручал огород. Елена Петровна засаживала овощами весь участок, а осенью шла торговать на рынок, Зине вменялось в обязанность таскать мешки и быть у бабушки на подхвате. На этом простая история завершается и начинается сказка.

Однажды у Елены Петровны отоваривался импозантный молодой мужчина. Он явно не нуждался в деньгах и, похоже, впервые зарулил на базар. Бабушка взвесила корнеплоды и крикнула:

— Зинка, принеси большой пакет!

Девятиклассница вылезла из-под прилавка, где перебирала морковку, и протянула старухе сумку.

— Девочка, тебе кто-нибудь говорил, какая ты красавица? — спросил покупатель, потом обратился к бабушке: — Вашей внучке надо прийти в модельное агентство, у нее есть все данные, чтобы покорить мировой подиум.

— Иди займись морквой, — сурово велела Зине Елена Петровна, — встала тут и бездельничаешь.

Зина послушно юркнула под ободранный прилавок, но навострила уши и услышала продолжение разговора.

— Девочка потрясающе хороша, — восхитился покупатель, — не упустите шанса, вот вам визитка, позвоните мне непременно, я помогу ей с карьерой.

— Спасибо за заботу, мил человек, — церемонно ответила пенсионерка, — недосуг нам по городу шляться, да и денег на разъезды нет.

— Вот, возьмите, — произнес покупатель.

— Милостыню не просим, — с достоинством отказалась Елена Петровна, — коли желаете от лишних средств избавиться, через дорогу от рынка церковь стоит, нищим на паперти отдайте. Зине об учебе думать надо, на хилых тройках едет. Кому сирота-дура нужна? Красота ее не спасет, да и никто Зинку у нас принцессой не считает, лоб ведром, глаза враздет, губошлепка, тощая, как грабли, и волос на трех овец, не промыть их без шампуня. Вот Надя Румянцева — та хороша: груди, как арбузы.

— Сироту обязаны взять в вуз бесплатно, — не успокаивался покупатель, — вы не знаете своих прав, я адвокат. Непременно мне позвоните, я вам все объясню бесплатно.

Беседа стихла, через пару минут к ногам сидевшей под прилавком Зины спланировала визитная карточка, а над головой раздался сердитый бубнеж старухи:

— Нашелся благодетель! Бесплатно он балду учиться пристроит! Ага! Зинка!

Девочка живо спрятала визитку в карман и спросила:

— Что, бабушка?

— Знай, ничего за просто так не делается! — зло воскликнула Елена Петровна. — Денег он не попросит! Значит, на диване ноги раздвинуть придется! Если этот хлыщ вернется и к тебе пристанет, сразу зови меня! Нашлась принцесса! Чучело огородное, поскорей бы тебя замуж выдать.

Зина не обиделась на Елену Петровну, она знала, что бабушка любит ее, беспокоится за нее. И Тряпкина не считала себя даже симпатичной. Иногда она разглядывала свое отражение в зеркале и очень расстраивалась. Все черты казались слишком крупными: лоб, глаза, губы, только нос был маленький. Зато в фигуре не было никакого объема. В шестнадцать лет Зина еще не носила лифчик, весила меньше овчарки Ники и была выше всех мальчиков в классе. Копна темно-каштановых вьющихся волос тоже доставляла одни неприятности, бабушка злилась, что на их мытье уходит много шампуня, учительница приказывала стянуть непослушные локоны в хвост. Зина покорно забирала их махрушкой, а та рвалась. Одноклассники не обращали внимания на нескладную девочку. «Тряпка», «жердь», «оглобля» — каких только кличек не удостаивалась Зина!

Почему она спрятала визитку со смешной фамилией «Ветошь», девочка не знала, но убрала карточку. Вынула ее после того, как получила совсем не «красный» аттестат, и смело позвонила мужчине.

Набрав номер, Зина сказала:

— В прошлом году вы покупали у моей бабушки картошку и сказали, что поможете мне, если я к вам обращусь.

Борис Олегович сразу понял, кто его беспокоит.

— Красавица с рынка? Помню вас!

— Я окончила школу, хочу поступить в институт, любой, только в Москве, — оттарабанила Зина. — Денег нет, но я готова платить как пожелаете.

В трубке молчали, и Тряпкина, чтобы Ветошь понял серьезность ее намерений, добавила:

— На диване.

— Тебе так хочется учиться? — спросил Борис Олегович.

— Нет, — откровенно призналась Зина, — просто в деревне надоело, в городе веселей и женихов много. А у нас тут одни убогие калеки.

— Записывай адрес, — велел Борис Олегович.

Зинаида надела лучшее платье, собственноручно соорудила прическу, накрасилась взятой у подруги Кати косметикой, одолжила у соседки Наташи сумку, у Оли туфли и ринулась в столицу.

Дальше началось волшебство. Борис Олегович с полпинка пристроил Зиночку в институт и выбил ей общежитие плюс «сиротскую» стипендию. Бабушка ошалела от радости, но с пристрастием допросила внучку и, выяснив, что Ветошь ту и пальцем не тронул, заквохтала:

— Ох, понятен расклад! Хитер монгол! Ждет, когда тебе восемнадцать стукнет, чтобы можно было развратничать без проблем с Уголовным кодексом.

— Да ладно тебе, — отмахнулась Зина, — чего из-за ерунды беспокоиться.

Бабушка скончалась, когда внучка закончила первый курс. Хоронил Елену Петровну Борис. После поминок Зина заперла дом, спрятала ключ под крыльцо и уехала в Москву. Покидая родные пенаты, она обернулась и подумала: «Никогда сюда не вернусь, лучше сдохнуть в столице на помойке, чем тут жить».

Жизнь стала походить на нереально счастливый сон. Зина уверенно побеждала на конкурсах красоты, Борис восхищался ею, правда, до постели у них дело не дошло, но Зинуля чувствовала, вот победит она на всероссийском конкурсе, отправится в Европу, получит там корону, и Боря предложит ей руку и сердце. Кроме модельного бизнеса, Борис занимался еще чем-то, имел армию друзей, постоянно носился по делам, искрил от бурной деятельности. Зиночка уже не была глупенькой деревенской школьницей, она понимала: красота — скоропортящийся товар, времени у нее в запасе немного, надо успеть захватить все титулы, удачно выйти замуж и рожать детей. Из всех попадавших в зону внимания Тряпкиной мужчин Борис был наиболее подходящим на роль супруга. Он не пил, не употреблял наркотиков, не гонялся за бабами, не спал с мужиками и пользовался всеобщей любовью. Каждая из красавиц-конкурсанток не задумываясь кинется с таким парнем в загс. Зиночка решила во что бы то ни стало получить статус госпожи Ветошь и утроила старания на конкурсном поприще. Тряпкина понимала: сейчас она звезда, значит, ей гарантировано повышенное внимание Бори.

За победу на одном конкурсе Зинаиде вручили машину. Конечно, не «Бентли» и не «Феррари», а скромненькую отечественную тачку, но Зина была на вершине блаженства. Машина! У нее! Собственная!

Тряпкина честно отучилась на курсах, не сдав пять раз экзамены, на шестой не совсем законно получила права и решила съездить в родную деревню.

— Эй, ты куда собралась? — возмутился Борис, которому Зина сказала о своем намерении отбыть на выходные из столицы.

Девушка быстро заговорила:

— Надо проверить дом, хозяйство, чего да как. Вдруг хулиганы стекла выбили.

— Там красть нечего, — усмехнулся Ветошь.

— Все равно, — уперлась Зина.

— Ладно, — согласился Борис, — договорюсь, тебя туда-назад отвезут.

— Нет, я сама, — объявила Тряпкина.

Борис Олегович опешил:

— Сама за рулем?

— Да! — гордо заявила Зина. — Права у меня есть, машина стоит под окном.

Ветошь не одобрил ее затею:

— Безумная идея, твои водительские навыки нулевые.

— Если не ездить, опыта не наберусь, — парировала Зиночка.

Спорили они долго, потом Борис расхохотался.

— Признайся, золотце, на дом тебе наплевать.

Хочешь соседям нос утереть. Вот вам, жабы зеленые! Смеялись надо мной, нищей Зиной, а я на собственном авто прикатила из Москвы. И в столицу назад через час умчусь. Вы же, гадюки, коровам хвосты крутить останетесь. Я не прав?

Зина покраснела до такой степени, что ей показалось: щеки сейчас лопнут, как спелые помидоры.

— Понятное желание, — продолжил Ветошь, — но в твоем визите не хватает одной детали.

— Какой? — пролепетала сконфуженная Зинуля.

— Мужика, — засмеялся он, — девушка за рулем прекрасна, но, если рядом нет «прынца», картинка получается с изъяном. Соседи зашепчут: «На колеса заработала, а одна. Никто ею не заинтересовался». Еще жалеть начнут, запричитают: «Ой, Зиночка, как ты похудела, осунулась, джинсы в дырках!»

— Рваный деним в самой моде! — фыркнула Тряпкина.

— Но не у твоих деревенских соседей, — развеселился Борис, — тебе нужен мужик. Непременно.

— И где его взять? — пригорюнилась Зинуля.

— Я не подойду? — засмеялся Ветошь. — Оденусь модно: ботинки с калошами, пиджак, галстук, шляпа, портфель прихвачу.

В пятницу Зина, вспотев от напряжения, заехала за Борисом на какую-то тусовку. Он сел на заднее сиденье, открыл банку энергетического напитка, осушил ее и велел:

— Золотце, рули не быстро.

Но Зинушка и так еле-еле нажимала на педаль газа. Спидометр показывал сорок километров в час, а новоявленной гонщице казалось, что автомобиль летит ракетой.

До Савеловского вокзала добирались два часа. Когда Зина трясущимися руками повернула руль и наконец-то выехала на Дмитровку, Боря не выдержал и приказал:

— Солнышко, тормози.

Высунув от усердия кончик языка, Тряпкина припарковалась и услышала:

— Вылезай, за руль сяду я.

— Нет, — захныкала Зина, — это моя машина.

— Никто ее у тебя не отбирает, — произнес Борис, — меня укачало. Если поплетемся и дальше беременными черепахами, то окажемся в деревне за полночь, никто тебя не увидит. Не спорь, золотце.

Ветошь вскрыл еще банку энергетика, сел на водительское место, уверенно взял руль, и крохотная легковушка понеслась стрелой. Каким образом совсем недалеко от родной деревеньки на дороге появился человек, Зина не поняла. Она, отдав спутнику бразды правления, прикрыла глаза, задремала, потом почувствовала сильный толчок, услышала глухой удар и очнулась.

Борис вылез на проселочную дорогу, вокруг никого не было. Зиночка поспешила за ним, увидела белые полоски «зебры», упавшую прямо на переходе женщину и лужу крови. Сбитая показалась ей невероятно толстой, и у Зины в голове возникла мысль: некоторые тетки совершенно не следят за собой, этой, что лежит, странно вывернув голову, надо срочно сесть на диету. Потом неожиданно навалился ужас.

Глава 19

Не успела Зина испугаться, как Боря схватил ее за плечи и сказал:

— Золотце, я люблю тебя и хочу, чтобы ты стала моей женой.

— Согласна, — выпалила Тряпкина и повисла у него на шее, — обожаю тебя, обожаю, обожаю! Сделаю для тебя, что угодно!

Борис обнял Зину.

— Солнышко, судьба послала нам испытание, проверку любви. Ты готова?

— Да! — пылко воскликнула красавица.

— Тогда слушай, — быстро заговорил Борис, — времени нет, запоминай с одного раза. За рулем сидела ты.

— Я? — испугалась Зина. — Но почему я?

Ветошь встряхнул ее.

— В моей крови найдут энергетик, примут за наркотик, да еще я сидел за рулем машины без доверенности. Менты составят протокол, меня арестуют, отправят в СИЗО, буду ждать суда годы, наша свадьба не состоится.

— Ой! — испугалась Зиночка.

— А тебе ничего не будет, — внушал Ветошь, — кровь чистая, права ты получила неделю назад. Тебя отпустят. Ну поговорят в отделении, может, ты день там проведешь. Есть еще один момент, я не считал нужным тебе рассказывать, но год назад я уже был участником ДТП, под мои колеса прыгнул самоубийца. Натуральная сволочь: если решил свести с жизнью счеты, зачем доставлять неприятности чужим людям? Но, понимаешь, как все нехорошо сейчас для меня обернулось? За двенадцать месяцев два наезда со смертельным исходом.

— Ты мне ничего не говорил, — прошептала Зинуля.

— Я о неприятности вообще никому ни слова не сказал, — уточнил Борис, — золотце, если меня сейчас арестуют, осудят, не будет у нас свадьбы, ты останешься одна, без поддержки, не победишь на конкурсе, вылетишь из института, но еще можно все спасти, если ты скажешь, что сидела за рулем. Ты готова ради нашего общего счастья пройти через ерундовое испытание?

Не забывайте, Зине едва исполнилось двадцать и она страстно мечтала стать госпожой Ветошь. Посоветоваться ей было не с кем, ее колотило от стресса, к горлу подкатывала тошнота, при мысли об аресте Бориса она почти потеряла рассудок. Девушка не сообразила, что энергетик — совсем не наркотик. Да, в нем содержится много кофеина, но две банки, выпитые Борисом, не криминал. И утверждение, что его накажут за езду без доверенности, вызовет смех у любого человека. В машине сидела ее хозяйка, она может доверить руль кому захочет, лишь бы у него имелись права. Но Зина была в состоянии шока, а будущий супруг нежно гладил ее по голове и, словно гипнотизер, твердил:

— Солнышко, наше общее семейное счастье находится в твоих руках.

— У меня живот крутит, — пожаловалась Зина.

Ветошь бросился к машине, порылся в своей сумке, принес Зине горсть таблеток, запихнул их девушке в рот, подал бутылку воды и спустя короткое время спросил:

— Ну как? Стало лучше?

Зину словно замотали в теплое одеяло, нервная дрожь растворилась без следа, на смену ей пришло хорошее настроение и глубокая убежденность в правоте Бориса. Она подняла голову и решительно сказала:

— Да, милый, тачкой управляла я.

— Вот и отлично, — выдохнул Ветошь, — запоминай. Ты ехала со скоростью пятьдесят километров в час.

Зиночку охватило безразличие, ее будто накрыли ватным колпаком. Голос Бориса доносился издалека, смысл его слов был непонятен, потом он замолчал. Откуда-то появились люди, они бегали, размахивали руками, суетились и выглядели нелепо! Зина немного понаблюдала за ними и начала смеяться, уж очень уморной показалась ей ситуация. Дальнейшее помнилось смутно, вроде ее куда везли, вели, тыкали в нее иголкой, кто-то постоянно бубнил над ухом. Зина пыталась прогнать надоеду, но он упорно возвращался.

На следующий день Зинаида очнулась в холодной темной комнате, где вместо кровати был дощатый помост, очень испугалась и заколотила в железную дверь кулаками.

Створку открыл милиционер, он же отвел девушку в кабинет, где другой человек, назвавшийся Игорем Михайловичем, стал задавать ей вопросы. Зина отвечала на них, все время повторяя слово «вчера». Мужчина в форме слушал, слушал и вдруг спросил:

— Какой у нас сегодня день недели?

— Суббота, — прозаикалась Тряпкина, — вчера, в пятницу, я случайно сбила человека.

Дознаватель показал на календарь, висевший на стене.

— С добрым утром. Понедельник настал.

— А куда подевались выходные? — поразилась Зинаида.

— Меньше колес хавать надо, — стукнул кулаком по столу Игорь Михайлович, — решила себя угробить, колешься, нюхаешь, марки лижешь? Это твой личный выбор! Но зачем за руль лезть? Ты убийца!

Домой Зинаиду не отпустили, к концу недели Тряпкину охватил натуральный ужас. Таблетки, которые ей для успокоения дал Борис, оказались лекарствами, которые произвели эффект наподобие наркотического. Наличие посторонних веществ в крови мигом выявил анализ, который произвели медики. Погибшая оказалась не толстой, не следившей за собой бабой из деревни, а беременной на последних месяцах, жившей в одном из коттеджных поселков и, на свою беду, решившей пройтись пешком в магазин. Более того, и муж, и отец жертвы были не бедными людьми и хотели по полной программе отомстить водителю-убийце.

Во вторник Зина сломалась и сказала следователю:

— За рулем находился Борис Ветошь, он просил меня взять на себя ответственность за происшествие.

Спустя сутки Игорь Михайлович сурово заявил:

— Послушай мой совет. Раскаивайся по полной, плачь, жалей погибшую и ее нерожденного ребенка. Тренируйся для суда.

— Меня будут судить? — испугалась Зиночка.

— А ты как полагала? — удивился следователь. — Чего ожидала? Что тебе пряников дадут?

— Борис Ветошь, — зашептала бедолага, — спросите его.

Игорь Михайлович похлопал ладонью по папке.

— Неправильную тактику ты избрала. Я проверил, Борис Олегович на момент происшествия ехал в Питер. У него сохранился билет и есть счет из гостиницы, где он провел все эти дни, только вчера вернулся. Лучше не оговаривай невиновного человека, получишь больший срок.

— Срок! — эхом повторила Зина. — За что?

Игорь Михайлович разозлился:

— За спасение утопающих. Тебя нашли на дороге, под воздействием коктейля из лекарств, на машине следы, свидетельствующие о наезде на человека. На «зебре» труп, полно людей, которые слышали, как ты при задержании призналась в совершении наезда, повлекшего смерть человека. Борис Олегович тут ни при чем, его близко на той дороге не было. Когда ты сшибла беременную, Ветошь катил в Северную столицу.

Зиночка заплакала:

— Нет, нет, проверьте, пожалуйста, еще раз. Он был со мной, это ошибка. Можно мне поговорить с Борей, он мой жених!

Но Игорь Михайлович не послушал Зину, ее перевели в СИЗО, где она просидела почти год в ожидании суда. Сокамерницы сначала посмеялись над наивной дурочкой, которую ловко подставил ушлый мужик, а потом дали ей совет:

— Будешь стоять на своем, твердить о невиновности, говорить о Борисе, только разозлишь судью. Плачь, раскаивайся, бей себя в грудь, падай на колени. Много тебе не дадут, скорее всего определят колонию-поселение, зачтут отсиженный до суда срок и отпустят.

Но Зина решила поступить по-своему: она рассказала правду. Вот только не нашлось ни одного человека, который бы ей поверил. Судья сочла поведение обвиняемой Тряпкиной вызывающе наглым, разозлилась, не увидев признаков раскаянья, а родственники погибшей применили методы давления, грубо говоря, вручили взятку. Вердикт ошеломил не только Зину, но и ее сокамерниц, Тряпкина получила большой срок.

Зинаида обхватила плечи руками и посмотрела на меня.

— Все. То, что случилось в колонии, за что мне наказание довесили, целиком моя вина, та история к наезду отношения не имеет.

— И вы не пытались связаться с Борисом? — тихо спросила я.

Зинаида выпрямилась:

— В камере мобильный был. Но Ветошь свой номер поменял. Я постоянно слышала: «Такой абонент не существует».

— А подруги, родственники? — не успокаивалась я.

Тряпкина потянулась к чайнику:

— У Бориса не голова, а компьютер, он тогда на

дороге живехонько ситуацию просчитал. Родни у меня нет, подруг тоже, так, однокурсницы глупенькие. Адвоката государство предоставило, он все на часы смотрел, видно, к платному клиенту торопился. Думаете, я в нашем «правосудии» уникальный случай? Да со мной в бараке две дуры плакали: одну сожитель под убийство подставил, другую — мать. И никто ничего доказать не смог. Мне еще повезло, осталась бабушкина изба, никому развалюха не понадобилась. Имейся у меня хорошая жилплощадь, ее бы давно ДЭЗ к рукам прибрал, и отползать бы мне в канаву.

Тряпкина налила в чашки кипятку, бросила туда пакетики с чаем и улыбнулась:

— В супермаркете можно продуктами бесплатно разжиться. Вот заварка, например, подмокла, утилизации подлежит. А я ее высушила, и ничего, аромат сохранился. Хотите?

Я проигнорировала любезно предложенный напиток.

— Зачем вы поехали к Борису Олеговичу?

Зинаида обхватила чашку ладонями.

— Честно? Сама не знаю. Надеялась, что он мне денег даст или устроит работать в приличное место. Ветошь мне должен! Думала, потребую компенсацию, в общем, дура я. Приперлась, а меня его секретарша даже на порог не пустила. Я и разозлилась, ногами дверь попинала, плюнула на нее. Тут баба заорала: «Сейчас милицию вызову!»

Я испугалась и убежала. Еду в метро и ругаю себя: идиотка ты, Зина, опять за колючку захотела? Не лезь к Борису, ничего тебе от него не перепадет, он сволочь!

Тряпкина шмыгнула носом.

— Если кто его убил, то я плакать не стану. Так ему и надо, получил по заслугам. Видно, еще кому-то нагадил, а тот человек не трус, как я, взял да отомстил. Спасибо ему от меня. Но я Борьку не трогала, мне слабо.

— Все вокруг говорят о Борисе Олеговиче исключительно хорошие слова, ни один человек дурного не сказал, — протянула я.

— Я его тоже только со светлой стороны знала, — фыркнула Зинаида. — Помогал мне, поддерживал, в институт устроил, а затем под срок подвел. Милый гаденыш, змей в сиропе. Я с ним никаких дел иметь не хочу, еще снова напакостит.

— Бориса убили, — напомнила я.

— Точно, — кивнула Тряпкина, — я его пережила, это греет душу. Извините, что утром вам нахамила, мне любое упоминание про Бориса неприятно. Лучше крысу съесть, чем о нем говорить.

— Получается, вы из-за меня потеряли работу, — расстроилась я.

— После отсидки устроиться трудно, — печально откликнулась Зина, — в хорошее место не возьмут, отдел кадров проверит и лесом отправит. На стройку идти стремно, там гастарбайтеры кланами служат, чужую бабу ненароком в котлован спихнуть могут. Остается полы мыть.

— Одному моему приятелю, одинокому пожилому профессору, нужна домработница, — произнесла я, — зарплата хорошая. Две тысячи долларов.

— Вау! — подпрыгнула Зина. — Круто! Я за такие огромные деньжищи на все готова.

— И жилье он предоставляет, и еду бесплатно, — соловьем заливалась я.

— Прямо сейчас помчусь, — выпалила Тряпкина, — если он не побоится бывшую зэчку взять, то не пожалеет, я вылижу квартиру и готовлю хорошо, еще глажу-стираю. Две тысячи долларов! Можно ремонт в избе сделать, на лето ее москвичам сдавать.

— Небольшое условие, — вкрадчиво сказала я, — профессор коллекционирует живых насекомых, пауков. Их надо кормить, чистить аквариумы.

Зинаиду передернуло:

— Ой, нет, я их до дрожи боюсь, замести мертвых на совок и то страшно. Деньги очень нужны, я за две тысячи долларов, честное слово, на все готова, но с пауками не полажу!

Я открыла сумочку, вынула блокнот с ручкой и написала телефон.

— Держите.

— Не смогу с пауками жить, — отказалась Зина.

— Это другое предложение, — пояснила я. — Ольга Белкина — хозяйка салона красоты, возьмет вас ученицей.

— Меня? — обомлела Тряпкина. — Я уже не девочка.

— Возраст значения не имеет, — возразила я, — главное, желание. Зарплата сначала будет символическая, но, когда станешь мастером, откроются перспективы, обзаведешься клиентами, в кармане зашуршат чаевые. К Оле ходит много разных людей, завяжешь знакомства. Поверь, там лучше, чем в кладовке «Бразилии» мыть гнилую колбасу.

— И меня примут? — с недоверием осведомилась Тряпкина.

Я кивнула:

— Непременно.

Но Зинаида никак не могла избавиться от подозрительности.

— На фига тебе мне помогать?

Я убрала блокнот на место.

— Испытываю неудобство из-за того, что лишила тебя работы. Хоть ты по своей инициативе написала заявление об уходе, но катализатором послужил мой визит. Чего ты испугалась? Почему не стала со мной разговаривать?

Зинаида опустила голову.

— Решила, что это Борис меня отыскал. Много ума тут не надо. Я устроилась в бабушкиной избе, адрес ему известен. Мысли так пошли: я Ветошь на дверь плюнула и сдуру секретарше свою фамилию назвала, крикнула: «Зина Тряпкина забегала, пусть твой начальник со мной свяжется. Живу на прежнем месте!» Еще про долг сказала. Думала, Борис подослал вас, чтобы мне плохо сделать. Как? Не знаю, но плохо. Он может! И разговор про наследство враки, мне не от кого деньги получать!

Я поднялась.

— Звони Белкиной завтра в восемь утра, будь готова в Москву ехать. Скорее всего Ольга сразу велит на работу выйти. И никогда не прогоняй того, кто хочет с тобой поговорить. Вдруг он поможет? Понимаю, твой жизненный опыт свидетельствует об обратном, но хороших людей на свете больше, чем плохих.

— Хороший человек, почуяв для себя опасность, тут же становится дерьмом, — отрезала Тряпкина.

Глава 20

Первый, на кого я наткнулась в офисе, был Димон.

Я заговорщицки подмигнула ему:

— Ты жив?

Коробок почесал ухо, в котором висело не менее десяти колечек.

— Местами.

— Надеюсь, мозг не задет и правая рука способна передвигать мышку, — серьезно продолжила я, — остальные части твоего тела мне без надобности.

Димон протянул руку к пакету с чипсами.

— День прошел жутко. Это платье!..

— Лапа выбрала наряд? — обрадовалась я. — Какой?

Коробок развел руки в стороны:

— О!

— Отличное описание, — одобрила я.

— Еще цветы, — сообщил жених. — Каро заказал букеты. Одну розу Лапуле.

— Шикарно, — восхитилась я, — весьма утонченно, не то что у некоторых дизайнерские клумбы!

— Мне пару гвоздик, — добавил Димон, — красных.

— Похоже, у Карфагеныча своеобразное чувство юмора, — хихикнула я.

— Не вижу ничего смешного, — надулся хакер. — Я буду как кретин с двумя цветуями в кулаке.

Я закашлялась. Сколько лет Коробкову — тайна, покрытая мраком. С другой стороны, что такое возраст? Отнюдь не количество прожитых вами лет. Кое-кто, едва справив четвертьвековой юбилей, уже превратился в глубокого старца, живет в монотонном режиме: работа — дом — телевизор — сон. А хакеру, по моим подсчетам, сейчас около шестидесяти, но по духу он совсем юный подросток. В области Интернета и всяческих технических новинок Димону нет равных, в Сети он может все. Но, очутившись в реальном мире, Коробок теряется. Поход в магазин за продуктами для него мука мученическая. Один раз он долго стоял перед коробками с яйцами, потом спросил:

— Тань, почему одни «диетические», а другие «столовые»? Первые для тех, кто хочет похудеть? А вторые?

Мне пришлось растолковывать Коробку, что яйца подразделяются по степени свежести. Те, что снесены недавно, гордо именуются «диетические». Хорошо, что у нашего компьютерного интеллектуала есть Лапуля, которая занимается бытовыми вопросами. И во всяких народных обычаях, как я успела выяснить, беседуя с женихом про подвязку, он не сведущ. Скорей всего, Димон не знает, что четное количество.цветов в России принято нести исключительно на похороны. И о чем свидетельствуют две гвоздики, заказанные Каро Финогеновичем для жениха?

— Рад, что развеселил, — мрачно сказал Димон.

— Ну, взбодрись, — приказала я, — впереди тебя ждут радостные события, свадьба, рождение малыша.

— Угу, — протянул Коробок, — обратной дороги нет.

— В смысле? — не поняла я. — Ты не хочешь жениться?

Хакер взял со стола тонкую «денежную» резинку и стянул длинные волосы в хвост.

— Я отлично отношусь к Лапуле, созрел для роли отца. Но, понимаешь, брак — это как запертая дверь. А у меня клаустрофобия, нужно, чтобы створка стояла открытой, иначе я заболеваю. Почему женщинам необходим штамп в паспорте? Что он решает? Если мужчина тебя любит, печать его чувства не усилит. Я сейчас ощущаю себя мышью, которую шваброй загнали в угол и велели: а ну, люби тряпку на палке, она с тобой теперь будет всегда!

Я засмеялась.

— К клаустрофобии твое состояние никакого отношения не имеет. Оно называется мужская трусость и охватывает почти каждого представителя сильного пола перед свадьбой. Потерпи, на следующее утро после бракосочетания ты ощутишь себя по-иному. Неужели ты мечтаешь всю жизнь провести бездетным, совершенно никому не нужным холостяком, который питается быстрорастворимым пюре?

— То, как хорошо быть бездетным, никому не нужным холостяком, питающимся быстрорастворимым пюре, становится понятно лишь после того, как ты получишь из рук законной супруги горячий ужин, — пробормотал Димон.

— О чем беседуете? — осведомился Федор, входя в комнату.

— О превратностях семейной жизни, — ответил Коробок. — Федя, что лучше: жить в браке или вне его?

— Не мне быть экспертом в столь сложном вопросе, у меня нет опыта совместного, оформленного по закону проживания с женщиной, — признался Приходько, — не до женитьбы мне пока.

Вот вам еще один противник штампа в паспорте!

— Отвратительно, — не выдержала я, — какая вам разница, есть печать в паспорте или нет? Поставьте ее и живите дальше спокойно.

— Не получится, — возразил шеф, — регистрация отношений удивительно влияет на женщину, могу привести массу примеров, и все плохие. Жили себе мои приятели Гена и Лена десять лет, не ссорились, потом ей захотелось праздника, Гена согласился. Расписались, и началось! Елену словно подменили. Начала деньги требовать, твердит безостановочно: «Муж обязан», «Супруг должен жену обеспечивать». А до этого много лет всем довольной казалась.

Коробок издал протяжный стон. Шеф отечески похлопал его по спине:

— Ну-ну, вдруг у тебя обойдется и ты станешь счастливым исключением из правил?

Димон принялся нервно чесать шею.

— Давайте вернемся к рабочим вопросам, —

предложила я. — Зинаида Тряпкина, похоже, в этой истории ни при чем.

— Докладывай, — велел шеф.

Когда мой рассказ иссяк, Приходько побарабанил пальцами по столу.

— На светлом облике Бориса Олеговича появилось черное пятно.

— Вероятно, их много, таких пятен, — подхватил Димон. — Я не верю, что человек может совершить одноразовую подлость. Либо он делает гадости, либо нет. Зинаида боялась адвоката, ее опыт общения с российскими следственными и судебными органами и исправительной системой велит ей сидеть тихо. Тряпкина не верит в торжество справедливости и давно ее не ищет. Но нашелся другой, более смелый человек, обиженный до печенок Борисом.

— Мужчина, — подсказала я, — женщина не рискнет приблизиться к арлекину.

Димон закатил глаза:

— Знал я когда-то даму-змеелова, ни кобры, ни эфы она не боялась. Видел охотниц на медведей, и укротительница тигров была, Ирина Бугримова[1]. Я цирк люблю, раньше часто в тот, что на Цветном бульваре, забегал.

— Ладно, — сдалась я, — готова признать, что существует девушка, которая умеет и любит общаться со смертельно ядовитыми насекомыми, спит в обнимку со скорпионами, завтракает со сколопендрой. Значит, мы ищем человека, глубоко оскорбленного Борисом, знающего о его страсти к

---

[1] Ирина Бугримова (1910—2001) — дрессировщица львов. Первая в СССР женщина — дрессировщица хищников.

паукам. С большой долей вероятности он вхож в дом Ветошь. Круг сужается. Необходимо еще раз поговорить с Зоей Владимировной. Кстати, она здесь жаловалась на нищету, но кое-какие дорогие вещи у них имелись. В Интернете выставлен список на продажу, думаю, не полный. Димон, у нас есть фото, которые сделала эксперт Анна Павлова в день смерти Бориса? Давай же посмотрим, что там хорошего?

Коробок постучал пальцами по клавиатуре:

— Вот. С чего начать? Гостиная.

— Огромная люстра, бронза с цветным стеклом, — начала я, — недешевая штука.

— Скорее всего она принадлежит владельцу особняка, — осадил мой пыл Федор.

— Картины! — указал на экран Димон. — Так не определишь, подлинники это или нет, но если настоящие, то целое состояние.

— Дом достался Ветошь в пользование со всем содержимым, — стоял на своем Приходько, — а это что за ерундовина? Карета?

— Интерьерное украшение, — пояснила я, — было модно лет десять назад. В любом крупном торговом центре стояли Тадж-Махалы, Лувры, Эйфелевы башни высотой с метр и вот такие кареты, куда при большом желании мог поместиться ребенок, еще фарфоровые собаки в натуральную величину.

— Я видел на одном участке в поселке быка, — подхватил Коробок, — сначала испугался, затем сообразил: он пластиковый.

— Карета не выглядит дешевой, — отметил Федор.

— Так она и не халабуду на шести сотках украшает, — сказал Димон.

— Я проверила, — раздался голос Фатимы.

Я обернулась. Манера нашего криминалиста ходить бесшумнее кошки иногда пугает.

— Проверила, — повторила Фатя.

— Что? — спросила я.

Шеф оторвался от компьютера:

— Я попросил Фатиму поработать с уликами, которые собрала и изучала Павлова, занимавшаяся суицидом адвоката.

— Аккуратная сотрудница, — скупо похвалила незнакомую коллегу Фатя, — претензий особых нет. Отпечаток на стеклянном столике — это часть детской ладони. Идентифицировать ее невозможно. Думаю, ребенку лет семь-восемь. Хотя, может, и пять, сейчас дети крупные пошли. Еще есть пуговица, маленькая, темно-синяя, похоже, от рубашки того же ребенка. Четыре дырочки, названия фирмы нет. Я запустила ее по базам, вероятно, выпадет производитель, с фурнитурой сейчас не просто. Возьмем молнии «YKK», раньше они...

— Небольшая пуговичка могла оторваться и от мужской рубашки. — Коробок не дал Фате оседлать любимого конька.

Она сдвинула идеально ровные черные брови:

— Я тебе с компьютером советы даю? Сомневаюсь в твоих выводах? Вот и не лезь на мое футбольное поле.

— Ладно, ладно, — забубнил Коробок, — не злись!

Фатима повысила голос:

— Пуговицы не одинаковые!

— Мы знаем, — пискнула я, — бывают с разным количеством дырочек.

Фатя вперила взгляд в меня:

— Или их вообще нет! Тебе тоже лучше не болтать. У детей маленькие пальцы, мелкая моторика плохо развита, поэтому ответственный производитель делает для малышей толстые пуговицы с небольшим валиком по внешнему краю. Для мужчин, наоборот, чем тоньше, тем элегантнее. Могу дать вам предварительное заключение: застежка оторвалась с одежды ребенка не старше восьми лет и не выше метра двадцати.

— Фатя, а как ты его рост вычислила? — поразилась я. — Знаю, что по размеру берцовой кости определяют высоту человека, но чтоб по пуговице!..

Фатима расплылась в довольной улыбке.

— Просто я работаю волшебником. Толстые пуговицы делают для совсем крохотулек; когда ребенок вытягивается за метр двадцать, его начинают считать вполне самостоятельным, застежки становятся, как у взрослых. В паучьей комнате найдена малышовая пуговичка. Я доступно объяснила?

— Замечательно! Ты гений, — на все лады начали мы нахваливать Фатю, а та очень это любит, сразу подобрела и затараторила:

— Надеюсь определить производителя, выяснить, какая фирма закупила эту партию, куда их нашили, кому отправили, выйдем на бутик, там, вероятно, вспомнят покупателя.

— Молодец! — сказал Приходько.

— Обращайтесь, я на месте, — кивнула Фатима и удалилась.

— Зачем нам восьмилетка? — с недоумением спросил Димон. — Он никак не может быть человеком, которого крепко обидел Ветошь. Мальчонку просто привели посмотреть на пауков!

— Ты осмелишься повторить сию речь в присутствии Фатимы? — без тени улыбки спросил Федор.

— Нет, — признался Коробок, — она очень нервная.

— Отпечаток ладони и пуговицу отбрасываем, — принял решение босс. — Ваши предложения, вопросы?

— Как убийца вошел? И как незаметно вышел? — поинтересовалась я. — В доме работает прислуга, окна и двери под сигнализацией, везде датчики, если посторонний попытается взломать раму или замок, на пульт охраны поселка немедленно пойдет сигнал.

Коробок подвигал мышкой.

— В день смерти Бориса Олеговича не было никакой тревоги из его особняка. Тишь да гладь.

— В ночь, — поправила я, — давайте восстановим события. Ветошь приехал домой, пошел в пауковую, а жена легла спать. Он предварительно сам проверил, заперты ли обе двери в дом и окна на первом этаже.

Димон поднял руку:

— Алло, гараж, с чего бы хозяину самому этим заниматься? Куда подевались специально обученные люди?

— Экономка Аня была отпущена на несколько дней в связи с неожиданной кончиной матери, — напомнила я. — Горничные приезжают по утрам.

Это был редкий случай, когда Борис и Зоя остались в особняке на ночь вдвоем.

— Вот тут и зарыта собака! — оповестил шеф. — Кто знал, что прислуги нет в доме?

Мы с Димоном переглянулись.

— Прислуга, — сказал Коробок.

Я встала, подошла к доске и начала чертить схему.

— Супруги спят в разных комнатах. Труп Бориса обнаружили горничные, которых после долгого стука в дверь впустила Зоя. Хозяйка открыла им, ушла в свою спальню, ей удалось заснуть, но вскоре раздался крик. Экспертиза считает, что смерть Бориса наступила в промежутке между часом и тремя ночи. В организме покойного найдено незначительное количество снотворного, равное примерно двум таблеткам дормизола. Доза несмертельная. Некоторые люди, в особенности те, кто давно и постоянно принимает это лекарство, склонны пить по паре пилюль. Значит, Борис спит, и тут некто приносит паука, не Павлика, как мы думали ранее, а Эдди, питомца Козихина. Преступник не знает про гравировку, он путает колпаки.

— Но сначала нашему фигуранту пришлось взять Павлика, запустить его в аквариум Эдди, а последнего принести к Борису, — перебил меня Федор, — убийца знает об отсутствии экономки и о том, что Козихин за рубежом. Послушайте! Можно установить, открывались ли ночью двери в особняки?

— Сигнала о проникновении на пульт охраны

от Ветошь не поступало, — мгновенно заявил Коробок.

— А от Козихина? — спросил шеф.

— Это мы не проверяли, — сказала я.

— Немедленно уточните, — велел Федор.

Димон взял телефон, мы с Приходько сидели молча. Коробок включил громкую связь, и чуть хриплый голос начальника охраны поселка наполнил комнату:

— Фомин на проводе.

Глава 21

Главный секьюрити подробно отвечал на вопросы Коробкова.

— Из особняка Степана Сергеевича сигналы о незаконном проникновении стали поступать через день после отъезда банкира на отдых. Охрана поселка не имеет права входить в дом в отсутствие хозяина, она должна приехать по вызову, обойти периметр, проверить окна и двери, — отрапортовал он. — Мои парни так и поступили, никаких подозрительных моментов не заметили. Думаете, раз коттеджный поселок охраняется, так мы тюхи? Мимо нас муха не пролетит. У Козихина сигнализацию замкнуло, такое случается порой.

— На основании чего вы сделали этот вывод? — спросил Димон.

— Так она за день семь раз орала, — пояснил Фомин, — мы замучились ездить. Вот сводка. Двадцать восьмое, десять утра, вызов: Козихин, дом без видимых повреждений, участок безлюден. Час дня, вызов: Козихин. Пятнадцать ноль-ноль, семнадцать, двадцать один. Двадцать девятое апреля. Картина та же. И тридцатого сирена орала, один Козихин в журнале вызовов.

— А первого, примерно с ноля часов? — поинтересовался хакер.

Из трубки донеслось покашливание.

— Степан Сергеевич человек холостой, он как отдыхать уедет, всех распускает. Никого из прислуги не оставляет, ни горничной, ни шофера, им тоже гулять можно. В его особняке заклинило провода, электроника подчас подводит.

— Меня интересуют вызовы в ночь с тридцатого апреля на первое мая, — перебил его Димон. — Сколько раз и когда срабатывала сигнализация?

— Войти внутрь нельзя, — бубнил свое Фомин, — и ключей нам не оставляют. По инструкции мы имеем право нарушить границы частной собственности лишь в случае угрозы жизни хозяев: взломанная дверь, шум борьбы, стрельба, крик. Ничего такого в доме Козихина не наблюдалось.

— Здорово, — не выдержала я, — преступник влезет внутрь, аккуратно захлопнет дверь и пойдет тихо душить обитателей коттеджа, а храбрые парни в камуфляже примчатся, увидят, что дверь закрыта, и с легким сердцем вернутся в караулку телик смотреть.

— Не знаю, кто там у вас такой умный, — воскликнул Фомин, — но дела не так обстоят. У владельцев тревожные кнопки есть, коли на них нажмут, тут у нас красный код, любой запрет снят. Но мы же в курсе: Козихин отбыл, дом пустой. Нет угрозы.

— С этим разобрались, но вы все же посмотрите вызовы в ночь на первое мая, — упорно повторил Димон.

— Мы сигнализацию отключили, — нехотя признался начальник. — Чего ей орать.

— Отлично! — прокомментировала я услышанное. — Охране надоело принимать вызовы, спать хотелось.

— Это не наше решение, — обозлился Фомин, — комендант приказал, по всем домам документ разослали, жильцов ознакомили. Сейчас вот зачитаю инструкцию... «В целях обеспечения спокойствия и безопасности, в случае полного отсутствия людей в здании в течение более чем трое суток и в случае ошибочного срабатывания сигнализации, в случае неполадок системы сигнализации, система сигнализации будет отключена до возвращения жильцов дома и включена после выяснения причин ошибочного срабатывания, система сигнализации чинится за счет хозяев».

— Спасибо, далее можете не читать, — сухо произнес Димон. — В переводе на простой человеческий язык дело выглядит так: три дня из дома Козихина непрерывно поступал сигнал, и вы отсекли объект. Данных за ночь на первое мая нет.

— Нет, но мы ежеминутно начеку, — стал оправдываться Фомин, — следим за поселком. Первого, например, видели, как из дома десять пес удрал, сразу хозяевам сообщили. Первоклассника из двенадцатого особняка ночью на велосипеде у задней калитки приметили, хотел один в лес укатить, от няни удрал, тоже сигнализировали. Дочь Федоровых из сорок первого с парнем на детской площадке на качелях в полночь Камасутру устроила, а мы бдим! Не дали ей развратиться. Нашла место, еще бы в песочницу села. Что им, мало места на своем участке?

— Спасибо, у нас появилась полная ясность, — притормозил излишне разговорчивого Фомина Димон.

— Круг делается все уже, — сказал Федор, едва Коробок прекратил беседу. — Убийца знал про порядки в поселке и что сигнализацию на третий день отключат. Полагаю, он же ее и испортил.

Я застучала фломастером по стеклянной доске.

— Наш фигурант знаком с Ветошь и Козихиным, не боится пауков, думает, что насекомые одинаковые, берет защитный колпак, но не знает про вензель внутри, не беспокоится по поводу приезда охраны. Он местный, из поселка. Мне надо поехать к Зое Владимировне и задать ей несколько вопросов.

Приходько кивнул на телефон:

— Договаривайся.

Я набрала номер Агишевой.

— Слушаю, — пропела Зоя Владимировна.

— Беспокоит Татьяна Сергеева, — сказала я, — можете уделить мне сегодня немного времени?

— Только если недолго, — ответила вдова, — мне некогда, вещи пакую. Ой, Илюша, фигурку надо обернуть бумагой.

— Где ее взять? — послышался издалека звонкий голос.

— Посмотри в кладовке, — распорядилась Зоя и обратилась ко мне: — Завтра переезжаю, голова идет кругом. Такова уж моя сиротская вдовья доля.

После кончины Бориса Олеговича я никому не нужна.

Если женщина на похоронах мужа кидается на гроб усопшего со словами: «На кого ты меня покинул, что я без тебя делать буду?» — то понятно, главным словом в этой фразе является местоимение первого лица. Вдова думает не о покойном, а о себе. У меня неизбежно возникает вопрос: она любила супруга? О чем сейчас сожалеет Зоя Владимировна? О потерянном особняке? О жизни без забот, на всем готовом?

Такие мысли крутились у меня в голове всю дорогу до поселка. Охрана пропустила джип без задержки, я поехала по мощеной пустой дороге. На секунду мне показалось, что тут никто не живет. Высокие дома прятались за деревьями, окна не светились, лишь небольшие тусклые фонари мелькали на участках. Однако особняк Ветошь сверкал огнями, как на Новый год.

— Есть хорошие новости? — прямо на пороге спросила Агишева. — Вы нашли убийцу моего мужа?

— Пока нет, — ответила я, — если вы сейчас ответите на парочку вопросов, надеюсь, дело пойдет быстрее.

— Хотите чаю? — вспомнила об обязанностях хозяйки Зоя Владимировна и крикнула: — Илюша, завари нам китайского, красного.

Мы миновали большой холл, коридор и очутились в столовой.

— Извините за беспорядок, — смутилась Агишева, — я одна, совершенно растеряна, кое-как вещи собираю. Спасибо, Илья помогает.

Из кухни с подносом в руках вышел светловолосый худощавый высокий паренек.

— Не переживайте, Зоя Владимировна, жизнь как зебра. Еще вернетесь на Рублевку. Вы пока пейте, а я картину сниму. Какую брать, с за́мком? — спросил юноша, одновременно расставляя чашки.

На указательном пальце правой руки молодого человека сверкала золотая печатка с гербом.

— Вы сидите, я прослежу за сборщиками, — продолжал он, — они мне кажутся неловкими. Так снять картину с крепостью?

— Нет, Илюша, это копия, — сказала Зоя, — нужна соседняя.

— Невзрачненькая такая? — усомнился паренек. — Там, где толстая тетка? За́мок красивее, и полотно больше.

Агишева закатила глаза.

— Невзрачненькая! Илья, это Кустодиев, он всегда будет в цене. А понравившаяся тебе крепость — мазня без имени.

— Думал, вы перепутали, — сказал Илья. — Интересная штука произведения искусства. Те, что выглядят красиво, ничего не стоят, а которые похожи на застиранные майки — дорогие.

— Разве в особняке не все предметы хозяйские? — спросила я. — Когда живешь в доме, который тебе не принадлежит, переезд элементарен, сложил свою одежду и сел в машину.

— Если бы так! — закатила глаза Зоя Владимировна. — Впрочем, одних моих платьев хватит, чтобы сойти с ума. Борису Олеговичу делали подарки, не бросать же их тут? Некоторые подношения очень достойные, есть несколько хороших на-тюрмортов, статуэтки восемнадцатого века, плед из соболя, книги, серебро. Я теперь нищая вдова, мне все сойдет.

— Я видела в Интернете список продаваемых вами вещей, — сказала я.

— Что-то понравилось? — оживилась дама. — Хотите приобрести? Сделаю вам по дружбе скидку.

Я уклонилась от беседы о торговле пока еще не полученным по закону наследством и спросила:

— Куда вы перебираетесь?

На лице Зои Владимировны появилось выражение муки.

— Неудобно признаваться. У Степана Козихина, он живет на соседнем участке, есть пустая квартира, крошечная двушка. Войдя в мое бедственное положение, банкир предложил мне там перекантоваться. Признаюсь, всегда недолюбливала Козихина. Наши дома стоят почти впритык, на правах ближайшего соседа Степан не церемонился. Мог за полночь в домашних тапках, в халате, безо всякого приглашения заявиться и сказать Борису: «Давай тяпнем по маленькой».

Муж практически не пил, ему спиртное не доставляло удовольствия, но Козихин был по-крестьянски настойчив, отказаться невозможно, все равно настоит на своем.

Один раз Зоя решила пристыдить наглого банкира. Около часа ночи она спустилась вниз в пеньюаре и капризным тоном протянула:

— Милый, ты где? Я спать хочу!

Как поступит воспитанный человек, засидевшийся в гостях? Тут же встанет и откланяется. Но

Козихин даже не вздрогнул. Хозяйка посмотрела на журнальный столик и разозлилась: Зоя знала, что Степан Сергеевич пьет исключительно водку, от коньяка у него изжога, о чем сосед громогласно объявлял всякий раз, когда вваливался к ним. Сейчас же перед мужчинами стояли две пустые бутылки, одна из-под беленькой, а другая с остатками коньяка.

Наутро Зоя сказала мужу:

— Здоровье Козихина меня совершенно не волнует, но вот твое беспокоит. Извини, родной, но почти семьсот миллилитров коньяка за один вечер — это слишком, не находишь?

Борис обнял жену.

— Золотце, я практически не переношу алкоголь, мне делается плохо от третьей рюмки, поэтому я давно освоил фокус пития без выпивки.

— Это как? — удивилась Зоя.

— В большой компании на тусовке всегда можно незаметно отставить фужер или вылить содержимое в кадку с растением, — пояснил супруг. — А когда знаешь, что рано или поздно окажешься один на один с человеком, который без устали твердит: «Давай, Борис, пей до дна, не филонь», — то следует подготовиться заранее. Я наливаю в бутылку крепкий чай, добавляю туда пару рюмок настоящего коньяка для запаха, и готово. Козихина интересует только водка, «Мартель» он не пригубит. Все очень просто.

— Намного проще не пускать наглеца, — надулась Зоя Владимировна.

— Золотце, Степану тоскливо одному, — пояснил Борис, — ему не повезло, как мне, не попалась умная, красивая жена.

Ветошь умел говорить комплименты и, в отличие от подавляющего числа мужчин, адресовал их не только посторонним дамам, но и своей супруге.

В тот день Зоя Владимировна быстро успокоилась, но Козихина по-прежнему не переваривала. И вот теперь, в тяжелую минуту, когда о ней забыли все, кто бывал у Бориса и вроде как дружил с ним, Степан Сергеевич принес ключи, небрежно бросил их на стол и сказал:

— Зойка, я знаю, тебе некуда деваться. Въезжай в мою халупу. Квартира родительская, не продаю ее, потому что это память об отце с матерью да о моей нищей юности. Район фиговый, не престижный, дом затрапезный, кто соседи — я не знаю, прикатываю раз в год, посмотрю на двушку, и до свидания. Но там все есть, от мебели до посуды. Перекантуешься пока, а далее посмотришь. Коли жизнь у тебя совсем хреново пойдет, останешься там. Ни копейки платы не возьму. Машину для переезда дам. Жизнь веселая штука, я несколько раз об асфальт фигачился, и ничего, вставал. Эффект мячика — чем сильнее по башке лупасит, тем выше потом вверх подскакиваешь. Сначала мордой крепко о землю стукнет, но ты помни: чем ниже падаешь и больнее ушибаешься, тем круче будет взлет.

Когда Степан ушел, Зоя разрыдалась. Она не понимала, что ей более неприятно — перебираться в трущобу, расположенную на пролетарской окраине Москвы, или принимать помощь от Козихина.

— Друзья познаются в беде, — вздыхала Агишева, — получается, Степан единственный истинный джентльмен из всего моего окружения. Страшно жить на свете!

Зоя Владимировна сгорбилась и приняла несчастный вид.

— Карету можно не упаковывать, — сказал Илья, возвращаясь из гостиной, — ее так отвезут.

Я повернула голову и с наигранным восхищением воскликнула:

— Красота! Она золотая?

Глава 22

— Нет, — засмеялась Агишева, — но смотрится так, словно сделана из драгоценного металла.

Зоя Владимировна встала, я последовала ее примеру. Вместе мы подошли к интерьерному украшению, Агишева наклонилась и распахнула двери.

— Внутри карета тоже как настоящая. Скамеечка обита голубым бархатом, подушечки с вышивкой, меховой плед.

— Действительно, — сказала я, заглядывая внутрь. — Жаль, прокатиться нельзя. Ой, какое мягкое покрывало.

— Это соболь, — пояснила Зоя.

— Осторожнее, — предупредил Илья. — Из сиденья острый штырь торчит, какое-то крепление, можно больно оцарапаться.

— Производителям лишь бы продать, — нашла повод для возмущения Зоя, — не думают о том, кто внутрь сядет.

— Карета для красоты, — произнес Илья, — в ней человеку не поместиться.

— Ребенок вполне устроится, — не согласилась я.

— Насчет детей не знаю, — хмыкнула Агишева, — их тут практически не бывало. А вот Козихин как-то раз пришел сюда с очередной любовницей, гимнасткой из цирка. Представляете, девица увидела карету и ну просить: «Степан, купи мне такую!»

Я терпеть не могу девок, которые из мужчин подарки тянут, поэтому решила осадить нахалку и спросила: «Зачем она вам? Навряд ли прокатитесь в ней по Москве, а в интерьере карета хорошо смотрится, только если комната более пятидесяти метров. Вы что, живете в замке?»

Циркачка оказалась не из обидчивых, она не стала выпендриваться:

— Нет, у меня однушка, которая целиком в вашей гостевой ванной поместится. Карета мне для работы пригодится.

— Вы что, кучер? — не удержалась Агишева. — Или на запятках во время движения стоите?

Девушка опять не обратила внимания на колкость.

— У меня номер каучук.

— Что? — прищурилась хозяйка.

— Аврора гнется во все стороны, узлом завязывается, — пояснил Степан. — Может любую позу принять, ничего прикольнее я не видел. Покажи, крошка.

Аврора не стала отнекиваться или смущаться, она сделала мостик, придвинула ладони к пяткам, потом согнула руки в локтях, поставила на пол предплечья, просунула между ними голову и с улыбкой сказала:

— Оп-ля!

— Жуть, — обомлела Агишева, — девушка-жвачка! Хуже только бородатая женщина из шапито и карлики на велосипедах.

Аврора без усилий вернулась в нормальное положение.

— В цирке я называюсь каучук. Представляете, униформа распахивает занавес, выходят наши лилипуты, жонглируя булавами, затем собачки вытаскивают на арену карету, все думают, что внутри карлики, а оттуда выхожу я. С таким номером можно и в «Дю Солей» на кастинг податься. Реквизит много значит.

— Вам ни за что не втиснуться в эту повозку, — заявила Агишева, — туда и пятилетке не сесть.

— Мне это как чихнуть, — возразила Аврора.

— Ставлю тысячу евро, что она в секунду внутри очутится, — заржал Степан. — Давай, Зоя, на пари.

— Не советую по-глупому тратить деньги, — отбрила его хозяйка дома, — неудобно будет с тебя выигрыш требовать.

Аврора легкой походкой подошла к карете, нагнулась, как змея, вползла в маленькое узкое пространство и захлопнула изнутри дверцу.

— Зой, гони монету, — зашумел Козихин, — ишь, как круто у Авроки получилось, словно ее тут и не было.

Рассказав эту историю, Агишева скорчила гримасу и показала на повозку пальцем:

— Ну почему народ любит китч? Отвратительная вещь! Только для циркачек! И карета не моя!

Мне стало понятно: гибкая Аврора была молода и красива. Агишева испытывала к ней простую женскую ревность и поэтому сейчас ругает карету. Если кому-то из мужчин мои умозаключения кажутся странными, то они ничего не понимают в женщинах. Я решила сменить тему беседы, не следует раздражать хозяйку.

— Правильно ли я вас поняла? Дети сюда приходили нечасто?

Зоя Владимировна села в кресло.

— У нас с Борисом своих нет, поэтому ни елок, ни утренников мы не устраивали. Ребятишек на взрослые вечеринки брать не принято, их оставляют с нянями. Хотя нет. В середине апреля, числа не припомню, Борису пришла в голову странная идея устроить цирковое представление. Пагубное влияние Козихина. Тот обожает акробаток, фокусников, клоунов. Степан свел Борю с каким-то продюсером, тот артистов привез, на мой взгляд, это была глупость. Хотя гостям понравилось, все ладоши отбили. Взрослые серьезные люди, а радовались, как дети, когда факир из шляпы котят вытаскивал. Циркач не растерялся и предложил купить, как он сказал, «волшебных кисок». Устроил аукцион и уехал с внушительной суммой в кармане. В приглашениях Борис написал: «Прошу к нам на шоу с лучшими цирковыми номерами». Венедиктовы неправильно это поняли и заявились со своим выводком, четверо мальчиков. Оправдывались потом:

— Мы решили, раз циркачи, то это забава для ребят.

Ума им не хватило подумать, что начало шоу в двадцать один час, а это совсем не детское время!

Зоя Владимировна закатила глаза.

— Вот уж когда я порадовалась, что не родила! Мальчишки по всему первому этажу носились, складывалось впечатление, будто их не четверо, а сорок. Венедиктова только через час сообразила: ее наследники тут совершенно ни к месту. Вызвала нянек, и те увели огольцов домой.

Я кивала в такт словам Агишевой. Они объясняют и пуговицу, подобранную экспертом в помещении с аквариумами, и смазанный отпечаток детской ладошки там же на столе. Мальчики успели засунуть свои носы везде, хорошо хоть не стали трогать пауков.

— Зоя Владимировна, — крикнул Илья из коридора, — а кальян?

— Он мне не нужен, — ответила хозяйка, — кто-то подарил, хочешь, забери себе.

— Спасибо, — обрадовался паренек.

— Илья вам родственник? — спросила я.

Агишева чуть вздернула брови.

— Бог мой, конечно нет! Мальчик чистит в доме бассейн, моет и дезинфицирует бани. У нас русская парная, сауна и хамам. Илья аккуратный, хорошо воспитанный. Он тут из дома в дом переходит, никогда ни в чем дурном не был замечен, не курит, не пьет, по́том не пахнет, всегда чистенький, речь правильная. Борис Олегович к нему хорошо относился, если был дома, когда Илья приезжал, всегда с ним беседовал, советовал ему пойти учиться, не все же по чужим домам с губками ползать. Недавно Илья, как водится, прибыл, а я ему сказала:

— Спасибо, голубчик, денег нет тебе заплатить. Борис Олегович умер, я нищая.

Илья ответил:

— Зоя Владимировна, я не сам по себе катаюсь, езжу от фирмы, ее хозяин в соседнем с вами поселке живет. У вас абонемент на пять лет оформлен и оплачен. Я вас еще о-го-го сколько времени обслуживать могу, расплачиваться не придется.

Я ему объяснила:

— Уезжаю отсюда, вещи не сложены, горничные ушли.

А он и предложил:

— Давайте помогу вам сумки собрать, одной тяжело.

Я честно его предупредила:

— Заплатить тебе не могу, кошелек пустой. И у меня тут люди работают, профессиональные упаковщики. А он говорит: «За ними пригляд нужен».

Я сидела с сочувствующим видом. Ай да Зоя Владимировна! При каждой нашей встрече она повторяет: «Я бедная, нищая, несчастная вдова, никто обо мне не заботится, никому я не нужна». Но потом выясняются интересные детали. По самым скромным подсчетам, имущества у «голой и босой» на полтора миллиона евро. И вещи ей, оказывается, складывают в коробки профессиональные перевозчики, а их услуги стоят дорого.

Некоторые люди обожают прикидываться сирыми и убогими, чтобы получить от других помощь. Зоя Владимировна очень убедительна в своих стонах про нищету, а добрый наивный Илья ей поверил и сейчас наблюдает за процессом сборов.

— Я ему сто раз сказала: «Спасибо, не надо», — но он все равно пришел, — продолжала Агишева, — из милосердия.

— Хороший мальчик, — кивнула я. — Зоя Владимировна, кто, кроме вас с мужем, имел ключи от дома?

Агишева пожала плечами.

— Только мы.

— А горничные? — напомнила я. — Они приезжали на работу рано, кто их впускал?

Зоя Владимировна изящно скрестила ноги.

— Экономка. Она тут постоянно жила. Вообще-то Борис Олегович поднимался в шесть, он был помесью жаворонка с совой, ложился за полночь, спал мало, тревожно, просыпался от малейшего шороха. В последние годы Боря принимал снотворное, у него на лекарство была странная реакция.

— Пять процентов принимающих успокаивающие средства впадают от этих таблеток в крайнее возбуждение, — с видом знатока подхватила я.

Зоя Владимировна поправила красиво уложенные волосы.

— С мужем было иначе, он глотал две пилюли и отключался на пять часов. Случись пожар, наводнение, тайфун — он не заметит. Разбудить его было невозможно. Но ровно через пять часов, хлоп! Боря встает и идет в ванную. Ни сонливости, ни разбитости он никогда не чувствовал и полагал, что снотворное замечательное, посоветовал его

Козихину, тот вечно ноет, что сутками глаз сомкнуть не может. Но Степана таблетки оглушили, четвертушки ему хватило, он даже опоздал на какую-то важную встречу, пришел потом к Боре с претензиями:

— Хороший ты совет мне дал. Все дела прахом пошли, я целый день ноги от земли оторвать не мог.

И при чем тут Борис? Жалуйся производителю!

Зоя приложила ладонь к груди:

— Что-то мне воздуха не хватает. Не дай господи инфаркт случится. Я в день смерти Бориса очень удивилась, услышав ранним утром стук во входную дверь. Борис знал, что я люблю поваляться до полудня, в связи с отсутствием экономки он обещал открыть дверь сам. Вот вам, кстати, еще один аргумент против версии самоубийства. Если муж твердо решил свести счеты с жизнью, то зачем вечером сказал: «Золотце, не беспокойся, я впущу домработниц».

— Значит, ключи у экономки имелись, — подвела я итог.

Зоя Владимировна вытянула губы трубочкой.

— Ну да, висели в шкафчике, в кладовой у бойлерной. Борис так велел, он считал неправильным держать их на виду в прихожей. Экономка была обязана ключи всегда на место вешать.

— Но Аня уехала на похороны, — протянула я, — вы с мужем остались вдвоем. Мне придется забрать ключи.

— Да, пожалуйста, — не стала возражать Зоя, — все равно они мне завтра не нужны будут. Но к чему такое беспокойство?

Я ответила честно:

— Если чужой человек тайно сделал копию, наш эксперт обнаружит на бороздках следы...

— Бороздках? — перебила меня Зоя. — Дорогая, у нас пластиковые карты, их невозможно подделать. Вставляешь прямоугольник в считывающее устройство, и готово. Потеря карточки не драма, вам перепрограммируют замок и выдадут другую.

Я ощутила себя неандертальцем, который случайно заглянул в салон сотовой связи.

Зоя неожиданно повеселела.

— Еще вопросы есть?

— Да, назовите всех ваших служащих, — потребовала я.

Агишева надулась:

— О боже! Ладно. Домработницы, экономка, Илья. Еще появлялись рабочие от разных фирм, ну, например, ломался модем для интернет-обслуживания, ветер сместил телеантенну, меняли колено под какой-нибудь раковиной. Но все ходили по дому исключительно в сопровождении нашей прислуги. Ах да, изредка приезжал ветеринар к паукам, наведывался летом садовник, какой-то мальчик стриг газоны.

— Кто знал, что вы остались в доме одни? — наседала я.

— Аня, — сообщила хозяйка.

— У вас есть ее телефон, адрес? — спросила я.

— Зачем они мне? — удивилась Зоя Владимировна. — Нет, конечно.

Я решила не сдаваться.

— Назовите отчество и фамилию девушки.

Агишева с изумлением посмотрела на меня.

— Понятия не имею.

Настал мой черед изумляться.

— Вы взяли в дом прислугу и ничего о ней не знаете?

Зоя заморгала.

— Наймом рабочей силы занимался Борис. Мне зачем чужие паспортные данные? Знаю, что девок присылало какое-то агентство, названия его не слышала или забыла.

— Аня Вавилова, — вдруг сказал Илья и смутился, — простите, что влез в разговор.

— Ничего, — обрадовалась я. — Может, ты знаешь, где ее найти?

Илья кивнул:

— Она от Бориса Олеговича перешла к Роману Петровичу Морскину. Я у него тоже банный комплекс чищу. В середине мая приезжаю и вижу Анну. Ну, поболтали с ней чуток, Аня очень радовалась, потому что жена Романа ее с собой в Америку брала, у Морскиных там дом. Они туда неделю назад улетели, на Рублевке коттедж законсервировали, от моих услуг отказались. Анна теперь далеко от России. Зоя Владимировна, я в библиотеке на полке рукопись какую-то нашел. Ее куда деть?

Вдова замерла, потом обернулась:

— О чем речь?

Парень потряс красной папкой.

— Вот. Здесь на обложке написано: Ветошь Б.О. «Рассвет над Темзой».

— Борис Олегович книгу писал? — удивилась я.

— Никогда бы ему это в голову не пришло, — проговорила Зоя, — дай посмотреть.

Илья хотел протянуть вдове папку, но я среагировала раньше Агишевой и перехватила ее.

Внутри оказались листки с напечатанным текстом: «Действие происходит в спальне, на кровати лежит Елена (Катя Федорова), входит Иван (Борис Ветошь).

Е л е н а: Опять луна за солнцем убежала.

И в а н: Не стоит слез твоих такая ерунда.

Е л е н а: Нет мелочей на свете, есть лишь сонный взгляд, который всех чудес не замечает. Что там за звук?

И в а н: Олень бежит к опушке, ваш батюшка велел охоту начинать, послал за вами, хоть я и не слуга, да согласился, чтоб лишний раз красою вашей насладиться».

— Так это конкурс! — засмеялась Зоя и, увидев мое недоуменное лицо, пояснила: — Каждую весну в первое воскресенье марта здесь устраивается театральный фестиваль. Не знаю, когда завелась эта традиция, да не в этом суть. Есть инициативная группа, в нее входят жители разных поселков, она занимается организацией фестиваля, находит помещение, нанимает обслугу. А поселковые ставят пьесы. Можете объединиться с приятелями, можете примкнуть к посторонним, репетируют друг у друга по домам. В марте проходит конкурс, он длится, как правило, семь-десять дней, в зависимости от количества спектаклей. За вечер всего один просматривают, жюри достойное, в него приглашают известных людей. Самодеятельные артисты готовятся серьезно, костюмы, декорации шикарные, приглашаются театральные художники, профессиональные режиссеры. Победителям вручают хрустальные

маски, ну и, как водится, устраивают банкет-фур-
шет. Милое развлечение. В нашем поселке спектак-
лями занимается Олеся Горькова, ей делать нечего,
сидит дома, умирает от скуки. Меня она никогда в
труппу не звала, а Бориса прошлой осенью пригласила. Муж ответственно отнесся к предложению,
зубрил роль постоянно. Олеся сама текст написала,
в подражание Шекспиру. М-да, она не гений, у нее
тяжелый слог. Бедный Боря никак не мог слов запомнить. И ему кто-то подсказал развесить по дому
листки, в ванной, кабинете, столовой, гостиной,
везде. Муж проходил мимо и глазами по строчкам
пробегал. Как ни странно, это помогло ему выучил
пьесу.

Я перестала листать страницы.

— Ветошь, похоже, не хотел подвести Олесю.
И он был аккуратен. Здесь не только полный текст,
но и с десяток листков, на которых напечатана его
роль по абзацам.

— Сказала же, бумажки повсюду висели, — повторила Зоя, — наверное, он их потом убрал.

Я с чувством продекламировала:

— «Положение вещей кажется мне безнадежным. Обратной дороги нет. Темнота за окном.
Чернота на душе. Даже свеча на столе не дает света. Мрак и туман. Нет звезд на небе. Я ухожу навсегда, потому что хочу уйти. Я очень хочу уйти!»
Далее цитата из Лермонтова. Узнаете слова?

Зоя сказала:

— Похоже на кусок из роли, наизусть не помню.

— Верно, — подтвердила я, — а еще на пред-
смертную записку, найденную у тела вашего мужа.
Думаю, этот листок и положили у кровати покой-

ного. Подпись у Бориса Олеговича детская, подделать ее проще просто. К моим вопросам сейчас добавился еще один: кто знал, как Борис учит роль?

Зоя Владимировна сделала судорожное глотательное движение:

— Ступайте к Горьковой и возьмите список артистов. Все знали. Это не секрет. Ох, вот почему мне записка мужа показалась смутно знакомой.

— Вы не поняли, — немедленно вмешался Илья, — Татьяна спрашивает: как Борис Олегович учил роль? Как? Ну, в смысле, кто знал про развешанные по дому листки, тот и... ой!

Парень захлопнул рот, Агишева заморгала.

— Как кто? Оставьте меня в покое! Истерзали! Я потеряла мужа! Теперь нищая! Голая! Босая! Жить негде! Еще поинтересуйтесь, куда делась ленточка, которой пьеса была прошнурована! Потерялась она!

— Ленточка! — пробормотала я.

В голове забрезжила какая-то очень важная мысль, но как следует подумать мне не дала Зоя Владимировна. Вдова стиснула кулачки.

— Боже! Я поняла! В ночь с тридцатого апреля на первое мая, пока мы спали каждый в своей спальне, в дом проник преступник, убил Борю, подложил на тумбочку страничку из рукописи... о! Он мог и меня убить! Я находилась на волосок от гибели!

— Зоя Владимировна, — бросился к вдове Илья, — успокойтесь. Хотите еще чаю?

Агишева разрыдалась. А у меня в голове роились вопросы. В особняке никого не было, Борис Олегович сам запер входные двери и окна, ключи подделать невозможно, вскрыть коттедж снаружи без разрешения хозяина нельзя. В доме муж с женой остались одни. Как преступник попал внутрь и как вышел? На пульт охраны поселка никаких сигналов тревоги из особняка Ветошь не поступало, значит, говоря языком служебной инструкции, «незаконное проникновение не осуществлялось». Может, Зоя заснула, а Борис сам впустил убийцу? Если дом открывается «родным» ключом, сигнализация не срабатывает. Но в крови Ветошь обнаружили следы дормизола, вдова только что рассказала о не совсем обычной реакции мужа на это лекарство. Приняв пилюли, Борис беспробудно спал пять часов. Адвокат не проснулся, когда ему на шею посадили арлекина, эксперт предполагает, что смерть наступила в районе часа-двух ночи. Не похоже, что Борис кому-то открыл, он проглотил таблетки и провалился в сон. Так как убийца вошел? Кто его впустил, а? И кто знал о роли?

Глава 23

Домой я приехала поздно и сразу рухнула в кровать, ужинать даже разрешенными белковыми продуктами не захотелось. По дороге я успела позвонить Федору и почти дословно пересказала ему беседу с Агишевой.

— Завтра в восемь совещание, — сообщил шеф.

— На то же время у меня назначена встреча с Козихиным, — напомнила я.

— Тогда сразу после разговора с ним кати в офис, — велел шеф, — не забудь поместить вещдок в пакет и тщательно его закрыть.

— Угу, — пробормотала я, борясь с усталостью, — непременно.

Звонок будильника ударил в уши неожиданно и резко. Я нашарила часы на тумбочке, поняла, что слышу не их трескотню, а вызов мобильного, и схватила трубку.

— Татьяна, — тихо сказал приятный баритон, — не знаю вашего отчества.

— Лучше просто по имени, я так кажусь себе моложе, — ответила я. — Кто говорит?

— Илья. Мы с вами сегодня встречались у Зои Владимировны.

— Откуда вы знаете мой номер? — удивилась я.

— Ваша визитка у Агишевой на кухне в держалке стоит, — пояснил чистильщик бассейнов. — Я вас разбудил?

— Наверное, у вас была на то причина, — зевнула я.

— Мне очень надо вам кое-что рассказать, — зашептал Илья, — про Бориса Олеговича. Я знаю, кто его убил.

Остатки сна улетели прочь.

— Говорите.

— По телефону? — испугался парень. — Не надо. Лучше при личной встрече. Вы во сколько встаете?

— Не важно, назначайте время, — предложила я.

— Завтра в десять утра я еду на Подушкинское шоссе, — еле слышно сказал Илья, — у меня там работы часа на два. Знаете «Дрим-хаус» на Рублевке?

— Найду, — пообещала я, — но вы же вроде хотели помочь Зое Владимировне с переездом?

— К ней машина в шесть вечера придет, — чуть громче произнес Илья, — я успею. А может, не стану вдове узлы таскать.

— Надоело быть сострадательным? Или Зоя Владимировна вас после моего отъезда обидела? — хмыкнула я.

— Пожалуйста, мне очень надо вам кое-что рассказать, — снова перешел на шепот Илья. — В «Дрим-хаусе» на минус первом этаже есть кафе, оно там одно, не запутаетесь, между супермаркетом, аптекой и магазином для собак, в центре зала.

— Очень постараюсь в полдень быть на месте, — пообещала я.

— Если опаздывать будете, не переживайте, я вас подожду, — пообещал Илья.

Я снова легла под одеяло, но сон улетучился. Проворочавшись с боку на бок несколько часов, я встала и потопала в душ. Лучше выеду пораньше из дома. Утром на дороге самые плотные пробки.

Услышав мою просьбу отдать защитные перчатки, Степан Сергеевич изумился:

— Зачем они вам?

— В интересах следствия, — ловко ушла я от конкретного ответа.

Козихин упер в меня указательный палец.

— Ты Маня?

— Таня, — поправила я.

— В принципе, мне это без разницы, — объявил Козихин, — Маня, Таня, Аня, Ваня. Не дури людям голову, говори, зачем тебе рукавицы, иначе не получишь.

Разговор мы вели в полукруглом холле, украшенном массивными «римскими» колоннами, гобеленами, пытавшимися прикинуться старинными, и люстрами, щедро усыпанными хрустальными висюльками. До кучи тут висело зеркало в овальной позолоченной раме и четыре бра в виде тучных младенцев с луком и стрелами в целлюлитных ручонках.

— Хотите узнать, кто поменял вашего Эдди на Павлика? — спросила я.

— Хочу? Я? — заревел Козихин. — Убить гада! Глаз ему на задницу натянуть! Руки-ноги местами поменять!

— Тогда не жалейте перчатки, — потребовала я. — Наш криминалист попробует снять с них отпечатки.

Степан Сергеевич покраснел как помидор.

— Запомни! Я ненавижу, когда врут! Убить готов брехуна!

— Вам придется истребить большую часть населения земного шара, — хмыкнула я, — люди постоянно говорят неправду. Но я вас не обманываю.

— За дурака меня держишь? — разошелся Козихин. — Частные детективы! Нашла Зойка к кому обратиться! Или она не хочет, чтобы киллера вычислили? Все знают: перчатки натягивают, когда хотят скрыть отпечатки.

Я кивнула:

— Верно. Но есть методика, которая позволяет обнаружить следы, оставленные внутри аксессуара.

— Ишь ты! Аксессуара! — с издевкой повторил Степан. — Крем-брюле, гей-парад, бланманже с фуа-грой. Ладно, пошли!

— К паукам? — на всякий случай уточнила я.

— Боишься? — обрадовался Козихин. — У меня один арлекин, это Борька армию держал. Не дрожи, Эдди из укрытия не выходит.

— Павлик, — поправила я.

— Эдди! — гаркнул Степан Сергеевич. — У меня Эдди Второй! Никаких Павликов-хренакликов. Иди тихо, не топай, как слониха! Напугаешь парня, он и так пока не в себе.

— Постараюсь порхать, как бабочка, — пообещала я.

Степан окинул меня оценивающим взором.

— Ну, у тебя это никак не получится. Бабочковости я не требую, просто не громыхай. Толстяки шумные.

Я обычно не реагирую на тех, кто намекает на особенности моей фигуры. Назовете меня жиртрестом, промсарделькой или вульгарно «коровой», я сделаю вид, что ничего не слышала, а если повторите, изображу полнейшее безразличие. Только так можно заставить человека перестать болтать гадости — скучно же обзывать того, кто вас упорно не замечает. Но в душе я всегда очень обижаюсь и переживаю. Да, я толстая, но разве полные люди чем-то отличаются от худых? Мы что, монстры? Или у нас кровь зеленая?

Но почему-то восклицание Козихина меня не оскорбило, наоборот, мне стало весело, поэтому, ответив: «Да, гиппопотаму нелегко летать», — я двинулась за Степаном, очутилась в просторной комнате и была поражена до глубины души.

До сих пор я думала, что аквариум — это небольшой стеклянный ящик, в котором навалена груда камней. Но сейчас я увидела огромный прозрачный куб на высоком постаменте. Сверху он был прикрыт сетчатой крышкой, по бокам громоздились разные лампы, термометры, датчики.

— Ничего себе, — вырвалось у меня.

— Супер? — с придыханием поинтересовался Козихин.

— Производит неизгладимое впечатление, — понизив голос, ответила я.

— Глянь слева, — предложил хозяин, — не бойся, Эдди не выйдет. Если даже высунется, ничего тебе сделать не сможет. Давай объясню.

Степан Сергеевич подтолкнул меня к дому паука.

— Аквариум на заказ делали в Германии, везли спецрейсом. Внизу, в тумбе, подогрев, чтобы пол имел нужную температуру. Она автоматически поддерживается, во!

Козихин наклонился, открыл дверцы полированной подставки, и я увидела скопище шестеренок, трубок, цилиндров, каких-то керамических деталей.

— Неделю налаживали, — похвастался Козихин, — из Франкфурта немец-специалист прилетал, наши не умеют. У Бориса система простая, не навороченная, не спорю, хорошая, но не супер. А моя такая, что один профессор из зоопарка здесь рыдал, сказал, они о подобном у себя даже не мечтают. Песок и камни родные, с берегов

Амазонки, и растения тоже, садовник приходит, следит за ними.

— У Эдди и речка есть! — восхитилась я.

— Вода ему нужна, — кивнул Степан, — еду я беру у мужика, который специальных тараканов, мух разводит, наши обычные для Эдди не корм, да и заразные они. В углу домик. Сейчас утро, но паук не высовывается. Антон, врач, говорит, мальчик стресс сильный пережил. А еще я подозреваю, что Эдди от шикарных условий прибалдел. Нет, он и у Бори хорошо жил, но это все равно как из квартиры в особняк перебраться. Только бы он показался! Уж я его вчера упрашивал, уговаривал, телячью печень принес. Нет!

Лицо Степана Сергеевича приняло детски обиженный вид. Я начала утешать банкира:

— Не торопите события. Эдди успокоится, привыкнет, полюбит вас.

Козихин раздул щеки.

— Он может умереть. Арлекины верные, как собаки. Псы дохнут, если их хозяин покидает.

— Вовсе нет! — воскликнула я. — Да, бывали случаи гибели домашних любимцев, если они меняли семью, но подобное случается редко. Эдди оклемается.

Степан Сергеевич не отрываясь смотрел на аквариум.

— Нехорошее у меня предчувствие. Эдди, Эдди, ту... ту... ту...

— Постучите пальцем по стеклу, — предложила я.

— Арлекина на бум-бум не купить, — отмахнулся Козихин, — вот хомячок к тебе причапает, а этот нет.

— Можно я попробую? — спросила я.

— Валяй, — милостиво разрешил хозяин.

Я тихо побарабанила по стенке.

— Павлик, Павлуша, покажись.

— Это Эдди, — стал злиться Степан, — Эдди, а не...

Конец фразы застрял у банкира в горле. Из домика высунулось нечто коричневое, потом к нему прибавилось такое же второе, потом — третье.

Можете не верить, но жуткого, парализующего, лишающего сознания страха я на сей раз не испытала. Вероятно, дело было в аквариуме. Паук никак не мог вылезти наружу. Или я уже знала, что увижу, но большое, темное, словно густо утыканное мелкими иголками тело вызвало у меня лишь оторопь и желание отойти от стеклянного сооружения подальше. В обморок я не грохнулась.

— Говори, говори, — зашептал Степан, — продолжай, заплачу тебе, сколько хочешь.

Мне удалось проглотить застрявший в горле комок.

— Павлик, Павлуша, все хорошо. Вот твой новый папа, он замечательный.

— Слушает, — в полном восхищении сказал Козихин, — на, дай ему! Самый отличный кусок наипрекраснейшей вырезки! Телятинка! Молочная! Из Аргентины!

Степан Сергеевич кинулся к холодильнику и зашуршал пакетом.

Павлик медленно топал по аквариуму, его явно

заинтересовала моя личность. В комнате было очень жарко, но меня затрясло.

Хозяин сунул мне в руку что-то железное.

— Возьми пинцетом мясо и протяни через отверстие, — распорядился Козихин, отодвигая небольшую дверцу в стеклянной стене.

Словно сомнамбула, я выполнила приказ и зажмурилась.

— Маня, — сказал Козихин, — сколько ты получаешь за свою работу?

— Таня, — поправила я. — Зачем вам знать об этом?

— Дам тебе в два раза больше, — предложил Степан.

Я раскрыла глаза.

— Он ушел?

— В два раза больше, — повторил Козихин, — за прекрасную работу! Будешь с Эдди беседовать!

— Спасибо, нет, — быстро отказалась я, — где ваши перчатки?

Хозяин кивнул в сторону длинного комода, притулившегося у одной из стен. Я подошла, увидела большой поднос, на нем конус, перчатки и нечто, похожее на гигантскую лопатку для торта.

— Паука накрывают сверху колпаком, поддевают снизу этой лопаточкой и так несут? — спросила я у Козихина, упаковывая причиндалы в пакет для улик.

— Сообразительная, — похвалил Степан, — пошли, рюмочку налью.

Я поспешила отказаться.

— Я за рулем.

— Что с тобой от наперстка будет? — надулся Козихин. — Иди в холл и по коридору влево.

Я двинулась в указанном направлении, оказалась в прихожей, прошла мимо круглого столика, и тут мне на глаза попалась пепельница, а в ней маленькая темно-синяя пуговица с четырьмя дырочками.

— Можно воспользоваться одним из ваших пинцетов? — попросила я.

— Бери, не жалко, — милостиво согласился Степан, — сейчас дам.

Получив пинцет, я подцепила находку и начала ее сосредоточенно разглядывать. Края у маленькой пуговицы были довольно толстыми.

Я повернулась к Козихину:

— Откуда она здесь взялась?

— Маня! — закричал хозяин. — Маня!

Из глубины дома выплыла женщина в переднике.

— Слушаю вас!

— Какого хрена тут эта дрянь валяется? — возмутился Степан. — За что тебе деньги платят, Маня?

— Извините, Степан Сергеевич, — смутилась горничная, — я вчера половик перестилала, гляжу, лежит под ним. Хотела проверить, не с вашей ли она рубашки, и забыла.

— Бестолочь! — рявкнул хозяин.

— Простите, — сконфузилась женщина.

— Маша, мне нужна эта пуговица, — сказала я.

— Я Галя, — тихо поправила домработница. — Если Степан Сергеевич разрешит, то конечно.

— На фига мне эта ерунда, — хмыкнул Козихин.

Я положила находку в другой пакет и отправилась со Степаном в столовую.

— Маня, подай коньяк и чего там у тебя на закусь есть, — приказал Козихин.

Галина живо принесла поднос, хозяин налил себе полный фужер, ловко опрокинул его в рот и схватил затрезвонивший мобильный.

— Алло? Где? Сейчас гляну. Ты сиди!

Последние слова адресовались мне. Степан Сергеевич, продолжая громогласно говорить по телефону, пошел к двери, а я улыбнулась Галине.

— Наверное, у вас часто бывают гости?

Глава 24

Галина смущенно кашлянула.

— Вы, простите, кто?

— Меня зовут Татьяна Сергеева, я работаю частным детективом, — представилась я. — Вы, наверное, знаете, какое несчастье случилось с Борисом Олеговичем? Вашим соседом?

— Он покончил с собой, — сказала Галина. — Степан Сергеевич очень переживает из-за его смерти и из-за обмена пауков. Эдди для него был как ребенок. Хозяин только с виду грубиян, на самом деле он ребенок, и все его неприятности от непосредственности — говорит, что думает, не заботит банкира, как его слова воспримутся. А Борис Олегович другим был.

Я обрадовалась.

— Вы его хорошо знали?

Галина сложила руки под фартуком.

— Разве можно сказать, что кого-то досконально изучил? Проживешь с человеком двадцать лет, а он потом такой финт выкинет, только удивляться приходится. Борис Олегович как черный ящик: улыбается, шутит, приятный со всех сторон, а что там внутри, неведомо. Но одно могу сказать, сила воли у него железная. Сказал и бросил! Я такого никогда не встречала.

— Что бросил? — не поняла я.

Галина смутилась.

— Не обращайте внимания на мои слова, по глупости сболтнула. Хотите кофе? Латте? Капучино? Американо? Сейчас принесу.

Не получив от меня ответа, Галина быстрым шагом удалилась на кухню, которая была отгорожена от зоны столовой чем-то вроде длинного низкого буфета. Я встала, отправилась за ней, увидела горничную около громоздкой кофе-машины и сказала:

— Самоубийство Бориса Олеговича под большим вопросом. Очень похоже, что он не лишал себя жизни.

Галина вздрогнула и уронила чашку, та развалилась на несколько осколков.

— Вот косорукая! — шепнула домработница и, присев, начала собирать останки.

— Лучше взять мокрую губку, — посоветовала я, — к ней все прилипнет, тогда не обрежетесь. Понимаете, что Степан Сергеевич под подозрением?

Галина резко выпрямилась.

— Козихин ни при чем, он и мухи не обидит.

— Насчет мух готова поспорить, — возразила я. — Как раз их Степан с радостью пауку скормит. Если хотите помочь хозяину, лучше откровенно расскажите все, что знаете про Ветошь.

Галина подошла к мусорному ведру, швырнула туда то, что осталось от чашки, и продолжила играть роль идеальной прислуги.

— Вам черный кофе или со сливками?

— Лучше чай, — спокойно сказала я. — Галя, сейчас я поговорю с Козихиным и уеду, но вместо меня к вам явится мужчина по имени Федор. И уж он-то точно ни на сантиметр не сдвинется, пока не вызнает у вас все.

— Будет иголки под ногти загонять? — серьезно поинтересовалась она. — Или в подвалах Лубянки запрет? Свет в лицо направит?

— К Лубянке наше агентство ни малейшего отношения не имеет. Пытки — этап давно пройденный, нынче существуют более действенные методы, — в тон домработнице ответила я. — Большая фармакология достигла небывалых успехов, пара уколов, и человек выбалтывает то, о чем и не знал. Но мы ничего подобного не применяем. Не хотите откровенничать, не надо. Я не верю в виновность Козихина, но не скрою, что у нашего начальства другое мнение. Это будет первая посадка Степана Сергеевича? Хотя навряд ли, если покопаться в биографиях российских бизнесменов, почти у каждого найдешь тюремный опыт. Интересно, кем стал с годами сказочный Соловей-разбойник? Ну не свистел же он на дороге до преклонных лет? Небось открыл ссудную кассу! Превратился в добропорядочного финансиста.

— Оставьте ваши гнусные намеки, — сердито сказала Галина, — Степан Сергеевич не такой. А насчет Бориса Олеговича... Он только прикидывался добреньким, на самом деле... — Галина покосилась в сторону столовой. — Не люблю сплетничать.

— Мне нужны не слухи, а правда, — парировала я. — Вы здесь живете?

— Нет, ухожу на ночь, — неожиданно улыбнулась Галя. — Мне повезло, могу на велосипеде до службы доехать, в Усове живу. В восемь вечера уезжаю, к семи утра тут, выходных нет. Даже первого января надо работать.

— Суровый график, — пожалела ее я.

Галя снова спрятала руки под фартук.

— Вовсе нет. Степан Сергеевич часто за границу уезжает, почти каждый месяц его неделю дома нет. Мне тогда сюда ходить не надо, особняк на охрану ставится, я гуляю, оклад сохраняется.

— Вы должны хорошо знать Бориса Олеговича — дом его стоит рядом с коттеджем Козихина, из окна кухни виден сад адвоката, — сказала я.

Галина усмехнулась.

— Я его действительно хорошо знаю, но не по причине подглядывания, а по прежней работе. Я была медсестрой в клинике доктора Егорова, там занимались лечением наркоманов и алкоголиков.

Я сделала шаг назад и уткнулась спиной в кухонный столик.

— Борис не пил.

Галя одернула передник.

— Кто вам сказал?

— Для начала Зоя Владимировна, — ответила я.

— Она не знает, — твердо произнесла горничная, — живет с ним и не в курсе того, что до нее было. Борис к Егорову несколько раз обращался. Доктор многих богатых и знаменитых пользовал...

Галина замолкла, потом вдруг спросила:

— Зачем вам сейчас Козихин понадобился?

— Поговорить, — ответила я, — хочу расспросить его о Борисе.

Галина чуть наклонила голову.

— Я вам больше об адвокате расскажу, и о Степане Сергеевиче тоже, и вообще обо всем. Давайте, посажу вас в своей комнате. Козихин скоро уедет, и я без утайки, что знаю, как на исповеди выложу. Хозяин ничем не поможет, он в бытовом плане ребенок, считал Бориса другом, полагал, что тот его видеть рад. Остается лишь удивляться: в бизнесе Степан Сергеевич адекватный, жесткий мужик, а в обыденной жизни подросток, хотя даже нет — просто пацан десятилетний. От цирка в экстазе! Вот уж подходящее увлечение для человека его положения! Пошли!

Галина схватила меня за руку и буквально потащила вон из кухни. Она впихнула незваную гостью в уютную комнату и сказала:

— Я тут отдыхаю, когда все дела перелопачу, вон там журналы, книги, телик включайте.

Сидеть одной мне пришлось около часа, до слуха постоянно долетал рык Степана Сергеевича:

— Маня! Где брюки? Маня! Куда подевался галстук?

Хозяин собирался на работу и никак не мог найти свои вещи. Затем в особняке стало тихо, в комнату вошла Галина и, сев в кресло, произнесла:

— Теперь можно беседовать. Что я знаю о Ветошь? Разное, но надо признать — он мастер туман напускать. Вы слышали о клинике Егорова? Нет? Сейчас расскажу.

В конце девяностых — начале нулевых, когда понятие врачебной тайны приняло расплывчатые очертания, а многие доктора без зазрения совести рассказывали журналистам, кому и какие операции они делали, клиника Егорова была уникальным местом. Ни вывески на фасаде, ни охраны при въезде на территорию, никаких машин «Скорой помощи», ни малейшей рекламы нигде. Внешне медучреждение напоминало старую подмосковную дачу, разваливающийся от старости двухэтажный деревянный дом. Но внутри особняк был отделан самым современным образом. Сам Афанасий Николаевич Егоров жил в соседнем здании, поэтому всегда находился в шаговой доступности, прибегал ночью к подопечному, если тому вдруг требовалась помощь.

В лечебнице соблюдалась строжайшая секретность, никаких фамилий медсестры и врачи на историях болезней не видели, лишь имена и годы рождения. Кое-кого из пациентов, чьи лица мелькали на экране телевизора, а фото в прессе, медперсонал узнавал, а кто-то был им неизвестен.

Афанасий Николаевич боролся с вредными привычками знаменитостей. Больше двух человек он одновременно никогда не брал. В клинике было несколько входов, больные не пересекались, посещения родственников запрещались. Галя знала, что алкоголики-наркоманы приходили к Егорову тайно. Иногда она читала в желтой прессе сообщения о том, что какой-нибудь певец отправился на отдых в Майами, и улыбалась. На самом деле голосистый соловей находился у них в палате, и Галина делала ему уколы.

Галя всегда работала на первом этаже, ее коллега Настя — только на втором. Кабинеты Егорова были и там, и там, секретность соблюдалась полнейшая. Сколько больные отдавали за курс реабилитации, медсестра не знала, но ей платили весьма достойно.

Впервые Галя увидела Бориса на кровати с трубками в носу. Он проходил курс дезинтоксикации, ему было очень плохо, медсестра постоянно прибегала к нему с лекарствами. Но через пару недель вполне бодрый Ветошь покинул заведение и сказал на прощание Афанасию Николаевичу:

— Все. Больше никогда не прикоснусь к таблеткам.

— Добро бы так, — ответил осторожный Егоров, — хочу вас предупредить, во второй раз курс очищения более мучительный, потребуются очень сильные препараты.

— Я не вернусь, — воскликнул Борис, — сами знаете, я совершил глупость, думал, раз не наркота, то ерунда, можно глотать. Но теперь я ученый.

— Очень рад, если вы приняли мудрое решение, — кивнул Афанасий Николаевич.

Ветошь ушел, Егоров тяжело вздохнул. Галина поняла, о чем думает врач. Афанасий Николаевич сам изобрел методику лечения наркозависимых людей и, надо сказать, добился впечатляющих результатов. Девяносто процентов больных уходили от Егорова на своих ногах, с твердым желанием никогда более не прикасаться ни к бутылке, ни к галлюциногенам. Но человек слаб. Трое из четырех пациентов возвращались с рецидивом, и тогда лечение шло труднее. Если же вы появлялись в третий, четвертый, пятый раз, Афанасий Николаевич оказывался почти бессилен. Да, он выводил пациентов из критического состояния, но это скорей напоминало услуги «похмельщика», который приезжает по вызову и вытаскивает пьяницу из запоя. Это как таблетка тройчатки, головную боль снимет, но не вылечит, будете регулярно глотать пилюли, а они через некоторое время перестанут оказывать терапевтический эффект.

Афанасий Николаевич честно предупреждал тех, кто удачно завершил первый курс:

— Не поддавайтесь более соблазну, сейчас вы практически здоровы. Но с каждым новым курсом эффект будет ослабевать, в конце концов я не смогу вам помочь.

Но, повторяю, большинство людей возвращались снова. Ветошь не стал исключением. Второй раз он появился неожиданно, без предварительной договоренности. Как правило, Афанасий Николаевич тщательно планировал график заезда клиентов, экстренных услуг не оказывал. Галина не раз слышала, как главврач говорил по телефону:

— Лучше немедленно вызвать к больному реанимацию и отправить его в больницу. У меня сейчас нет мест.

Егоров всегда предупреждал Галину заранее:

— Десятого числа прибудет новенький, приготовь палату.

Но в тот день в клинике уже были двое пациентов, Бориса никто не ждал, и Галина не смогла скрыть удивления, когда увидела его на пороге.

— Где Афанасий? — еле ворочающимся языком спросил бывший клиент.

— Он отсутствует, — ответила Галина.

— Позовите его, мне плохо, — воскликнул Борис и потерял сознание.

Галина переполошилась, позвонила Егорову, тот примчался через пару минут. Доктор и медсестра втянули бесчувственного Бориса в холл, Галя слетала за реаниматологом, Афанасий Николаевич начал делать искусственное дыхание.

Лечебница была оборудована наилучшим образом, здесь имелась палата интенсивной терапии, по счастью, почти всегда пустовавшая. В ней-то и разместили адвоката.

— Не спускай с него глаз, — приказал Афанасий Николаевич, — если заметишь хоть что-то, немедленно зови Леонида Михайловича и меня. Сиди в палате неотлучно.

— А как же Волков? — заикнулась Галина, вспомнив о плановом пациенте первого этажа.

— Не беспокойся, — отмахнулся Афанасий Николаевич, — ты будешь на круглосуточном посту у Бориса.

Она послушно устроилась у письменного стола. В районе пяти утра пациент занервничал. Галина, как все медики, отлично знает: предрассветный час — один из самых опасных для человеческого организма, большинство инфарктов и инсультов случается в промежуток от четырех до шести. Медсестра вызвала реаниматолога, Леонид Михайлович сделал какие-то уколы и предупредил:

— Я ввел норвалол.

Галя кивнула. Препарат хороший, но может возбудить больного, вызвать у него галлюцинации. Опасности для жизни нет, но необходим тщательный присмотр. Через пятнадцать минут Ветошь сел и стал озираться. Галина подошла к кровати.

— Борис Олегович, ложитесь.

— Где я? — занервничал он.

— Все хорошо, вы у Егорова, — мягко сказала медсестра. — Пить хотите?

— Афанасий! — воскликнул Борис. — Я дурак!

— Все хорошо, — продолжила увещевать пациента Галя, — давайте, укрою вас.

— Нет, слушай, — зашептал Борис, — опять... снова... на переходе... дежавю! Афанасий! Сделай что-нибудь.

Крепкие пальцы адвоката вцепились в предплечье Галины, изо рта Бориса полился рассказ. Медсестра поняла, что под действием норвалола пациент принял ее за врача и сейчас торопится сообщить, что с ним случилось. Она не имела права выслушивать его, но Борис крепко держал ее и начинал злиться, когда Галя пыталась отнять у него руку. Телефон находился на столе в другом конце палаты, кричать: «Леонид Михайлович, идите сюда!» — было бесполезно, врач не услышит.

И Галя знала, что фаза возбуждения неминуемо сменится крепким сном, поэтому перестала увещевать одурманенного Бориса, просто гладила его по голове и ждала, когда он утихомирится.

А он все говорил и говорил.

Глава 25

Через пять минут Галина поняла, почему адвокат спешно примчался к Афанасию Николаевичу. Ветошь опять увлекся таблетками.

— Работа такая, — шептал он, — надо быть веселым, активным, ночами не спать, днем прыгать. Как кофемолка! Прокручивает человека и вытряхивает остатки. Я лекарства ем не для кайфа, а ради денег и карьеры. Ты же знаешь, Афанасий, по мне ничего не видно и никто не подозревает, что я на колесах.

Борис не колол героин, не нюхал кокаин, а просто ел таблетки, самостоятельно составив себе коктейль из нескольких вполне доступных препаратов. Запивал их тоже разрешенным энергетическим напитком и был готов рыть землю сутками. Когда кураж спадал, Боря шел в туалет, запирался в кабинке и повторял процедуру. Никто никогда не видел его с белым порошком или шприцем, Борис не пил запоем и имел репутацию человека с атомной батарейкой. Сам Боря не считал себя наркоманом. Ну да, он лопает лекарства, но ведь они разрешены! Ему надо сохранять активность, он просто слегка подстегивает себя.

К сожалению, человеческий организм привыкает к воздействию препаратов, Борису приходилось увеличивать дозу, у него начались неприятности со сном, появилось раздражение на окружающих, взбунтовались печень, кишечник.

Окружающие хлопали адвоката по плечу и говорили:

— Классно выглядишь, похудел, помолодел.

Всем нам пример — не куришь, не пьешь, фитнесом небось занимаешься, на диете сидишь.

— Хочу прожить триста лет и тридцать три года, — отшучивался он.

Ну не мог же он сказать правду: стал стройным, потому что практически ничего не ем, у меня нестерпимо болит желудок.

От больных люди шарахаются, а Боря имел массу знакомых, он зависел от контактов. Жизнь налаживалась. В понедельник Борис летел за счет олигарха Глагова в Италию, чтобы исключительно по дружбе забрать там в одной лавке ковер с изображением единорога, который должен был пополнить коллекцию банкира Петрова — к нему Глагов шел на юбилей. В среду Ветошь помогал жене одного политика, сопровождал ее в Швейцарию на интимную операцию. В пятницу Борю ждали на конкурсе красоты, он состоял там в организаторах, в субботу предстояло смотаться в Нью-Йорк за щенком для ТАКОГО человека, что фамилию произнести страшно. Выходных не предвиделось — один раз не окажешь дружескую услугу, больше к тебе не обратятся, так недолго и выпасть из обоймы, потерять звание «Борис, который может все»! Оставалось лишь одно — пить таблетки. И ведь все было нормально, а потом, бумс — и тело перестало слушаться.

Первый звонок о том, что здоровье может подвести, прозвенел неожиданно, в тот момент, когда Боря ехал по дороге в самом веселом расположении духа, рядом сидела милая девушка. Надо сказать, что жениться Борис не собирался. Заводить интрижку с супругой какого-нибудь олигарха опасно. Если правда об адюльтере вынырнет на свет, Боре придется плохо. Еще хуже связываться с молоденькой богатой девушкой. Таких принято отводить в загс. А Ветошь пока не видел вокруг себя достойной кандидатуры, обзаводиться просто обеспеченной невестой не хотелось. Борис ждал эксклюзивного варианта, даму из золотого списка «Форбса» или наследницу громкой фамилии, ну, например, такую, как Перис Хилтон, или дворянку из княжеско-графского рода. Пусть последняя будет не особенно богата, но ее родовитость сама по себе капитал, она откроет вход в такие дома, куда Боре пока дороги нет. Слава Казановы Борису была не нужна, поэтому он никогда не появлялся с девушками на тусовках, и в конце концов народ зашептал о его гомосексуальности. Вот это уж было вовсе нехорошо. И Боря принял стратегическое решение! Ему нужна любовница, красивая, молодая, но бедная и без родственников. С такой не жаль будет расстаться, когда на горизонте замаячит подходящий объект.

Девица отыскалась внезапно. За год до того, как Ветошь надумал обзавестись постоянной партнершей, он случайно зарулил на рынок и обомлел от красоты девушки, торгующей картошкой. Боря пообещал колхознице славу и деньги, но у нее оказалась вредная бабка. Боря понял: тут ему ничего не светит, за девчонкой смотрят в оба глаза. И вдруг год спустя она ему позвонила. Он пристроил будущую любовницу в институт, начал о ней заботиться, проторил для нее дорожку на Всероссийский конкурс красоты.

В тот неприятный день Ветошь собрался отвезти девушку в ее родную деревню. Красавице хотелось похвастаться перед соседями и бывшими одноклассницами новой машиной. Ветошь был не очень сексуален, он не хотел принуждать малышку к интиму, ему нравился процесс ухаживания, заманивания. Спутница щебетала, Боря что-то отвечал ей и вдруг отключился на пару секунд. Но этого времени хватило, чтобы машина врезалась в корову. Животное переходило дорогу!

Галина перевела дух, а я заерзала в кресле. Корова! Борис Олегович даже под воздействием укола отчаянно врал. Я-то знаю, он сбил беременную женщину, уговорил наивную Зину взять вину на себя, напоил ее своими таблетками и удрал, бросив ее на растерзание ментам. Галя, ничего не подозревавшая о моих мыслях, продолжала рассказ.

После происшествия Борис испугался, но потом списал потерю сознания на усталость, успокоился, начал вести прежний образ жизни и однажды снова лишился чувств. Слава богу, новый обморок произошел дома, в гостиной, не у всех на виду. Ветошь упал на мягкий ковер, не поранился. Вот тогда Борис отправился к Афанасию, прошел курс лечения, пообещал доктору никогда не хвататься за таблетки. Но не сдержал слова. Свое легкомыслие Борис оправдывал просто: ему нельзя выпадать из обоймы, теперь он будет осторожней, не станет пить большое количество пилюль, ограничится минимальной дозой. И ведь он долго их употреблял, прежде чем начались обмороки.

Но сегодня ночью случилось новое несчастье, как две капли похожее на первое. Ситуация повторилась почти с миллиметровой точностью. Боря ехал по пустой дороге, часы показывали около полуночи, в одном месте требовалось сделать резкий поворот. Ветошь крутанул руль и... лишился сознания. Дальше буквально дежавю. Борис Олегович очнулся и понял, что снова сбил живое существо, на сей раз это оказалась бродячая собака. В такое время спальный район города был безлюден, никто не заметил происшествия, Боря развернулся и прямиком направился к Афанасию, адвокату делалось все хуже и хуже, его тошнило, ломало, крутило, как он добрался до клиники — одному Богу известно.

— Никогда, Афанасий, никогда, — страстно шептал Борис, держа руку медсестры, — я понял! Таблетки — смерть, вылечи меня, и я навсегда откажусь от всех лекарств.

Галина снова перевела дух.

— Я запомнила название улицы, где беда случилась, проезд Зеленского. У меня там близкая подруга живет. Теперь, если еду к ней в гости, всегда об этом вспоминаю.

— Вы видели автомобиль Бориса? — спросила я.

Бывшая медсестра покачала головой.

— Нет. Рассказала Афанасию Николаевичу, он велел нашему рабочему Коле на машину взглянуть. Николай обнаружил автомобиль на парковке. Бампер помятый, на решетке капли крови. Внедорожник закатили в гараж, где он и простоял полтора месяца, пока Борис оклемался.

— С ума сойти! — возмутилась я. — А если он сбил не собаку? Вдруг человека? Милиция искала машину со следами происшествия, шерстила ремонтные мастерские, а джип прятали в клинике.

Галина попыталась оправдать врача:

— Там такие вмятины были, что понятно, рост маленький, не человеческий, чуть больше метра. Что вы на меня нападаете? Я вообще пятое колесо в той истории. Афанасий Николаевич главным был, а у него пациент всегда прав.

— Похоже, врач защищал клиентов, как курица цыплят, — вздохнула я, — был готов ради них на что угодно.

Галина кивнула.

— Он всегда повторял: «У нас, как в церкви. Если вошел на нашу территорию, то имеешь полнейший и окончательный иммунитет, никто тебя не тронет, я гарантирую безопасность и спокойствие». И сотрудники у него как за каменной стеной жили. Замечательный человек был, после его смерти мне непросто оказалось на службу пристроиться, везде доктора медсестер ни в грош не ставили и к больным наплевательски относились, хорошо, судьба меня со Степаном Сергеевичем свела и я профессию поменяла.

— На меня Козихин произвел впечатление дурно воспитанного человека, — откровенно сказала я, — он не очень стесняется в выражениях при женщинах. И хозяин зовет вас «Маня», будто не способен выучить ваше имя.

Галина засмеялась.

— Степан Сергеевич шутит.

— Своеобразное чувство юмора, — неодобрительно заметила я, — на мой взгляд, это обидно.

— Вовсе нет, — принялась защищать Козихина

Галя. — Степан Сергеевич большой ребенок, он наивный, внешне грубый, а внутри мягкий, к людям хорошо относится. Вот, например, Ветошь. Хозяин Бориса Олеговича лучшим другом считал, думал, тот его визитам рад, не понимал, что сосед не мог ему прямо сказать: «Не приставай ко мне».

Галина показала рукой на окно.

— В заборе калиточка есть, Степан Сергеевич ее прорезать решил, когда у него с Борей вроде как дружба началась.

— Вроде как? — подчеркнула я.

Галина опустила голову.

— Степан Сергеевич к Ветошь часто ходил, а Борис Олегович редко сюда заглядывал. Адвокат не пил. А Козихин, как маленький, нальет всем поровну и давай приговаривать:

— Ну, хряпнем до дна!

Навряд ли это адвокату нравилось. Один раз я видела, как он в кактус содержимое фужера втихаря выплескивал. Страсть Козихина к цирку, думаю, его тоже раздражала. Некоторое время назад Степан Сергеевич познакомился с Авророй, девушкой без костей, она в разные стороны гнется, словно резиновая. Я когда впервые ее штучки увидела, чуть не умерла от ужаса. А Козихин давай смеяться.

— Что, Маня, ошарашило? Аворка еще не так умеет. Ну-ка, девочка, покажем ей!

Акробатка вдобавок еще и без комплексов оказалась, Козихин прикажет, она исполняет, прямо, где стоит, там и начинает, очень Степану Сергеевичу это нравилось. Аврора у него главным коронным номером была, пойдет куда-нибудь, циркачку непременно с собой прихватит, выпьет на тусовке и давай талантами молодицы хвастаться, велит ей:

— Аврорка, ап!

А той что? Она мне рассказала, что с рождения на арене, читать-писать почти не умеет, да когда научиться было, если со своим шапито из города в город с детства перебиралась? Аврорка на мостик встанет, вывернется невероятным образом, мужики в восторге аплодируют, женщины губы поджимают. Не всякой хозяйке понравится, если гостья на себя столько внимания оттягивает. Одно дело, когда кривляк зовешь, платишь им, а потом развлекаешься. И совсем другое, когда артистка в твоем доме на равных. Понимаете, все эти актеры, певцы на самом деле для большинства богатых людей кто-то вроде обслуги, рангом чуть повыше меня. Горничной платят, им тоже. Какая разница, что я рубль получаю, а они миллионы? Разве человеку, равному хозяину, за приход в дом деньги отстегивают? Раз тебе бабок дали, значит, ты лакей. А Степан Сергеевич по своей наивности все смешал. Или ты выступление демонстрируешь, или с любовницей в гости пришел. Но Козихину, как ребенку, хотелось Авророй похвастаться, она ему сильно нравилась. Я даже одно время опасалась, что хозяин женится, а потом между ними кошка пробежала. Мне жаль было Степана Сергеевича, он переживал, маялся, а с другой стороны, я радовалась, Аврорка боссу совсем не пара, ему нужна нормальная, хорошо воспитанная женщина.

— У Козихина часто бывают гости? — поинтересовалась я.

— Не очень, — поморщилась Галина, — Степан

Сергеевич не женат, из постоянных любовниц у него за последнее время только Аврора была, после нее он ни с кем не связывался. Дома вечеринки, как правило, хозяйки устраивать любят. Степан Сергеевич предпочитает людей в ресторан звать. Вот Борис Олегович отличался размахом, пару раз в неделю у них гудели компании. Степан Сергеевич, как услышит шум с соседнего участка, туда рулит, подчас без приглашения. Говорю ж, Козихину в душе десять лет, он считает, что все ему рады. Ребенок!

— Кстати, о детях, — усмехнулась я, — они здесь часто бывают?

— Никогда, — категорично ответила Галина, — у Степана Сергеевича своих наследников нет, чужие его раздражают. В последние годы в поселке мода пошла Хэллоуин отмечать. Ребята наряжаются кто во что горазд и от дома к дому гуляют, звонят в двери, хозяева им должны конфет в карманы насыпать. В России так раньше на Рождество ходили, но эта традиция исчезла, а теперь народ американских фильмов насмотрелся и давай на крыльцо тыквы со свечками выставлять. Прошлой осенью Степан Сергеевич с балкона увидел, как от ворот к дому процессия школьников в карнавальных костюмах движется, и кричит:

— Маня, дай им все сладкое, что найдешь, только пусть поскорее убираются.

Ему паук Эдди вместо сыночка, вот на него он часами умиляться готов. Нет, не ходили к нам люди с малышами.

— Принято считать, что детей не любят бессердечные люди, — подначила я Галину.

Домработница рассердилась.

— Редкие мужчины своих-то родных обожают, а уж чужие дети всех раздражают. Степан Сергеевич как раз очень даже сердечный человек, до глупости. Взял и отдал одну из своих пустых квартир Зое Владимировне. Когда Борис Олегович умер, Козихина в России не было, но он сразу после возвращения к вдове побежал с вопросом: «Чем помочь?» Думаю, больше никто Агишевой не предложил помощь. Ее не любили.

Глава 26

— Чем же Зоя Владимировна вызывала у людей негативные чувства? — спросила я.

Галина почесала бровь.

— Она француженка, парижанка, русская по происхождению. То ли ее прадед князь, то ли бабка графиня убежали от большевистского переворота в семнадцатом году. Агишева очень богата, у нее во Франции дом, они с Борисом Олеговичем постоянно в Париж летали, Зоя Владимировна оттуда даже мочалки привозила, так ей все наше не нравилось.

— Жена богатая дама, муж тоже не нищий, а собственного особняка нет, живут в чужом, вам это не кажется странным? — протянула я.

Галина засмеялась.

— Нет. Вы просто плохо знаете местные нравы, тут все через одного не имеют личной собственности. Особняки съемные, машины прокатные, не хотят бизнесмены, политики, чиновники жильем владеть.

— Почему? — не поняла я.

— От тюрьмы на Руси не зарекайся, в нашем поселке только за прошлый год троих за решетку посадили. А что получается, когда главу семьи арестовывают? Конфискуют имущество, отнимают дом, землю. Если ничего нет, то нечего и забрать, — снисходительно пояснила Галина, — а что касается Зои Владимировны, то она очень высокомерная, вечно нос задирает. Очень вежливо со всеми разговаривала, акцента у нее не было, а вот выражения употребляла старомодные, «милостивый государь», «извольте испробовать», «соблаговолите отведать».

— Подобная лексика не повод для плохого отношения, — возразила я.

— Дело не в словах, а в том, как они произносятся, — вздохнула Галина. — Зоя Владимировна с вами так любезно беседует, так церемонно, что у людей создается впечатление, будто они придворные, которых царица принимает. С равными таким макаром не общаются, дистанцию держат лишь с теми, кто ниже тебя по статусу. Агишева местным обитателям открыто давала понять: я из княжеского рода, но вынуждена вращаться в одном кругу со швалью, на одну доску с вами не стану, для рукопожатия не ладонь, а один палец протяну. Степан Сергеевич как-то пришел домой от соседей, слышу, недовольный, бубнит себе под нос, сердится. Спросила у него:

— Что-то не так?

Босс ответил:

— Вот не пойму, как это у Зойки получается? Вроде приветливая, обходительная, ни одной грубости, мед в сиропе, а ощущение такое, словно она тебя в дерьме искупала.

Я перебила ее:

— Но после смерти Бориса Степан предоставил вдове квартиру. Может, у него с Агишевой создались особые отношения, о которых вам неизвестно? Вы вечером уходите домой, что ночью происходит, вам неведомо.

— От женщины, которая постельное белье меняет, тайн не бывает, — фыркнула Галя. — Агишева не во вкусе Степана Сергеевича, тому другой тип нравится, и возрастом помоложе. Козихин вдове по доброте душевной помог. Зоя Владимировна к нам в дом впервые после кончины Бориса Олеговича пришла, отбросила свою хамскую вежливость, едва мой хозяин из-за границы вернулся, прилетела в халате, зарыдала:

— Степан, милый, осталась я одна, никому не нужна, из дома меня выпроваживают, подскажи, что делать?

Так плакала, что я ей не поверила, слишком много чувств. Но Козихин наивный, он сразу проникся и начал утешать вдову:

— Не реви, Зоя, всегда есть выход. Иди домой, я решу проблему.

Посидел часок в кабинете и потопал к бабе с ключом от трехкомнатных хором, неплохой кусок она захапала!

— Козихин же не подарил ей квартиру, просто пустил Зою в нее пожить, глагол «захапать» тут не подходит, — укорила я горничную, — и Агишева при мне упоминала о «двушке».

Галина привстала из кресла.

— Ну здрасте! Кто вам сказал про «пустил пожить»? Козихин на моих глазах жилплощадь ей оформил в собственность, нотариус сюда, в дом, приезжал. Думаете, почему Зоя только сейчас с переездом засуетилась? Время выжидала, которое регистрационной палате надо, чтобы свидетельство о собственности новой владелице выправить. Позвоните туда и узнайте, могу вам адрес той «трешки» дать. Агишева отличный кусок пирога себе отрезала, прикинулась бедной козой, знала, куда бежать, не отправилась к Калугину, тот бы поржал, и все: «Жить негде? Не моя печаль!» Поверьте, Зоя Владимировна совсем не бедная, хотя и не так богата, как ей хочется. За счет Бориса Олеговича ей больше не жить, но рубли она на кефир считать не станет. И в подаренной квартире три комнаты.

— Ясно, — протянула я, — последний вопрос. Кто знал, что Степана Сергеевича не будет на майские праздники в Москве?

— Хозяин своих планов не скрывает, — ответила Галина, — думаю, Ветошь в курсе был, Зоя Владимировна, еще масса народа.

— А из обслуги? — заехала я с другой стороны.

Галина призадумалась, потом начала перечислять:

— Я отменила булочника, мясника и зеленщика. К нам на дом продукты привозят два раза в неделю. Когда босс улетает, я дом запираю, ставлю на охрану, предупреждаю их, до какого числа особняк будет пустой. У Козихина договор с клиринговой компанией, раз в неделю приезжают две бабы для генеральной уборки, я в доме порядок поддерживаю, но одной тщательно вычистить тысячу метров трудно. Соответственно я даю отбой посудомойкам, отпускаю садовника и Илью, который бассейн и бани чистит. Да, еще прекращаю доставку питьевой воды и соков.

Я молча слушала Галину. Чем богаче человек, тем больше вокруг него обслуги. Отъезд Степана не был тайной, о нем знали не только знакомые, но и торговцы всех мастей, охрана, уборщицы, Илья, еще, наверное, не упомянутый в общем списке энтомолог.

— А ветеринар Антон? Он тоже регулярно к вам ездит?

Галина скривилась.

— Фон Барон? Ну тот звезда, ездит, только когда сам захочет. Правда, если с Эдди проблема, он примчится, пару раз спешно прикатывал, но обычно сам звонит и говорит:

— Могу через пару часов взглянуть на Эдди.

Он и к Борису Олеговичу на тех же условиях шастал, умеет себя поставить. Не Фон Барон от хозяев зависит, а они от него. У богатых людей интересная психология, вот, допустим, Илья, аккуратный тихий мальчик, он Степану Сергеевичу нравится, Козихин, если время есть, всегда с парнем поболтает, Эдди ему покажет. Илья соглашается на него посмотреть, вид делает, что от чудища в восторге. Степан Сергеевич не сомневается в искренности Ильи, Козихин и помыслить не может, что его сыночек кому-то не по вкусу. Но я вижу, как юноша передергивается, боится он паука, а зачем фальшивую радость при встрече с ним демонстрирует? Опасается хозяина обидеть и место потерять, у паренька на лице это написано. Пока Илья Степана Сергеевича забавляет, но потом он ему надоест или под горячую руку попадет и вылетит вон. Илюша очень уж вибрирует, и тем самым дает понять хозяевам: я не уникален, меня заменить можно. Антон себя по-иному подает: я звезда, приезжаю, когда выкроится минутка, один на всю Россию, меня зовут повсюду, все стройтесь в очередь. И к нему отношения другое.

— Интересная кличка Фон Барон, — запоздало удивилась я.

— Его так Илья прозвал, — засмеялась Галя. — Он очень Антона не любит, не нравится ветеринар ему.

У шлагбаума на выезде из поселка скопилось несколько «Газелей» и мини-вэнов. Я пристроилась в хвост, опустила боковое стекло и с наслаждением вдыхала свежий воздух. Перед глазами был вход в администрацию и большой плакат с текстом «Уважаемые жильцы! В целях безопасности совет «Голькино» принял решение об осмотре всех автомобилей, покидающих территорию. Просим вас проявить терпение и уважение к сотрудникам, выполняющим свой долг!» На моих глазах два парня в камуфляже рылись в фургоне с надписью «Котлы на заказ». Я взглянула на часы и решила не нервничать, до встречи с Ильей полно времени, скоро дойдет очередь и до меня.

Дверь в здание администрации распахнулась, наружу выплыла дама, обвешанная драгоценностями. Незнакомка была зла до невероятности. За ней семенил невысокого роста лысый мужчина, он пытался успокоить разгневанную красавицу.

— Ванда Михайловна, послушайте...

Женщина топнула ногой в элегантной босоножке на высоком каблуке.

— Замолчите, Виктор Львович, вы достаточно наговорили. С вами придет разбираться мой муж.

Я невольно позавидовала Ванде Михайловне. Мне не устоять в такой обуви, толстушки не разгуливают на шпильках, у них моментально сводит судорогой ноги. Да, я могу появиться на празднике в классических лодочках, но надену их в машине, непосредственно перед входом в ресторан, поброжу минут двадцать и бочком, бочком, хромая, отправлюсь назад в джип. Вот так, как Ванда, запросто бегать в босоножках на шпильке я не смогу.

— Зачем беспокоить Константина Андреевича, — тоскливо заныл Виктор Львович, — тревожить занятого человека.

— Ничего! — заорала Ванда. — Ради семьи отвлечется! Он вам объясит, как надо с жильцами общаться! Нахамили мне по полной программе!

— Ванда Михайловна, дорогая, — защебетал лысый, — я просто сказал, что велосипед вашего сына был найден в основном ливневом отводе. Он закупорил отток воды. В начале мая осадков сильных не выпадало, а затем хлынули дожди. Ливневка из-за брошенного велика не справилась с работой, сточная вода размыла часть газона, надо бы его восстановить за ваш счет.

Ванда Михайловна побагровела, издала хекающий звук, такой вырывается из горла рубщика мяса, когда тот опускает топор на тушу, уперла палец с большим кольцом в поломанный велосипед, прислоненный к стене здания администрации, и голосом ведьмы осведомилась:

— Это дерьмо вытащили из люка?

Виктор Львович вытер лоб рукой.

— Данный велосипед — причина порчи общественной клумбы.

Ванда Михайловна поманила мужика пальцем.

— Ну-ка, прочитайте название.

— Завод ПЧД, — огласил Виктор Львович, — «Анютка».

Ванда Михайловна надвинулась на несчастного коменданта.

— Неужели, я куплю Даниле изделие «ПЧД»? Посажу мальчика на велик «Анютка»? Издеваетесь? У Данилы велосипедов штук шесть, все новые, от «Феррари». Откуда в трубе взялась эта «Анютка», не имею понятия. За оскорбление ответите перед Константином Андреевичем. Ох, как мужу понравится, что комендант предположил, будто «Анютка» наша! Завод ПЧД! Это как расшифровывается? Производство Чудовищной Дряни?

— Ванда Михайловна, не нервничайте, — попросил комендант.

Я пожалела его. Сейчас он получит по полной программе.

По себе знаю: едва услышу из чьих-нибудь уст просьбу соблюдать спокойствие, как моментально возникает желание устроить скандал.

— Дергаться придется вам! — заорала Ванда. — Следовало прийти, позвонить в дверь, протянуть ладошку, сложенную ковшиком, и попросить:

«Уважаемая госпожа Толкушева, подайте поселку на бедность, у нас денег на цветы не хватает!» Нам с супругом не жаль, я готова купить рассаду и садовника своего предоставить. Но вы избрали другой путь, демонстрируете дерьмо и нагло утверждаете, что оно наше. ПЧД! «Анютка»! Я на вас в суд подам за оскорбление личности ребенка. У нас мальчик, а это велик для девчонки!

Виктор Львович решил внести ясность.

— У охраны есть запись с камеры наблюдения, которая установлена у задней калитки, ведущей в лес. На ней отлично видно, как Данила в районе часа ночи по дорожке к забору катит. Если помните, охрана моментально вам перезвонила и сказала:

— Ваш ребенок решил из дома удрать, примите меры.

— Не знала, что там есть аппаратура, — удивилась Ванда Михайловна.

— Установили двадцать девятого апреля, — гордо пояснил комендант, — ради блага жильцов стараемся. Камера на дереве, ее издали не видно, но работает она отлично.

Ванда тряхнула копной волос.

— Вы тут все сумасшедшие! Перебудили тогда весь дом! Я пулей помчалась в комнату к Даниле и нашла его мирно спящим. Мой сын не беспризорник, ему семь лет, он живет по режиму, гуляет исключительно в сопровождении гувернантки, один никогда не ходит и по поселку не катается. Очнитесь, Виктор Львович, возможно, ваш собственный ребенок ночью на жуткой «Анютке» рассекает по шоссе, но мой Данила под присмотром, о чем вам и сообщили. Няня перезвонила на пульт и сказала:

— Вы ошиблись, Данила в кровати.

Комендант решил не сдаваться без боя.

— Ванда Михайловна, понимаю, вас прислуга обманула. Побоялись правду сказать, что упустили пацанчика, недоглядели за баловником, побежали, поймали его, в кровать уложили и вам свою версию преподнесли.

— Вы идиот, — почему-то спокойно произнесла Ванда, — я сама видела, что Данила мирно спал. Ребенок Константина Толкушева в час ночи на велосипеде «Анютка» не катался. Точка.

— Ванда Михайловна, — сладко пропел Виктор Львович, — в подведомственном мне поселке много детей, но вот интересная деталь, семилетний пацан один, ваш Данила. Девочек-первоклассниц полно, а ребята у нас так распределились: много крошек годика по два, по три, а потом Данила. Егору Дыбакину одиннадцать, но он крупный, водится с подростками, вот их много, а семилетка один, ваш Данила. Больше просто некому было ехать. Да, вы можете поспорить с нашими предположениями по поводу запихивания велика в трубу. Камера не захватывает люк. Мы видели лишь, как ребенок к калитке рулит, в лес спешит. А когда на днях потоп случился, открыли ливневку, а там!.. Велик! Ну и кто его туда запихнуть мог? Велосипед маленький! Логично, что Данила. Не спорю, факт подъема крышки и сброс вниз средства передвижения не зарегистрирован, но то, что Даня ехал к калитке, отрицать смешно.

Ванда резко повернулась на каблуках и крикнула:

— Ждите Константина Андреевича. Вам не пришло в голову, что в поселке крутился чужой ребенок?

— И как он сюда, минуя охрану, попал? — возмутился Виктор Львович. — Вот, делай после этого людям добро. Секьюрити обязаны только на посторонних реагировать, жильцы нас не касаются! Идет свой в лес, это не наша головная боль. А мы позвонили!

Ванда Михайловна пошла вперед, снова остановилась и закричала:

— Наш дом в северной части, предпоследний в ряду, где живет Ветошь, а калитка на юге, до нее несколько километров надо ехать! Зачем туда Даниле? И как мальчик мог сдвинуть тяжелую крышку люка? Вы нашли в трубе эту дрянь «Анютку»? Небось кто-то из гастарбайтеров бросил, а вы деньги на цветы захотели получить, вот и врете на Данилу. У Виноградова, он напротив нас живет, ремонт. Спросите там узбеков, наверное, кто-то по этой «Анютке» рыдает. Ничего, Константин Андреевич разберется, вам всем сладко будет.

— Откройте, пожалуйста, багажник, — попросил хриплый голос.

Я оторвалась от наблюдения за скандалом и нажала на кнопку.

— Можете ехать, — разрешил через пять минут охранник.

— Как добраться до «Дрим-хауса»? — спросила я.

— Езжайте прямо, никуда не сворачивайте, —

ответил мужчина, — минуете пост ГАИ, деревню Жуковка, справа увидите «Лакшари Вилладж», и там на светофоре возьмите налево. «Дрим-хаус» с Рублевки хорошо виден, но въезд сбоку, перед шлагбаумом развернетесь и прямо на парковке очутитесь.

Глава 27

Кафе в торговом центре оказалось одно, и выглядело оно неуютно: голые деревянные столы и такие же стулья, без мягких подушек, сидеть жестко даже мне. Представляю, каково на них вон тем блондинкам, смахивающим на зубочистки.

— Простите, опоздал, — задыхающимся голосом произнес Илья, подходя к столику.

— Нет, еще полдень не пробило, я приехала раньше, — объяснила я.

— Я хорошо относился к Борису Олеговичу, — начал издалека парень, устраиваясь напротив меня, — жаль, что он умер.

— Что заказывать будете? — спросила официантка. — У нас сегодня лимонный пирог удался.

— Мне лучше просто чай, — быстро сказал Илья.

— Поздний завтрак за мой счет, — улыбнулась я.

— Тогда мясо, — переменил решение юноша. — Вон как то, что мужчина ест, с картофельным пюре, и кофе.

Девушка повернулась в мою сторону.

— А вам?

Я улыбнулась.

— Возьмите лимонник, — снова предложила подавальщица.

— Не люблю кислое, — поморщилась я.

— Шоколадный торт, — посоветовала девушка.

— С моим весом? — грустно протянула я.

Официантка сказала:

— Нет проблем. Берете, что пожелаете, и запиваете похудательным чаем.

— У вас есть такой? — обрадовалась я.

— Для любимых клиентов, — улыбнулась официантка, — сейчас принесу.

— И шоколадный торт! — крикнула я. — Два куска. Что ты хотел мне рассказать?

Илья заговорил о своем замечательном отношении к Борису Олеговичу. Минут пять я слушала парня, устала и велела:

— Переходи к делу.

Но тут нам принесли еду, и Илья отвлекся, а я занялась потрясающе вкусным тортом, чай не показался мне особенным, просто жидкая заварка во френч-прессе. В конце концов тарелки опустели, и я снова обратилась к чистильщику бассейна:

— Начинай.

На сей раз Илья выдал вдохновенный спич о своей работе, рассказал страшилки про грибок, который непременно поселится на ногтях, если вы ходите босиком по бортику бассейна, где ранее прошел зараженный человек, попытался напугать меня сообщениями о черной плесени и белом налете в хамаме.

— Я не владею банно-помывочным комплексом, — остановила я парня, — и тебя не найму на работу. Излагай причину, по которой позвал меня на встречу.

— Пытаюсь, а вы не даете, — обиделся Илья, — не умею быстро, нужно суть разъяснить. Я пользуюсь особыми американскими средствами.

— Угу, — кивнула я.

— Они в дозаторах.

— Отлично.

— На бутылках есть риски, это очень удобно, понятно, сколько ты израсходовал, — читал мне курс юного чистильщика Илья.

— Замечательно, — на автопилоте сказала я.

— Обеззараживателей много, один на все случаи не подойдет.

— Ага.

— Я хорошо знаю, что на месяц надо триста миллилитров «Хлорблеска».

— Угу.

— Пол-литра серебряной закваски.

— Ага.

— У меня вся химия в чемодане, он закрыт на замок. Когда работаешь с ядовитыми веществами, необходимо соблюдать осторожность.

— Очень предусмотрительно, — сквозь зубы проговорила я.

Доброе слово сподвигло чистильщика на новую лекцию.

— У нас соседка была, она в бутылку из-под водки налила уксусную эссенцию, а муж выпил.

— Неприятно, — поморщилась я.

— Я тогда на всю жизнь усек, — затараторил Илья. — Нельзя отраву в тару из-под еды наливать. Мой чемодан в образцовом порядке. На каждой емкости этикетка, череп и кости, наклейка «Смерть».

— Хватит, — прервала я Илью, — выкладывай суть или до свидания.

— Зоя Владимировна убила Бориса Олеговича, — выпалил Илья и испугался. — Вот, сказал наконец.

Я отодвинула пустую чашку на край стола.

— Сильное обвинение. Какие для него основания?

Илья почти лег грудью на стол.

— Зоя в этом году на Бориса Олеговича постоянно нападала. У них вход в баню через пауковую комнату. Я, значит, сауну чистил, Борис Олегович с Павликом развлекался, меня не видел, потому что там коридорчик есть, но я все отлично слышал. Намазываю дерево особым раствором, а до ушей доносится:

— Павлуша, иди к папе, Павлик... Павлик... Павлик...

И бах! Голос Зои, злой такой, прорезался:

— Оставь свою мерзость, поговори со мной.

Борис Олегович ответил:

— Золотце, что случилось?

Агишева ни с того ни с сего заорала:

— Он еще спрашивает! Нам велено покинуть дом.

— Так он не наш, — мирно напомнил Ветошь, — рано или поздно нам предстояло уехать.

— Куда? — завопила Зоя.

— Золотце, я решу.

— Когда? Ты с пауком забавляешься!

— Солнышко, решать вопросы — не значит сидеть на телефоне или колбасой носиться по городу, — произнес Ветошь.

— Но в письме указано: съехать не позже середины июня, — впала в истерику жена.

— Времени полно, — легкомысленно отмахнулся Борис Олегович, — сейчас только начало февраля.

— Всего пять месяцев, — взвилась Зоя.

— Еще пять месяцев, — поправил супруг, — не переживай, найдется жилье.

— А если нет? — наседала Зоя Владимировна.

— Найдется.

— Вдруг не получится?

— Найдется.

— Заладил одно и то же, — пошла вразнос Зоя. — Представляю себе картинку: пришел срок, переезжать некуда, мы сидим на шоссе с вещами!

— Золотце, я не вижу драмы, — отозвался Борис, — сдадим тяжелые вещи на хранение на склад, а сами в Париж, поселимся в Сен-Жермен, будем вдвоем в буланжерию за круассанами ходить, за булочками в «Паул». Романтика.

— Ты всерьез? — простонала Зоя. — Не хочу жить в халупе, я достойна других условий.

— Конечно, солнышко, — быстро согласился Ветошь, — в сцену с чемоданами на шоссе верится с трудом, если я не смогу отыскать за отведенное время большой коттедж, нас Степан временно приютит, он обещал.

— Козихин? — напряженным голосом спросила Агишева.

— Он самый, — подтвердил муж, — у Степана пустой гостевой дом, живи не хочу.

— Мы будем жить у Козихина? — взвыла Зоя.

— Золотце, Степан немного грубоват и надоедлив, но он совсем не плохой человек, добросердечный, на него можно рассчитывать, — сказал Борис.

Зоя бурно зарыдала.

— Унижение! Горькое! Стыд! Соседи шептаться будут, что Ветошь из милости в приживалах у Козихина. Как мне в гости ходить? Я умру от позора.

Борис попытался утешить жену:

— Солнышко, обернись вокруг, Емельяновы год жили в гараже, пока их особняк ремонтировали.

Но он явно выбрал неправильный аргумент, Зоя тут же отбила его:

— Это был их личный гараж, и они обновляли собственный дом, а мы займем гостевой коттедж соседа! Я несчастнее всех, никогда не заимею своего угла, пусть небольшой, метров пятьсот, но собственный особняк. Чтобы никаких писем с вежливыми просьбами убираться вон. Я устала! Мне необходима уверенность в завтрашнем дне! Не желаю жить в утлой лодке, которую швыряет в океане. Я не ты! Пойми! Я выходила замуж за богатого человека, а получилось, что у тебя ничего нет.

— Золотце, ты живешь в хорошем месте, в самом дорогом районе Подмосковья, ездишь к подругам или в СПА на иномарке с шофером, — сказал Боря.

— Но наше богатство не настоящее! — закричала Зоя. — Я как Золушка, пробьет полночь, и вокруг останутся крысы, тыква и лохмотья. Мне нужна настоящая карета. Ты меня обманул. Ну почему я согласилась с тобой расписаться? Ты врун, водишь людей за нос. А я жена не богатого бизнесмена, а нищего! Горевать мне на помойке Козихина.

Послышался резкий хлопок, похоже, Зоя Владимировна ушла, напоследок от души шарахнув дверью о косяк.

Илья затаился в сауне. Больше всего он боялся, что Борис Олегович вдруг зачем-то направится туда и увидит его. Прощай тогда служба у Ветошь. Никто не захочет видеть в доме рабочего, который стал свидетелем некрасивой семейной сцены.

Но, к счастью, адвокат остался в пауковой, и Илюша услышал голос Бориса:

— Эх, Павлик, жениться надо для того, чтобы точно понять, почему не стоит жениться. Но Зоя мне была нужна! Понимаешь, дружочек, княгиня из Парижа, аристократка с замком, это пропуск в те дома, куда раньше господина Ветошь не звали. Завадские мне едва кланялись, а стоило Зойке появиться, и меня с распростертыми объятиями снобы принимают. «Ах, ах, у Борюшки жена парижанка, из самой Франции!» И ведь я, Павлуша, нашел тихую, неизбалованную, скромную, руки мне целовала, когда я ей впервые жилетку из кролика преподнес. Эх, бабы. Испортилась она быстро, ну ничего, была у нас княгиня из Парижа, найдется в Лондоне графиня или баронесса. Все можно поменять. Запомни, Павлик, жизнь — пьеса, а ты в ней и режиссер, и главный актер, только от тебя зависит, куда действие повернет.

Илья выпрямился.

— Понятно? Они тогда здорово поскандалили.

— Ничего страшного, — ответила я, — у тебя родители, наверное, тоже ругаются.

— Я сирота, мои мама с папой умерли, — возразил юноша.

— Прости, — смутилась я, — хотела сказать, что выяснения отношений в семейной жизни обыденная штука, нельзя делать на этом основании далеко идущие выводы, и уж тем более обвинять Зою в убийстве. В преступлении важен мотив, а каков он у нее? Давай разберемся. На рынке невест Агишева, даже с имиджем французской княгини, подпорченный товар. Она уже не первой свежести, не богата. Да и родословная Зои Владимировны вкупе с ее владениями удивят нового потенциального жениха, который захочет полюбоваться на замок невесты и на шикарные апартаменты в Сен-Жермен. Зоя Владимировна должна была ногтями и зубами держаться за Бориса Олеговича. Он ее выигрышный билет, курицу, несущую золотые яйца, не убивают.

— А вот и неправда ваша, — зашептал Илья, — Зоя Владимировна пронырливая, я давно это понял. Смотрите, она лишает жизни мужа и получает кучу всего. В Интернете список вещей висит, которые Агишева продает, там в общей сумме полтора миллиона евро выручится. Но это еще не все, Степан Сергеевич ей «трешку» навсегда отдал. Я, когда вещи паковать помогал, случайно документ увидел, квартира Зое Владимировне подарена. Знаете, сколько она стоит? Я думаю, миллиона три-четыре в валюте.

— Илюша, — засмеялась я, — от «трешки» в

спальном районе ты бы не отказался, и мне такую хочется. Я, конечно, не риелтор, но полагаю, что жилплощадь тянет на пятнадцать-семнадцать миллионов рублей, никак не евро.

— По поводу спального района она наврала, — деловито уточнил Илья. — Апартаменты в Китай-городе, самый центр.

— Ты уверен? — усомнилась я, вспоминая, как Зоя всхлипывала, произнося: «Жить на задворках».

— Вы детектив, вот и проверьте, — пожал плечами Илья. — Лжет она много, а сейчас на Козихина планы имеет, у того денег лом, дома в разных странах, в Москве несколько квартир, одной меньше, одной больше — ему без разницы, и он Бориса Олеговича единственным другом считал. Зоя мне сегодня сказала:

— Спасибо, Илюшенька, за помощь, я за тебя свечку поставлю. Но с переездом сама справлюсь, машинку и грузчиков добрый человек дал.

Позвонила мне, когда я сюда бежал. Наверное, Степан Сергеевич ей помогает.

— Зачем банкиру брать под свое крыло Зою Владимировну? — пробормотала я.

Илья взял френч-пресс с чаем.

— Не ко мне вопрос. Вообще-то Козихин очень добрый, он с виду хамло, но внутри слишком мягкий. От смерти мужа Зоя только выигрывает, она «трешку» продаст, возьмет апартаменты на Рублевке, там сейчас новую многоэтажку строят и таунхаусы, или прилетит к Козихину, женит его на себе. Я видел, что она задумала. Вот этими глазами наблюдал, собственными!

Глава 28

Я не поверила своим ушам.

— Ты наблюдал, как убили Бориса Олеговича?! Почему не помешал? Как ты очутился в доме Ветошь ночью? Почему до сих пор молчал? Не пошел в милицию?

— Вы неправильно меня поняли, — испугался Илюша. — Я тридцатого апреля чистил у них хамам, там плесень завелась, а потом сразу в аэропорт заторопился. В семь я сел в самолет, рейс Москва — Питер, отправился к приятелям на праздники, билет сохранился. Меня там куча народа видела.

Я стукнула ладонью по столу.

— Начал, так договаривай! Почему ты обвиняешь Зою в убийстве?

Илья затараторил со скоростью голодной сороки. Чем дольше я его слушала, тем яснее понимала, что необходимо срочно вызывать сюда Федора и Димона и мчаться к вдове, она слишком много врала. Разгадка маячила у меня перед носом, а я ее не видела.

— Ну? Поняли? — выдохнул юноша.

Я взяла мобильный и нашла в телефонной книжке нужный контакт.

— Зоя Владимировна? Вы были правы. Борис Олегович не кончал жизнь самоубийством.

— Что я вам говорила! — ликующим голосом ответила Агишева. — Значит, я получу страховку?

— Мы сейчас к вам приедем, — сообщила я, — доложим свои соображения. Сделайте одолжение, никуда не уходите.

— С места не сдвинусь! — радостно пообещала безутешная вдовица.

Когда мы с Приходько и Коробковым вошли в гостиную, Зоя Владимировна сразу спросила:

— Вы знаете, как опровергнуть официальное заключение о смерти Бориса? Мне понадобится нотариус? Адвокат? Я нищая, нельзя ли обойтись минимальными тратами?

Я без приглашения села на диван.

— Попробуем, но сначала хочу рассказать вам, как обстояло дело, кто виноват в гибели вашего мужа.

— Ах, это несущественно, — брякнула вдова, — главное, что вы направите в страховую компанию заключение.

Хоть мы и договорились о том, что основную часть беседы проведу я, а остальные будут вмешиваться лишь по моей просьбе, Коробок не удержался:

— Вам не интересны детали гибели мужа?

Агишева опомнилась:

— Как вы могли такое подумать? Просто страшно их услышать, сердце ноет.

Я заявила:

— Альтернативы нет, придется вам немного пострадать.

Зоя Владимировна бочком присела на подлокотник кресла, в ее руках волшебным образом материализовался кружевной носовой платочек. Вдова прикрыла глаза и изобразила на лице выражение глубочайшей скорби.

— Говорите, я собралась с мужеством.

Но на меня ее штучки перестали действовать.

— Отлично, начинаю. Нам придется заглянуть в историю вашей семейной пары.

У Бориса Ветошь не было стартового капитала, влиятельных родственников и элитного диплома. Но благодаря невероятному желанию стать равным среди по-настоящему богатых и влиятельных людей он смог прорваться в круг избранных.

Как мы знаем, Ветошь довел до филигранности искусство оказывать любые услуги, смог внушить всем вокруг, что он человек обеспеченный. Странно, но совсем не глупые люди, в окружении которых вращался Боря, ни разу не задумались: а какие процессы выиграл адвокат? У него ни разу не спросили диплом об образовании, никто не усомнился и в наличии этого самого образования. Борю охотно принимали везде, кроме домов, вход в которые отпирает не золотой ключик. В Москве есть очень узкий круг настоящей знати, куда впускают лишь ровню по крови. Плебеи, выбившиеся в люди из кухаркиных детей, очень ценят тех, кто может сказать партнерам по покеру:

— Простите, ребята, сегодня вечером я у Марии Ивановны Вронской, не могу играть, приглашен на чай.

Те, кто посещает салон Вронской, это и есть самые сливки общества, их потом охотно приглашают все, не говоря уж о том, что у милейшей Марии Ивановны в гостях бывают люди, решающие любые проблемы одним движением бровей.

Но, как понимаете, Борис у Вронской не был принят, его не считали достойным такой чести. Чтобы попасть к ней, Ветошь придумал гениальный ход. Он привез из Франции аристократку, княгиню, владелицу замка и апартаментов в Париже, наследницу несметного состояния Зою Агишеву. И очень скоро молодожены стали завсегдатаями в доме Вронской. Борис получил статус друга Марии Ивановны и невиданные возможности, его теперь любили все. На последний день рождения адвоката сбежалось полтысячи человек. Удачно женившись, Боря убил много зайцев, в частности прекратилась болтовня о его не совсем ясной сексуальной ориентации.

— Вот так просто? — снова не утерпел Димон. — Сказал, что жена княгиня, и все?

— Да. Борис отлично усвоил правило: надо самому запустить слух, и остальные в него поверят, — сказала я. — К тому же Зоя действительно француженка, квартира в Париже у нее есть, манеры у дамы не российские, речь, хоть без акцента, но все-таки не современная московская, в лексике много выражений, почерпнутых у покойной бабушки. Ну кто сейчас произносит: «Соблаговолите присесть за стол»? А у Зои это получается легко, непринужденно. Почему Мария Ивановна не проверила родословную Агишевой? Сработало воспитание. Понимаете, благородные люди не врут. Вронская и предположить не могла, что кто-то способен прикинуться княжной, не являясь ею. Марии Ивановне скоро девяносто, у нее свои понятия о чести, а мы подозреваем других лишь в том, что можем совершить сами. Вронская никогда не лгала и считала остальных честными.

— Это так наивно, — улыбнулся Федор.

— Согласна, — кивнула я, — и тем не менее Вронская поверила Борису, она приняла Зою.

Кстати, новобрачная продемонстрировала идеальное воспитание, знание классической литературы, музыки, живописи. Бабушка и мама позаботились о манерах девочки, Агишева вела себя безупречно, сильно отличалась от своих сверстниц старомодностью, чем еще больше понравилась старушке. Но мы ведь сейчас озабочены не тем, как проворачивал свои делишки Борис, а тем, кто его убил, потому едем дальше.

Несколько лет пара живет счастливо, Зоя осваивается в Москве, быстро начинает ощущать себя богатой дамой, приобретает соответствующие привычки. Агишевой жизнь в столице России нравится намного больше жалкого существования во Франции. И вдруг выясняется малоаппетитная правда. У ее мужа ничего нет. Дом съемный, машины от фирмы, ее бриллианты — стразы, подвенечное платье отдано какой-то девице, и изначально наряд предназначалось не Зое, экономка Маргарита увидела на нем карточку с чужой фамилией.

— Точно! — воскликнул Димон. — Я проверил бутик «Флоя», туда сдают вещи, которые людям не понадобились, это элитная комиссионка для тех, кто отменил свадьбу, решил не праздновать событие или просто не пожелал надеть сшитое платье. В лавке продаются как новые, так и ношеные шмотки, выглядят они безупречно, а по цене весьма экономны. Агишевой досталось платье дамы, которая заказала для своего праздника три наряда, а потом от двух отказалась. Из-за невнимательности продавщицы на платье осталась бирка с фамилией той, чьим оно изначально было.

Я взглянула на Агишеву.

— Обидно, да? Платье-то секонд-хенд! Но самое ужасное не это. Ветошь по натуре авантюрист и невероятный эгоист. Если человек ему нужен, Боря его облизывает, а когда слопает бананчик, кожуру выбрасывает. Так случилось с Зиной Тряпкиной.

— Никогда не слышала ни это имя, ни фамилию, — быстро отреагировала вдова.

Я кивнула.

— Охотно верю. Некоторые скелеты Ветошь прятал в очень глубоких шкафах, думаю, таких костей в его гардеробах имелось много. Оставим в покое Зину, обратимся к Зое. Агишева человек не авантюрного склада, и ей хочется стабильности, уверенности в завтрашнем дне, а всего этого Борис предоставить ей не мог. В семье начались скандалы, Зоя боялась вновь очутиться в халупе на улице Сен-Сюльпис, а Боря посмеивался, говорил:

— Золотце, ерунда, выкрутимся.

Жена не разделяла легкомыслия мужа. А тот задумался: зачем ему постоянный стресс? Можно развестись, теперь Боре княжна не очень-то и нужна. Он уже попал благодаря Зое куда хотел, окучил там всех, приручил, прикормил. Значит, Агишева выполнила свое предназначение. Веди она себя тихо, Ветошь прожил бы с ней до старости, но терпеть истерики он не намерен. Была «французская княгиня», найдется ей на смену «английская баронесса». И Борис стал подумывать о замене спутницы жизни. Нет, он не хамил законной супруге, оставался галантным и внимательным, но Зоя интуитивно почувствовала, что ее брак дал трещину, и призадумалась. Разведенная жена — товар десятого сорта. Вдова намного лучше. И, несмотря на вопли Зои о нищете, кое-что у Ветошь есть. Надо избавиться от мужа, пока тот не бросил ее.

Я повернулась к Федору.

— Мы тут все голову ломали, как убийца вошел в дом, а потом вышел, кто знал об отсутствии экономки и Козихина, кто мог элементарно испортить сигнализацию у Степана? Кто в курсе, как Борис учил роль и развешивал по дому записки? Все эти и другие вопросы имеют один ответ: Зоя.

— Что? — подпрыгнула Агишева. — Вы с ума сошли!

— Вы знали, — кивнула я, — не надо притворяться. Взяли паука Павлика, поменяли на Эдди и посадили его на шею мужа. Положили на тумбочку записку, отрывок из его роли, сами ее подписали. Вы и подумать не могли, что Илья принесет при мне пакет с пьесой.

Зоя вскочила.

— Я их боюсь, пауков этих гадких! До тошноты! Спросите кого угодно!

— Кого? — перебил Димон. — Ветошь мертв, экономка Аня в Нью-Йорке, тех, кто с вами общался каждый день, нет.

Агишева замахала руками.

— Бред! Бред! По вашей логике, я убила мужа? Удачно сымитировала самоубийство, в которое поверили все? Зачем тогда идти к вам с просьбой раскрыть убийство? Я что, дура? Сумасшедшая?

— Нет, — улыбнулась я, — просто очень-очень жадная. Все дело в страховке. Когда вы про нее узнали?

290 .... Дарья Донцова

— Мне Боря сказал! — соврала Зоя Владимировна. — Может, зимой, не помню.

— Лгать нехорошо, — сурово перебила ее я, — вы говорите неправду. Если муж сообщил вам о полисе, то почему он хранил его в рабочем кабинете в квартире Маргариты? И на документе стоит дата, он выдан за пару дней до якобы суицида. Вы увидели бумагу уже после кончины Бориса, когда Рита передала вам то, что лежало в офисе на его столе. И лишь тогда вы сообразили: зря инсценировали суицид, пять миллионов евро отличный кусок, и он пролетает мимо носа, как фанера над Парижем, пардон за случайный каламбур. Вот вы и решили поискать убийцу.

— Очень глупый поступок, — насупился Димон, — неужели вы не понимали, что следы приведут к вам?

— Так случается, — сказала я, — преступнику кажется, что он хитрее всех, тщательно продумал свои действия. И кто все эти сыщики? Малограмотные люди, в основном алкоголики, где им разобраться в кружевах, которые сплел умный интеллигентный человек. Зоя подумала, что тупицы-детективы до нее не доберутся, не сообразят, кто убил Бориса. Дело плавно превратится в висяк, его сплавят в архив, а Агишевой дадут бумажку для страховой компании. И все закончится замечательно.

— Вы на самом деле идиоты! — простонала Зоя Владимировна. — Я ни при чем.

Я кивнула.

— Хорошо. До сих пор я говорила исключительно о психологической составляющей дела, теперь обратимся к фактам. Вы сказали нам, что сообщили следователю Дзаеву о привычках паука, дескать, он не мог укусить хозяина, а Эльдар Магометович поспешил закрыть дело и отмахнулся от ваших слов.

— Да, — кивнула Зоя, — верно.

— Но в протоколах нет этих слов! — продолжала я.

Агишева тряхнула локонами.

— Ну конечно, Дзаев их специально не записал. Неужели вы мне не верите?

— К сожалению, следователь умер, — мрачно напомнил Димон, — ни подтвердить, ни опровергнуть ничего не сможет.

— Верить вам трудно, — вздохнула я, — вы мне говорили про «двушку» в отдаленном районе Москвы, куда сердобольный Козихин пустил вас временно пожить, а на самом деле апартаменты трехкомнатные, расположены на Китай-городе, и они вам подарены.

— И какое отношение эта квартирка имеет к кончине Бориса? — проворчала Зоя.

— Справедливое замечание, — сказал Федор, — да так, штришок к портрету.

Я подняла руку.

— Бог с ней, с квартирой, есть более крупная ложь. Муж не мог вам рассказать про полис зимой и даже ранней весной. Пока я ехала к вам, успела проверить — полис ему выдали двадцатого апреля. Борис отвез его в офис и спрятал в стол. Почему? Точный ответ на вопрос мог дать лишь покойный. Я же предполагаю, что тот, кто преподнес ему пакет страховок, сделал адвокату подарок, ну, как

обычно. Все знают, что у Бориса Олеговича счастливый брак, поэтому владелец «Метра» вписал в
качестве получателя страховой премии Агишеву.
Но Ветошь не понес бумаги домой, думаю, он собирался летом оформить развод, может, у него уже
была невеста на примете! Страховка, где указана
Зоя, ему не нужна, но говорить пока об этом рано.
Знаете, Зоя Владимировна, Маргарита составила
нотариально заверенный список переданных вам
документов, он был сброшюрован и прошит лентой с печатью. Себе она оставила так же оформ-
ленную копию. Когда Илья принес найденную им
рукопись пьесы, я начала задавать вопросы, а вы
рассердились и воскликнули:

— Еще поинтересуйтесь, куда делась ленточка,
которая скрепляла страницы.

И вот странность: я сразу вспомнила список
Риты и подумала — что-то с ним не так. Интуиция
подсказывала, надо еще раз прочитать бумаги из
«Метра».

— Вы мне надоели! — сказала Зоя. — Я не уби-
вала Бориса, и я страшно боялась его паука.

— Вы «забыли» еще кое о чем нам рассказать, — отрезала я. — Тридцатого апреля Илья
приехал к вам в дом, чтобы проверить, уничтожил
ли нанесенный им реактив плесень на стене бани.
Парня впустил Борис Олегович, вы, похоже, не
знали, что чистильщик в особняке, потому что через полчаса юноша, тихо копошившийся в хамаме,
услышал ваш голос:

— Ах ты дрянь чертова! Сиди тихо! Не уползай!
Стоять!

Илюше стало любопытно, он осторожно, на

цыпочках, прошел по коридору, заглянул в комнату, где Ветошь держал своих пауков, и обомлел. Зоя Владимировна накрыв колпаком Павлика, пыталась подцепить его совком. Было такое? Не надо лгать! Илья сегодня мне все рассказал.

Агишева стиснула кулаки и прижала их к груди.

— Это не то, о чем вы подумали! Совсем-совсем не то!

— За неделю до этого Илья чистил бассейн, — продолжала я, — он оставил кофры с реактивами в комнате отдыха, ходил туда-сюда, а потом, в очередной раз зайдя за порцией химикатов, обнаружил вас за рассматриванием его бутылки. Ранее вы никогда не проявляли интереса к работе Ильи, а тут стали его расспрашивать. Как действуют средства? Можно ли ими отравиться насмерть? Каковы они на вкус? Долго ли действуют яды?

Илья удивился, но ответил на все вопросы. Дома он заметил, что из одной емкости, содержащей самый сильный раствор, отлита малая толика. Парень очень аккуратен, у него на все бутылки-банки нанесены деления, чистильщик тщательно записывает расход средств. Зоя Владимировна, думаю, сначала вы планировали отравить Бориса при помощи украденного вещества, но потом изменили план. Полагаю, муж часто рассказывал вам о Павлике, вы отлично знали: паук беспомощен в темноте, бояться нечего. Муж выпил снотворное, оставалось посадить ему на шею чужое насекомое, поменять Павлушу на Эдди. Спросите про улику? Она непременно отыщется. Сейчас наш эксперт ищет отпечатки пальцев внутри резиновых перчаток, как вы думаете, чьи они будут?

— Дура! — коротко взвизгнула Агишева, забыв об имидже княгини. — Идиотка чертова!

Затем она схватила трубку, нажала на кнопки и произнесла:

— Беги сюда скорей.

Несколько минут мы провели в молчании, потом послышались торопливые шаги, в гостиную внесся запыхавшийся Степан Сергеевич.

Зоя встала и протянула к нему руки.

— Дорогой, расскажи, где мы были в ночь на первое мая.

Глава 29

Степан Сергеевич обвел собравшихся тяжелым взглядом.

— Что здесь происходит?

Агишева бросилась Козихину на грудь.

— Милый, они уверены, что я отравила Бориса!

Степан скривился.

— Дураки, да?

— Объясни им все, — всхлипнула Зоя.

Банкир плюхнулся на диван рядом с Коробком.

— Ладно. Мы были вместе.

— Ночью? — ошалело спросила я.

Агишева кивнула.

— Да. У нас любовь.

Я на время потеряла дар речи, а Федор спокойно спросил:

— И где же вы находились? Насколько я знаю, господин Козихин улетел за границу.

Степан ухмыльнулся.

— Не-а. Это для отвода глаз. Мы не хотели

скандала, решили по-тихому все устроить. Борька мне друг был, лучший.

— Не очень-то хорошо с его женой спать, — протянул Димон, — невоспитанность какая!

Козихин не понял иронии.

— Ну да. Только что поделать, если любовь? Зоюшка очень мучилась, переживала, у нее тонкая душа, но мы друг друга обожаем. Я хотел разрубить узел одним махом, пойти к Борьке и честно ему сказать: «Прости, братан, но так уж вышло, не держи на меня зла. Готов тебе любую сумму откупных заплатить». Но Зоюшка меня удержала, объяснила:

— Степа, скандал тебе повредит, от банкира ожидают безупречной репутации. Давай пока проверим наши чувства и, если они окажутся крепкими, тогда осторожно начнем решать проблему. Тебе не нужна слава человека, который уводит чужих жен. Люди должны быть уверены в добропорядочности того, кому доверяют свои деньги.

Зоюшка невероятно умна. Знаете, она из древнего княжеского, но обедневшего рода? Наши тут считают Агишеву несметно богатой, но Зоенька мне рассказала правду. Фишку про ее миллиарды Борька распустил, Зоя за него от отчаяния замуж вышла, он ей совсем не подходил. У нее происхождение царское, благородство в крови. Я и помыслить не мог, что такая женщина меня заметит. Дурак был, на циркачек смотрел, вел себя как кретин. А в феврале Зоюшка ко мне подошла и сказала:

— Степан Сергеевич, вы лучший друг Бориса, я в некотором роде за вас несу ответственность, поэтому набралась окаянства и хочу сказать: вам не пристало с подобными девушками на люди показываться. Аврора вызывает у окружающих смех, к вам относятся как к человеку, который привел с собой дурно воспитанную собачку. Животное нагадило в гостиной, хозяйка улыбается сквозь зубы, а остальные хихикают.

И я понял: точно, права она. Вот так у нас и началось.

— Степа, ты лучше скажи про тридцатое апреля, — проныла Агишева.

Козихин заулыбался.

— Зоюшка выдумщица, с ней весело. Куда нам было податься? В домах прислуга, в отелях народа полно, вмиг сплетни полетят. Квартиру в городе снять? Снова на знакомых наскочить можно. И Зоюшку осенило. Тут, за леском, есть деревушка. Я у старухи домик на время откупил, прикинулся нищим служащим. Бабка полуслепая, соседки ей под стать. Ну не поверите, никогда так не отдыхал! Ни в «Ритце», ни в «Парусе», ни в «Георге Пятом», ни в отелях-бутиках[1], нигде такой кайф не обломился. А в этой халупе я прямо переродился. Я сараюшку в конце марта снял, мне там все нравилось, даже сортир во дворе. Приходил туда пешком, ложился на кровать с продавленным матрасом и обалдевал от счастья. В доме деревом пахнет, пылью, половиками самоткаными. Окошко маленькое, тюлем завешанное, на нем герань цветет, телевизор — ровесник царя Гороха, на столе скатерть льняная, и пол поскрипывает. Прямо в детство вернулся, в лето, когда меня к бабке в колхоз отправляли, ни охраны, ни прислуги, ты сам по се-

---

[1] Козихин перечислял самые дорогие отели мира.

бе. Выйдешь на улицу, сядешь на крыльцо и дышишь. Вроде наш поселок от деревни в двух шагах, идти десять минут, а воздух там совсем другой.

Я кивнула. Ну да, если постоянно питаться черной икрой, фуа-гра, осетриной и прочими изысками, то через некоторое время потянет на простую картошку с постным маслом. А Козихин без стеснения выбалтывал, как они с Зоей обманывали Бориса.

Зоя ждала, пока муж примет дормизол и заснет. Она знала: пять часов супруг прокемарит без просыпу, и, кстати, у супругов были разные спальни. Когда Ветошь укладывался в постель, Зоечка шла в кладовку на первом этаже, вылезала через окно, бежала к калитке в заборе, пересекала участок Степана и отправлялась в лесок, где ее уже поджидал Козихин. Парочка спешила в деревушку, весело проводила время на том самом продавленном матрасе, о котором с восторгом нам рассказал Степан, и возвращалась назад. Влюбленные встречались не каждый день, чтобы слишком бдительная, считающая хозяина неразумным младенцем Галина не заподозрила чего, Козихин врал всем про командировки. Он отпускал горничную, а сам отправлялся в свой рай. Неизвестно, как долго Степану Сергеевичу нравилось бы играть в бедного крестьянина, но пока, оставаясь в сараюшке, банкир был по-настоящему счастлив. Ночь с тридцатого апреля на первое мая любовники провели вместе.

— Я заснула, — говорила Зоя, — и Степа тоже. Очнулась, глянула на часы! Мама родная! Восемь сорок! Борис давно встал, впустил горничных! Одно хорошо, ни муж, ни прислуга не полезут в мою спальню, если в комнату закрыта дверь. Я побежала домой, понадеялась, что удастся в окно незаметно влезть. Слышу, бабы колотят в створку! Я через кладовку в особняк проскочила, открываю дурам, нарочно во весь рот зеваю, а сама думаю: «Пронесло, Боря тоже проспал, бывают же такие совпадения!»...

У Федора зазвенел мобильный. Приходько вышел из комнаты. Димон взглянул на Степана.

— Почему же после кончины Бориса вы продолжали держать свои отношения в тайне?

Козихин встал, пересел к Зое и нежно обнял ее за плечи.

— Моя будущая жена не хочет сплетен. Некрасиво, когда вдова спустя час после похорон уезжает жить к другому мужчине. Зоюшка очень умная, она знает, как надо поступить! Княжна! Царевна!

Я постаралась не рассмеяться. Агишева многому научилась от Бориса Олеговича. Наивного Степана окрутила в два счета. Хомячок залез в капкан и счастлив. Ловко Зоя провела «операцию», ее интерес к банкиру внезапно вспыхнул в феврале после ссоры, которую слышал Илья.

— Мы решили так, — соловьем заливался Козихин, — Зоюшка уедет, поживет в отдалении, и мы тихо распишемся, без помпы. А через год сыграем пышную свадьбу. Вот тогда я сохраню репутацию честного человека, Зоюшка тоже.

Я мысленно зааплодировала Агишевой. Она получит страховку за Бориса, продаст вещи, выручит за них деньги. Кроме того, добрый Степан уже преподнес невесте квартиру. Остается лишь восхищаться предприимчивостью «княгини».

— Никто Бориса убивать не собирался, — деловито говорил Степан. — Если б вдруг и додумались до такого, то как интеллигентные люди наняли бы киллера! Дал заказ, а сам на самолет и на курорт, чтобы побольше народа увидело тебя в клубе, на пляже, в ресторане. Ну не идиот же я, чтобы любимой женщине разрешить руки марать. Ребят, вы чего? Попутали немного.

— Вы правы, — сказал Федор, возвращаясь, — произошла ошибка. Зоя Владимировна, примите наши извинения.

— Ерунда, — засуетился Козихин, — никто не в претензии, сейчас коньячок принесу, надо залакировать примирение.

Потирая ладони, банкир удалился. Я, весьма удивленная поведением Приходько, предприняла еще одну попытку прижать Агишеву.

— Зачем вы отлили яд из бутылки и пытались взять паука?

Зоя Владимировна прижала палец к губам.

— Танечка, умоляю, тише. Поймите, я нищая женщина, которой хочется счастья. Борис меня использовал, наш брак строился не на любви, а со Степаном...

— Отвечайте конкретно, — потребовала я.

Агишева потупилась.

— Я хотела отравить паука, отомстить Боре, ударить его в самое больное место посильнее. Думала свалить потом это на Илью. Парень слишком прилипчив, вечно лез и к Степе, и к Борису, пытался к ним в доверие втереться. Он мне активно не нравился!

— И почему же вы не лишили жизни паука? — поинтересовался Коробок.

Зоя Владимировна поежилась.

— Не знаю. Он был живой, ходил по домику, казался счастливым. Короче, я не смогла. Подумала, Павлик радуется жизни, а я возьму и... упс. Паук, несмотря на размеры и ядовитость, беззащитен. Я его колпаком прикрыла — и все! Он перестал двигаться. Так просто! Ну не смогла! Яд я потом вылила в унитаз и ушла к себе. Борис меня использовал, не обеспечил мне достойную жизнь, ну да господь с ним. Теперь у меня Степан есть, он другого склада. Конечно, паук не человек, но брать грех на душу не захотелось. Пожалуйста, не рассказывайте об этом Степану Сергеевичу, надеюсь, что вы умеете хранить тайны. Вы мои должники, приехали, напали с обвинениями, расстроили, но я не злопамятна!

Зоя Владимировна очаровательно улыбнулась и протянула Федору узкую ладошку с оттопыренным, скрученным колечком мизинцем.

— Ну? Мирись, мирись, мирись и больше не дерись! Я прощаю вам глупую ошибку, а вы забываете про яд и паука и ищете настоящего убийцу Бори.

Я не смогла сдержать смешка. Агишева замечательный психолог. В нашей троице она выбрала шефа и сейчас кокетничает с ним, на Димона даже не смотрит.

Подходя к машине, я спросила:

— Вычеркиваем мадам Агишеву из списка подозреваемых?

Приходько облокотился о крыло своего джипа.

— Фатима звонила, она сняла отпечатки внутри перчаток.

— И они не принадлежат жене Бориса! — подпрыгнула я. — После нее кто-то еще надевал рукавички?

— Ребенок, — ответил Федор, — пальчики детские, идентифицировать их пока нельзя, сравнивать не с чем, ни в одной базе таких нет. Фатя даже прогнала через архив детей, пропавших без вести. Ноль. Ничего. Пустота.

— Откуда в особняке взялся ребенок? — поразился Димон.

— Понятия не имею, — протянула я, — мы вернулись к началу. Необходимо искать того, кто затаил злобу на Бориса.

— Ветошь легко мог пожертвовать человеком, если тот становился ему не нужен, — сказал Федор, — вспомните ситуацию с Тряпкиной, она никому не известна, кроме ее участников. Нам просто повезло, что мы выяснили правду. Не приди Зина в офис лжеадвоката, не плюнь она на дверь, все бы осталось похороненным. Сколько таких Тряпкиных было в биографии Бориса? Люди не рассказывают о своем унижении, а Боря знал, кого можно безнаказанно обидеть.

— Есть одна призрачная зацепка, — мрачно произнесла я. — В первый раз в клинику доктора Егорова Борис обратился после того, как якобы сбил корову. Через некоторое время он снова начал глотать лекарства, запивать их энергетическими напитками и опять прилетел к Афанасию Николаевичу, потому что с ним приключилась та же история: кратковременная потеря сознания и сбитая собака. После того раза Борис больше не прикасался к пилюлям, но мы знаем, что первой жертвой стала беременная женщина. Вероятно, и второй случай связан с человеком! Животное, безусловно, жаль, но из-за пса Ветошь не потерял бы самообладание. А вот если он сбил ребенка!

— Ребенка? — повторил Димон. — Маленького?

— Кажется, да, — кивнула я, — Галина, бывшая медсестра, а ныне горничная Козихина, сказала, что на машине адвоката имелись следы наезда на невысокий объект. И она запомнила название магистрали, где погибла собака, — Зеленский проезд. У Гали там жила лучшая подруга. Порой в нашей памяти сохраняются всякие ненужные детали. Смешно, но я могу назвать имя мальчика, с которым дружила целых две недели во втором классе, Миша Атаманенко.

Федор открыл дверь своего джипа.

— Дима, подними информацию о ДТП на Зеленском проезде. Если там погиб ребенок, его родственники могли запросто отомстить Борису.

— Федя, можно по дороге в офис я заеду в банк? — попросила я. — До сих пор вожу в сейфе конверт с большой суммой, полученной от Карфагеныча, надо положить на счет.

— О'кей, — милостиво разрешил босс и влез во внедорожник.

Глава 30

Я пользуюсь услугами небольшого банка и очень довольна своим выбором. В учреждении, которое имеет офисы по всему городу, к вам отнесутся вежливо, но обезличенно, а в небольшом облизывают каждого клиента. Не успела я заглянуть в комнату, как приветливая сотрудница Наташа затараторила:

— Рада вас видеть. Чай? Кофе? Присаживайтесь, чем могу помочь?

Я вынула из сумки конверт.

— Дело простое, хочу положить на свой счет наличку.

Наташа расплылась в улыбке.

— Сейчас пересчитаю. Попробуйте конфеты, очень вкусные.

В кабинет тенью проскользнула девушка с подносом, в воздухе запахло кофе. Я взяла чашку с горкой белой пены и развернула конфету. Шоколад — это углеводы! Могу себе позволить несколько трюфелей, вес от них не прибавится. Вот почему я люблю этот маленький банк, мой персональный менеджер Наталья помнит даже такую мелочь, как мое пристрастие к капучино.

— Татьяна, — тихо сказала Наташа, — я не могу принять эти банкноты.

— Почему? — изумилась я.

— Они фальшивые, — пролепетала девушка, — и по правилам я сейчас обязана вызвать службу безопасности.

Я растерянно моргала. Деньги, которые мне вручил Карфагеныч, подделка? Да быть такого не может! Неужели на этом свете нашелся человек, который обманул Каро Финогеновича, всучив ему туфту?

— Но я вас давно знаю, — понизила голос Наталья, — давайте попытаемся разобраться. Откуда эти фальшивки?

— Мне отдали долг, — решив не вдаваться в подробности, ответила я.

— Кто? — продолжала Наталья.

— Дальний родственник, — сказала я, — думаю, его самого обманули.

Наташа протянула мне купюру.

— Подержите ее в руках.

Я послушно выполнила просьбу и ахнула.

— Она отпечатана на принтере!

— Точно, — подтвердила менеджер, — издали выглядит как настоящая, но при детальном рассмотрении даже близко не похожа. Это не подделка.

— А что? — совсем растерялась я.

Наталья пожала плечами.

— Прикол, такие продают в магазинах сувениров, вроде шутки. Дарите приятелю кейс, а там миллионы.

— Совсем не смешно, — возмутилась я, — почему это разрешено?

— У людей разное понятие о юморе, — пробормотала Наталья, — посмотрите сюда, внизу на каждой банкноте стоит штамп «сувенир». Подделкой такую продукцию считать нельзя.

— Предупреждения почти не видно, — не успокаивалась я.

— Но оно есть и тем самым снимает все обвинения с производителя, — пояснила Наташа, — да и с покупателя тоже. Шутка-с. Таня, вы умный человек, почему сразу не распознали обмана? Сейчас-то, взяв в руки купюру, быстро сообразили, что к чему.

Я попыталась в деталях описать ситуацию. Карфагеныч капитально замучил менеджера Михаила, безостановочно щелкал счетами, рассказывал, сколько часов в год реально работает парень. Помнится, я тоже совсем ошалела от речей отца Лапули, и «денег» этих в руках не держала. Каро Финогенович помахал пачкой перед моим носом, а потом взял у Михаила конверт, положил туда стопку пятитысячных купюр, заклеил его и преподнес мне со словами:

— Спрячьте. Подальше положишь, поближе возьмешь.

Наталья кашлянула.

— Татьяна, простите, не связан ли возврат денег с опустошением вашего счета?

Я вынырнула из мыслей.

— Что?

Лицо сотрудницы банка порозовело.

— Сегодня утром, с восьми до девяти, вы сняли через банкоматы почти всю сумму накоплений, осталось лишь пять тысяч. В свое время я предлагала вам ограничить количество денег на карте, установить лимит, больше которого через банкомат в один день нельзя снять. Но вы отказались, как, впрочем, и от эсэмэс-сообщений. Я вас уговаривала, напоминала о безопасности, а вы возразили:

«На мой телефон постоянно приходят эсэмэски по работе, не хватает еще подтверждений о покупке чашечки кофе».

— Но как чужой человек мог такое проделать? — придавленная ее словами прошептала я.

— Вам на пути попался мошенник, — с жалостью продолжала Наталья, — все, что ему требовалось, это подержать в руках вашу кредитку, чтобы считать информацию, есть такие устройства, они небольшого размера, смахивают на пачку сигарет. Преступник потом переносит сведения на пустую пластиковую карту и запускает лапы в ваш запас.

— А пин-код? — подпрыгнула я.

— Вы храните его на бумажке в кошельке? — предположила она. — Или, может, набирали его в присутствии преступника? Он, вероятно, стоял за вами в очереди в кассе, видел, какие цифры вы ввели на терминале.

В моей голове словно взорвался фейерверк. Каро Финогенович!

Он привел меня в фирму, организующую свадьбы, где к оплате принимали только кредитки, и прикинулся идиотом, который не доверяет пластиковым картам. Я при нем набирала пин-код, рассказала про сейф в машине, призналась, что в ближайшие пару дней навряд ли получится заехать в банк, чтобы поместить наличные на счет. Господи, какая же я дура!

Перед глазами встала картина. Расстроенная Лапуля лепечет про то, как она боится Карфагеныча, потому что тот, как человек в белых штанах. И ведь вспомнила я про слова Лапы, когда Антон мне в кафе сказал, что Рио-де-Жанейро — город, по которому в белых брюках мечтал гулять Остап Бендер. Я тогда могла бы сообразить: Лапуля пыталась объяснить мне, что ее материализовавшийся из ниоткуда папенька похож на Остапа Бендера, он жулик и прохвост.

— Вам плохо? — испугалась Наташа. — Голова болит?

— Нет, — сквозь зубы процедила я. — Болеть там нечему — похоже, я потеряла мозги, они выпали и укатились в канаву.

Наташа вскочила.

— Сейчас принесу валокординчику.

Я проводила менеджера взглядом. Нет, лекарства тут не помогут. Если человек идиот, это навсегда. Каро Финогенович случайно узнал от какой-то знакомой о беременности дочери и решил поживиться. Вот почему он так торопил нас со свадьбой! Нет у Лапы двухсот родственников. Не стояла невеста Димона на трассе Москва — Питер. Подлый мужик отлично выстроил аферу. Лапуля была не рада приезду папеньки, и тот объяснил жениху почему: дочка боится, что Димон узнает правду о бурной молодости невесты. И умолял Коробка не беседовать с Лапой до свадьбы. Я же, помнится, тоже прочитала другу целую лекцию с рефреном: «Не копайся в прошлом своей избранницы».

А еще Карфагеныч надавил на нашу жадность, пообещал оплатить расходы и рассказал о получении более миллиона рублей, эта сумма составится из подношений гостей. И этот хитрый жук не опустошил мой счет до конца, оставил пять тысяч рублей на случай, если я поеду в магазин. Конечно, чтобы он успел спокойно смыться.

Я потрясла головой, позвонила Коробкову и спросила:

— Ты где?

— В офисе, — ответил Димон.

— У тебя есть на телефоне эсэмэс-услуга от банка? — в надежде на утвердительный ответ спросила я.

— Сообщения о тратах? Нет, зачем они мне нужны? А что случилось? — удивился Димон.

— Открой онлайн-сервис и глянь, сколько денег лежит на твоем счету, — приказала я.

— Зачем? — засопротивлялся Коробок.

— Надо, — вздохнула я, — помнишь, вы с Лапулей и Карфагенычем ездили покупать платье?

— Такое разве забудешь, у меня голова сразу заболела, — пожаловался Димон, — чертов Каро счетами тряс, а Лапа тряпками. Она там совсем в неадеквате была! Рюшечки, воланчики, фестончики, белые штаны.

Я сделала стойку.

— Какие белые штаны?

Коробок тихо засмеялся.

— Я люблю Лапу, но не всегда понимаю ее мудрые речи. А в тот день она была в ударе, покажет платье, потом наклонится ко мне и на ухо шепнет: «У него белые штаны, как там, где много диких обезьян». Вау! — вскрикнул хакер.

— У тебя на карте пять тысяч, — нервно сказала я, — остальное испарилось утром через банкоматы.

— Откуда ты знаешь? — ошалело спросил Коробок.

— Готова спорить, что у Каро Финогеновича в том магазине не взяли наличные, — вздохнула я.

— Да, — подтвердил Димон, — точно. Я оплатил покупки картой, будущий тесть совал мне конверт, но я его не взял, вполне могу найти средства на невестин прикид. Кстати, Карфагеныч опустил цену ниже плинтуса.

— Нам надо научиться внимательно слушать Лапулю, — остановила я Коробкова, — не зря она про белые штаны намекала.

Объяснив взбешенному Димону тактику мошенника и обсудив с Наташей, как в дальнейшем обезопасить свой счет от таких потрясений, я приехала домой и нашла Лапу на кухне, за столом кроме нее сидели еще три незнакомые красавицы.

Увидев меня, они разом вскочили, расцеловали Лапулю и бросились в прихожую.

— Я тебе благодарна за коробочку, — сказала одна.

— Ты мне жизнь наладила, — заявила вторая.

— Никто так подругам не помогает, — возвестила третья.

Мне уже не первый раз захотелось узнать, о каких таких загадочных коробках идет речь, но сначала следовало выяснить кое-что другое. Едва за блондинками захлопнулась дверь, как я повернулась к будущей матери Зайчика.

— Лапуля, Карфагеныч честный человек? Извини за вопрос, но ответь.

Она схватила меня за плечи.

— О! Танечка! Нет! Он омерзительный.

— Остап Бендер, — вздохнула я.

— Как в кино, — закивала Лапа, — всем врет. Элен от него ушла, потому что отец у своей мамы золотые украшения украл, а ухитрился все на жену свалить!

Как правило, люди от волнения теряют способность четко выражать свои мысли. С Лапулей получилось наоборот — ее речь стала вполне разумной.

Свекровь обвинила в воровстве мать Лапы, и Элен убежала из дома. Она так больше и не вышла замуж и умерла, когда дочь закончила школу. С отцом и бабушкой Лапуля больше никогда не встречалась, хотя отлично их помнила. На момент, когда Элен полностью разорвала отношения с мужем, девочке стукнуло десять лет. Мама не стала скрывать от дочери причину, по которой им пришлось покинуть родной дом. Впрочем, Лапа и без нее знала правду о своем отце. Тот всегда был авантюристом, беззастенчиво обманывал людей и не смущался присвоить чужие деньги. Один раз Каро Финогенович на глазах у остолбеневшей от изумления дочери незаметно сгреб с прилавка ювелирного магазина дорогой браслет и на крейсерской скорости покинул лавку.

Лапе тогда было семь лет, и она рассказала о происшествии и маме, и бабушке. Элен растерялась, а Каро возмутился, схватился за голову и заорал:

— Гадкая девчонка! Да, мы были в ювелирном, я купил любимой матери на день рождения медальон. А дочь стала выпрашивать серьги, пришлось объяснить, что она до них пока не доросла. Я думал, она все поняла, а мерзавка решила отомстить, замазать отца грязью!

В процессе ора в руках Каро волшебным образом возникла коробочка с подвеской, Лапа поняла, что он ухитрился спереть две вещи. Дешевую преподнесет бабушке, дорогую продаст, а деньги спрячет. Лживость отца была феерической. Ну, и чем закончилась та история? Лапу выдрали ремнем, бабушка с той поры иначе как «мерзавкой» внучку не называла, а мама не переставала говорить дочери до поступления ее в институт о том, как плохо врать. Даже несмотря на то, что сама стала жертвой клеветы.

— Ты училась в институте? — поразилась я и прикусила язык, надеюсь, Лапа не обидится на мой удивленный возглас.

— На учителя математики, — ответила Лапа, — но работала недолго, мне в школе не понравилось, дети-то хорошие, а преподаватели — бррр! Очень противные.

Вот тут я, забыв обо всех приличиях, разинула рот. Представить Лапу в качестве педагога невозможно, но увидеть ее в роли математика, решающего уравнения?! Это фантастика! Скорее я станцую на сцене Большого театра партию Одетты!

А Лапа продолжала рассказ. Она ничего не слышала о Каро Финогеновиче до той поры, как встретила на улице его сестру. Тетка принялась расспрашивать племянницу, Лапуля рассказала о своей жизни, и вскоре ей позвонил отец с заявлением:

— Хочу уведомить твоего мужчину, что приличный человек обязан жениться на беременной от него женщине. Я должен защитить тебя. Не смей возражать, все равно я приеду, а если будешь вести себя так, как Элен, не пожелаешь оказать отцу почет и уважение, непременно расскажу твоим новым родственникам правду, по какой причине я порвал с тобой. Что ты врунья и воровка, украла у бабушки драгоценности.

Лапа испугалась, она отлично помнила, что случилось в детстве, вдруг и Димон поверит Каро Финогеновичу? И Лапуля решила молчать.

Из глаз моей собеседницы покатились слезы, я обняла ее и прижала к себе.

— Никогда ни я, ни Коробок, ни Марго с Анфисой, ни наши кошки не поверят, что ты способна украсть даже нитку. Успокойся, Каро уехал и больше никогда не вернется, забудь его, как страшный сон.

— Танечка, — зашептала Лапа, — я хотела тебя предупредить, но не получилось. Извини.

— Это ты прости меня, я была слишком занята работой, не стала прислушиваться к твоим словам, — вздохнула я.

— Он что-то спер? — еле слышно поинтересовалась Лапа. — Карфагеныч просто так не приедет! Тетка все расспрашивала, где я живу, какая квартира, машина, кем работаю...

Я молча гладила Лапулю по спине. Она честно рассказала тетушке про многокомнатную квартиру в центре Москвы, джип, на котором ездит Димон, сообщила, что ведет домашнее хозяйство, не ходит на службу. Ну и что подумал мошенник Каро? Он тут же сорвался с места и приехал дурить голову будущему мужу дочери. И как нам теперь с Коробком поступить? Отыскать мерзкого мужичонку ничего не стоит, вот только доказать, что это он снял наши деньги, будет трудно. Хотя в банкоматах есть видеокамеры, значит...

Лапа отстранилась от меня.

— Танечка, скорей скажи правду, что он стащил? Мне ужасно стыдно! Горько! Обидно!

Я опять обняла Лапу. Вот она, основная причина, по которой мы с Коробковым не станем ничего предпринимать. Если Лапуля узнает, что ее отец опустошил наши копилки, она будет переживать до конца жизни, винить себя. Я прижала ее к себе.

— Нет, Карфагеныч не успел ничего взять, Димон узнал о нем правду и велел ему уехать. Ты же понимаешь, Коробок может при помощи Интернета выяснить все.

Лапа засмеялась.

— Ой, как хорошо! Прямо гора с плеч. Понесусь обтяпывать серую гальку на углу.

Лапуля чмокнула меня в щеку и, весело напевая, полетела на кухню. Я осталась одна. Похоже, Лапа действительно утешилась, она опять начала непонятно выражаться, я не знаю, что означает «обтяпывать серую гальку на углу». Надеюсь, когда-нибудь Каро Финогенович попадется, и его элементарно побьют обворованные люди. Нам же с Димоном придется молчать. Хочется думать, что мы проглотили обиду ради Лапули, но есть еще одна деталь: мошенник обвел вокруг пальца двух опытных сотрудников спецбригады, которые успешно занимаются поимкой опасных преступников. Согласитесь, не самый приятный момент в наших с Коробком биографиях. Конечно, омерзительный Карфагеныч понятия не имел, кого обокрал. Я для него простая секретарша в маленькой фирме, а Димон системный администратор в офисе крупной компании. Надо поехать в контору, где заказывали свадьбу, и отменить мероприятие на двести человек. Надеюсь, мне вернут деньги.

Мрачные раздумья прервал телефонный звонок, на том конце провода был Коробков.

— Зеленский проезд не очень шумная магистраль, — начал он без всякого вступления, — за время существования этой дороги на ней случился лишь один наезд на человека со смертельным исходом. Погибла Валерия Кирпичникова, взрослая женщина.

— Не ребенок, — пробормотала я.

— Ты права, — перебил меня Коробок, — я нашел в архиве дело о наезде на Кирпичникову. На месте не осталось серьезных улик. По следам шин определили, что сбивший ее автомобиль был импортным, модель назвать трудно, колеса подходят почти под все марки.

— Машин в Москве много, — мрачно сказала я.

— На одежде Кирпичниковой остались частицы серебристой краски, — продолжал Димон.

— Самый распространенный цвет, зацепиться реально не за что, — вздохнула я.

— Эксперт установил, что, сбив несчастную, водитель притормозил, вышел из салона, наверное, убедился в смерти бедняжки и уехал. Мерзавец носит сорок второй размер обуви, — говорил компьютерщик.

— Думаю, четверо из десяти российских парней покупают себе такие штиблеты, — протянула я, — со всех сторон стандарт.

— Водитель был пьян, — сообщил Коробок.

— А это как определили? — удивилась я.

Глава 31

Димон пустился в объяснения. Наезд случился в районе полуночи. Зеленский проезд маленький, там есть всего одно длинное семиэтажное здание, в котором живут не самые обеспеченные люди. Дом стоит впритык к проезжей части, выходишь из подъезда и оказываешься на дороге, двора нет, зато на противоположной стороне улицы начинается парк, переходящий в лес, а если пройти вдоль его ограды, то очутишься на шумном шоссе, там находится круглосуточный супермаркет. Вот в этот магазин и спешила Валерия.

Не надо думать, что Кирпичникова была выпивохой, которой загорелось приобрести бутылку. Нет, Лера не прикасалась к спиртному. Добропорядочная мать, она воспитывала троих детей — двух парнишек и дочку Ниночку. Единственную девочку в семье обожали и баловали.

Нина болела гриппом, ничего не ела, капризничала, а потом вдруг поздним вечером сказала маме:

— Хочу консервированных ананасов в сиропе.

Чего не сделаешь ради ребенка!

— Сейчас куплю, — пообещала Валерия.

Мальчиков дома не было, поэтому Кирпичникова поспешила в супермаркет сама. Квартира располагалась на первом этаже, Нина приоткрыла окно и крикнула матери в спину:

— Купи две банки, нет, три!

Лера успела уже ступить на проезжую часть и сделать несколько шагов, она обернулась и приказала дочери:

— Немедленно закрой окно и ляг в постель, иначе...

Валерия не успела договорить. Откуда ни возьмись возникла машина и сбила Кирпичникову. Нина к тому моменту уже захлопнула раму, но не отошла от окна, все случилось у нее на глазах. Как вы уже поняли, о происшедшем дознавателю рассказывала Нина, она оказалась единственным свидетелем и, к сожалению, совершенно бесполезным. По словам девочки, автомобиль развернуло боком, он остановился, наружу вылез мужчина, его шатало из стороны в сторону. Водитель нетвердым шагом приблизился к Лере, замер, потом вдруг повернул голову, встретился взглядом с Ниной, после чего та упала в обморок.

Никто не смог получить от Ниночки детальное описание преступника, она лишь твердила:

— Пьяный дядька раскачивался из стороны в сторону, еле стоял. Лицо? Ну... как у всех. Цвет глаз? Не знаю. Форма носа? Не знаю. Волосы? Темные, нет, не знаю, фонари светили ярко, но я цвет не разглядела. Одежда? Брюки и футболка. Ой, нет, рубашка. Или куртка. Рост? Не знаю.

Фоторобота не получилось. С машиной дело обстояло еще хуже.

— У нее были колеса, — произнесла Нина, — круглые, с блестящей серединой.

И это была вся информация, ни марку, ни цвет авто девочка не назвала.

Мозг человека обладает уникальной способностью защищаться от сильного стресса. Психологи знают об избирательной амнезии, а опытные следователи и оперативники не удивляются тому, что жертва насилия или грабежа не способна дать толковое описание преступника. Можно сколько угодно сердиться и говорить потерпевшей: «Послушай, ну невозможно не запомнить лицо того, кто смотрел тебе прямо в глаза! Соберись и попытайся сосредоточиться».

Да только ничего не получится, негативная информация надежно заблокирована, извлечь ее трудно. Иногда с такой ситуацией может справиться хороший психотерапевт, порой память возвращается сама.

Мой бывший начальник Чеслав рассказывал о женщине, которой фатально не повезло. Несчастную изнасиловали в парке, и она, как и Нина, не могла ничего сказать о преступнике. Но через полгода на бедняжку напал грабитель. Очутившись в больнице, жертва не вспомнила никаких деталей ограбления, но зато во всех подробностях описала насильника.

— Борис мерзавец! — гневно произнесла я. — Зря говорят, что снаряд в одну воронку дважды не попадает. Сначала он сбил беременную и подставил Зину. А потом лишил жизни Кирпичникову и удрал. Странно, что в первый раз он не уехал с места наезда мгновенно.

— Наверное, очень растерялся, — предположил Димон, — или побоялся, что его найдут, Зина начнет болтать, вот он и решил: подставит ее, а сам избежит наказания.

В случае с беременной Борис был не один, а во второй раз сидел за рулем без свидетелей, поэтому и решил скрыться.

— Ветошь был не пьян, — не утихала я, — он ел

таблетки, запивал их энергетиком, его шатало от лекарств. Пока ГАИ искало машину со следами наезда на человека, наш пострадавший отлеживался в клинике Егорова, автомобиль прятал в гараже лечебницы. Интересно, скольким пациентам Афанасий Николаевич помог избежать встречи с законом? После второго преступления Борис перестал употреблять пилюли, Зоя Владимировна ничего о прошлом пристрастии мужа не узнала. Да и мы бы не выяснили, но бог шельму метит. Одна из бывших медсестер Егорова оказалась домработницей Козихина. Галя очень любит хозяина, оберегает его от стрессов, поэтому пообещала рассказать мне кое-что интересное про Бориса Олеговича, если я не стану приставать с расспросами к Степану. Ветошь умер, значит, понятие врачебной тайны на него больше не распространяется. И Галина сообщила об адвокате правду. Слушай, почему Борис Олегович не узнал Галю? Он же ее бывший пациент!

У Коробкова на все найдется ответ.

— Ничего удивительного, прошел не один год, после того как Ветошь лечился у Егорова. Думаю, Галина пополнела, изменила прическу. Не забудь, Борис очень редко заглядывал к Козихину домой, в основном Степан Сергеевич прибегал к нему. И кто станет разглядывать прислугу? Будь Галя молодой красивой женщиной, она еще могла бы удостоиться взгляда приятелей босса, но баба за сорок? В больнице она носила халат, у Козихина она одета иначе.

Мне пришлось признать правоту Димона, а он неожиданно сказал:

— Открой почту, я послал тебе фото Нины, ее матери и братьев.

— Зачем? — не поняла я.

— А ты погляди, — загадочно произнес хакер, — лучше сидя. Когда файл откроешь, можешь от изумления на пол грохнуться, покупай потом новый паркет, чини соседям снизу потолок.

Меня охватило любопытство, я поспешила в кабинет Димона, говоря по дороге:

— Думала, ты заботишься о моих руках, ногах, голове. А оказывается, ты думаешь о предстоящих тратах на ремонт!

— Учитывая кое-какие неприятности, случившиеся с моим банковским счетом, ремонт я потяну не раньше чем через пару лет, — со смешком произнес Димон. — Я Буратино, которого ловко обдурил кот Базилио.

— Мои ощущения еще хуже, — честно призналась я, — чувствую себя просто дурой. Я у ноутбука.

— Открывай, — велел Димон.

Экран пару раз мигнул, я уставилась на картинку.

— Не молчи, — приказал Коробок.

— Ух ты, — только и сумела сказать я, — у них у всех на пальцах одинаковые перстни. Наверное, это знак принадлежности к семье. Ну почему мы ни разу не подумали о...

— А почему нам ни разу не пришло в голову проверить слова Каро Финогеновича? — перебил меня Димон. — Порыться в его биографии?

Я замолчала.

— Собирайтесь, — раздался из трубки голос Федора, — встречаемся у дома Кирпичниковой.

...Нина открыла дверь сразу, Приходько с укоризной посмотрел на нее и не удержался от критики.

— Не в деревне, не в глухой тайге живете. Надо хоть спросить, кто к вам в вечерний час явился. Вдруг грабитель?

— У нас красть нечего, — весело ответила хозяйка.

Я вмешалась в разговор:

— Встреча с насильником тоже не лучший опыт.

Кирпичникова скорчила гримасу.

— Со мной трудно справиться, я с виду хрупкая, а на самом деле очень жилистая. В цирке слабых нет, ни физически, ни морально! Немощным на арене делать нечего. Что вы хотите? Только не говорите, что пришли от фонда, где учат женщин правильно открывать дверь.

— Вы Нина Кирпичникова, акробатка, которая работает под псевдонимом Аврора? — осведомился Федор.

— И что? — насторожилась девушка.

— Одно время у вас был роман со Степаном Козихиным? — поинтересовалась я.

Нина скользнула по мне взглядом.

— Он не женат, я не замужем. В чем проблема?

— У нас появилась новая информация о смерти вашей матери, — ответил Димон, — разрешите войти?

Нина, посторонившись, подняла руку. На указательном пальце сверкнул перстень с печаткой. Девушка откинула назад волосы и спросила:

— Вы ведь не из милиции?

— Частное детективное агентство, — представилась я.

— Вау! Круто, — попятилась девушка, — но мы вас не нанимали.

— Давайте сядем, — предложил Федор, — в ногах правды нет.

— Ну ладно, — без особой охоты согласилась Нина, — ступайте в гостиную.

Большая комната оказалась проходной, в стене между книжными шкафами имелась плотно прикрытая дверь, очевидно, она вела в спальню.

— Я к вам не обращалась, — повторила Нина, — и у меня нет денег платить сыщикам.

— Слышали когда-нибудь о сопутствующем раскрытии? — вежливо спросил Димон. — Порой случается, что, занимаясь одним делом, мы случайно узнаем крайне важную информацию по другому, нераскрытому, преступлению.

— Мама умерла, — быстро сказала Нина, — ее сбила машина, преступника не нашли.

— Ау, Нина, ты дома? — закричал из прихожей знакомый голос. — У нас гости? Чьи куртки на вешалке?

Мы повернулись и уставились на дверь. В проеме появился высокий стройный парень, он замер, потом ойкнул.

— Входи, — пригласила я, — чувствуй себя, как дома. Хотя, извини, ты и правда дома. Здравствуй,

Кирпичников Илюша! Ты ведь родной брат Нины и сын трагически погибшей Валерии?

— Что вы тут делаете? — испуганно спросил чистильщик бассейнов.

— Ты их знаешь? — занервничала акробатка.

Илья ткнул в меня пальцем.

— Ее да, остальных нет.

— У них есть информация о смерти мамы, — прошептала Нина.

Илья прошел в комнату и сел на диван возле сестры.

— Какая?

— Мы можем назвать человека, который совершил наезд на нее, — строго произнес Федор, — прямых улик нет, но мы уверены, что это был Борис Олегович Ветошь.

Нина схватила брата за руку.

— Вы же актриса, — вздохнула я, — могли бы хоть изобразить изумление.

— Нина, когда вы узнали Бориса? — в лоб спросил Димон.

Акробатка выпрямилась.

— Не понимаю, о чем речь, я ничего не слышала о нем, среди моих знакомых его нет.

— Ей-богу смешно, — не выдержала я. — Вас часто видела Галина, горничная Степана Сергеевича, да и Козихину нет нужды скрывать факт вашего с ним романа. Зоя Владимировна вспомнит девушку-каучук. И много других людей подтвердят: банкир жил с акробаткой, хвастался своей гуттаперчивой девочкой. Думаю, дело было так. Степан Сергеевич, очарованный вами, завел роман, а вы...

— Нет, — решительно остановил меня Илья, — это я.

— Илюша, не надо, — тихо попросила Нина.

Брат махнул рукой.

— Я убил, мне и отвечать.

— Не надо, — повторила Нина.

— Все равно они не отстанут, — отчеканил Илья, — бегут по следу, как собаки. Лучше бы вы так активно искали маминого убийцу. А то дело в архив сплавили и руки умыли, мы правды не добились.

— Кому циркачи нужны? — звонко спросила Нина. — У нас нет ни денег, ни связей.

— Мама умерла, когда мы еще подростками были, — перебил сестру брат, — кто-нибудь пришел, денег нам принес? Нет! Живите, как хотите. У Нинки хоть профессия была. А я для арены непригодный!

Нина обняла брата.

— Вы не поймете. Цирковые дети с трех лет уже на сцене. В одном номере с родителями выступают, никто скидок на юный возраст не делает. В десять ты уже взрослый артист, и спрос с тебя соответствующий. Главное — представление, остальное побоку. Заболел? Неинтересно, шагай на арену. Настроение плохое? Цирковой народ таких слов не знает! Депрессия, усталость — это все не про нас. И мы всегда второй сорт.

— Балаган не искусство, — вздохнул Илья. — Фокусники, жонглеры, акробаты, по мнению журналистов, тупые уроды. Чего только про цирк не говорят! Будто идиоты там все, и бьют друг друга, и читать не умеют.

— Насчет образования, может, и справедливо, — кивнула Нина, — откуда ему взяться, если из города в город переезжаешь? Я порой по пятнадцать школ за год меняла. Но ведь балетные тоже не в ладах ни с русским языком, ни с математикой, но их считают великими артистами, а мы так, дерьмо! Только когда «Дю Солей» в Россию наезжать стал, нас зауважали. Знаете, что там много россиян? Мама очень любила Илюшу, он у нас самый младший, она хотела, чтобы сын получил образование и не оказался на обочине жизни после сорока лет. Вы никогда не задумывались, куда деваются цирковые артисты после того, как начинают стареть? А?

— Не знаю, — честно ответила я, — наверное, можно из девочки-каучук трансформироваться в дрессировщицу.

Нина и Илья дружно засмеялись.

— Думаете, для работы с животными учиться не нужно? — спросила девушка.

— И где денег взять? — подхватил Илья. — Задаром даже курицу не получишь. Нет, после того как свой номер работать не сможешь, путь тебе в униформу, ковер расстилать на арене. Но, знаете, униформистам тоже физическая сила необходима, если кого страховать надо, да и ковер тяжелый. Получается, когда мышцы ослабеют, ты умрешь. Хорошо, если семья большая, тогда будешь своим полезен, а если ты один?

Нина погладила брата по плечу.

— Илья высокий, в акробаты не годится, он рано вымахал. Мамина гордость. Нас она тоже любила, но я девочка, а Илья мальчик, высокий. Поэтому он в цирк ни ногой, учился в школе тут неподалеку. Должен был в институт поступить, ученым стать. Потом маму машина сбила, Илюша заболел, целый год по больницам скитался.

Юноша кивнул.

— Нашли у меня какой-то синдром, судороги начинаются, если свет мигает или я понервничал. Голова сильно болит, учиться никак не вышло.

— Эписиндром? — спросил Федор.

— Может, и так, — вяло сказал парень, — выписали мне лекарства, пока я их пью — не болею. Работы много всякой перепробовал, потом научился чистить бани, бассейны. Это я Нинку со Степаном Сергеевичем познакомил. Козихин хотел чего-то интересного на свой день рождения, и я ему сказал:

— Могу вас свести с ребятами, фокусы, акробатика, жонглирование. Берут недорого, работают от души, на часы не смотрят. Кстати, о балетных! Видел я в одном доме, как одна пара плясала, десять минут отработали и «пока, до новых встреч». А цирковые пашут сколько могут.

— Козихин устроил цирковое представление и завел роман с Ниной, — бесцеремонно перебил Илью Федор, — думаю, вы не сказали банкиру, что девушка-каучук ваша сестра.

— Нет, а зачем? — буркнул Илья. — Меня их личные отношения не касались. Нина давно взрослая.

— Все было хорошо до той минуты, пока Степан не повел Нину в гости к Ветошь и она узнала Бориса, — сказала я. — Ведь так?

Глава 32

Нина вскочила с дивана.

— Вам этого не понять! Наш папа умер за год до мамы! Мы жили большой дружной семьей, родители очень любили нас, гордились нами, а мы ими. И вот сначала уходит папа, очень глупо. Он упал с лестницы, ударился головой о ступеньку. Тысячу раз отец крутил сальто, и ничего, а в тот день просто споткнулся и сломал шею. Мама не сдалась, сказала, что ради памяти отца нам нужно хорошо работать, а Илье отлично учиться. А потом... эта машина!

Нина села на диван и запрокинула голову.

— Я! Я виновата. Раскапризничалась, вот мамочка и понеслась в магазин. Я теперь ненавижу ананасы. Проклятые фрукты! Если б я в тот день не топала ногами, не ныла, мама бы осталась дома. Я во всем виновата. У Ильи началась от стресса эпилепсия, а я, я, я! Дура! Видела преступника и не смогла его запомнить.

Нина повернулась в сторону Федора.

— Прямо колдовство какое-то! Начинала рассказывать, как преступник вышел, приблизился к маме, остановился, повернул голову, глянул мне в глаза и... все. Чернота. И так, и эдак старалась вспомнить, но всегда одинаково заканчивалось. Он поворачивается, переводит взгляд... Темно! Ночь.

Нина втянула ноги на диван, обхватила их руками и заговорила. Девушку не один год мучило чувство вины, оно не становилось меньше. И, главное, каждый вечер, ложась в кровать, Нина изо всех сил пыталась мысленно увидеть того водителя, но черный туман всегда опускался в одном и том же месте.

Козихин привел ее в дом Ветошь спонтанно, он не предупредил о своем визите хозяев, нагрянул внезапно. В дом их впустила горничная, Степан потащил любовницу в гостиную. Нина вошла следом за ним, увидела женщину в кресле у телевизора и мужчину, который стоял возле камина с поленом в руках.

— Боря, Зоя, смотрите, кого я привел! — зашумел банкир.

Хозяйка навесила на лицо любезную улыбку, а хозяин повернул голову, посмотрел прямо в глаза Нине, и она его узнала.

— Словно щелкнуло что-то, — объясняла она сейчас, — будто по затылку меня стукнули. Опа! Есть картинка! Он тогда так же стоял у тела мамы, как теперь у камина, в той же позе. Как я удержалась и не бросилась на него!

Илья оперся локтем о ручку дивана.

— Нина приехала домой, и мы стали думать, как поступить. В милицию идти пустое дело, сами решили разобраться. Знайте, Нина ни при чем. Все придумал я. Постоянно бывал в особняках Ветошь и Козихина, знал, что Борис принимает дормизол. Хозяева забывают, что у прислуги и глаза, и уши есть. Слышал я, как снотворное на адвоката влияет. Видел его листочки с ролью, они повсюду висели, даже в бане, один я в качестве предсмертной записки использовал. Правильно вы говорили, Татьяна, подпись у Бориса простая, ребенок подделает. Сигнализацию у Степана сломать элементарно, и то, что ее на третий день отключают, я знал. Поменять одного арлекина на другого ерунда, никто не заметит, пауки одинаковые.

— Вот тут ты ошибся, — вздохнула я. — И про вензель внутри колпака не знал. В остальном все получилось. Смерть Бориса сочли самоубийством.

Зоя Владимировна уверяла нас, что плохой следователь Дзаев не прислушался к ее словам, дескать, она сразу говорила о невозможности суицида. Но Эльдар Магометович хотел побыстрее закрыть дело и не внес в протокол слова вдовы. Да только я думаю, что мадам Агишева, как всегда, врала. Дзаев, к сожалению, скончался, опровергнуть вранье Зои Владимировны некому. Но что-то мне подсказывает, что она была очень рада смерти мужа. У Зои роман с Козихиным, она задумала пересесть на переправе с одного коня на другого, но не понимала, как лучше провернуть обмен, и вдруг!.. О радость! Проблема решилась сама собой!

Дзаева Зоя не беспокоила, сидела тихо до той поры, пока Маргарита не передала ей пакет документов из кабинета Бориса. Пять миллионов евро — солидный куш, и Зоечка бросилась к нам.

— Илья, вы убили Бориса Олеговича? — спросил Коробков.

— Да! — храбро ответил парень.

— Как же вам удалось войти в дом? — фальшиво удивился Федор.

— Я спрятался, — признался Илья, — сделал вид, что ухожу, тайком вернулся, ночью вылез из укрытия и все устроил.

— Отлично, — кивнул Димон, — где же вы сидели? С вашим ростом нелегко находиться в шкафу.

— Под диван залез, в гостиной, — не моргнув глазом заявил юноша.

Федор погрозил ему пальцем.

— Илюша, на следственном эксперименте тебе придется повторить этот трюк, я видел фото, мебель у Ветошь низкая, под нее и лист бумаги не просунуть.

— Сел за спинку, вы не поняли, — опять соврал Илья.

— Ну хватит! — пресекла я поток вранья. — Ты улетел в Питер, есть билеты, счет из гостиницы. Настоящий убийца велел тебе убираться из Москвы, чтобы иметь твердое алиби, он понимал, что чистильщик бассейна попадет под подозрение, но оно быстро рассеется, когда тот предъявит проездные и прочие документы. Киллер и помыслить не мог, что мы свяжем смерть Бориса с наездом на Валерию Кирпичникову. Прекращай лгать, Илья.

— Это я убила! — заявила Нина.

— Отлично, новый кандидат, — потер руки Димон. — Ну и как вы, мадемуазель, попали в дом?

— В сумке, — не моргнув глазом призналась Нина, — Илья в ней всякие тряпки вносит, хозяева не проверяют. Я каучук, легко складываюсь. Глядите!

Нина соскользнула на пол, легла на бок, прижала голову к животу, ноги забросила за плечи, обхватила себя руками и стала размером со скрученную подушку.

— Браво! — захлопал Димон. — Попали незаметно в дом, а дальше?..

Девушка приняла нормальную позу.

— Илья отвлек горничную, я юркнула в карету,

она у них в гостиной стоит, и просидела до нужного часа. Илюша все подготовил, сигнализацию у Козихина испортил, паука запасного принес.

— Ой, ой, это неправда! — воскликнула я. — Павлика посадили на место Эдди ночью. Илья уже был в Питере. Теперь послушайте меня. Степан Сергеевич посоветовал Борису устроить дома цирковое представление. Не его это была идея, а ваша, Нина. Дело в том, что вы все участвовали в убийстве. Илья делал одно, сестра другое, но был и третий человек. Ребята, вы не подходите на роль убийцы. Илья слишком мягкий, Нина, думаю, боится пауков. Для чего понадобилось представление в доме Ветошь? В труппе был убийца, он изучал обстановку, в которой ему предстояло действовать. Понимаете, иногда человек бросит незначительную фразу, а ты понимаешь, как было дело

Когда я первый раз пришла к Зое Владимировне, то искренне восхитилась каретой, заглянула внутрь, хотела пощупать меховой плед, который лежал на скамеечке, а Илья воскликнул:

— Осторожно, там штырь из сиденья торчит, так незаметно, но если сесть, больно царапает.

У меня возник вопрос: откуда парень знает про гвоздь, если он царапает, лишь когда садишься на скамейку? Илья с его ростом никак не мог влезть в карету. Но я не стала акцентировать на этом внимание. На столике около аквариума Эдди нашли смазанный отпечаток детской ладошки. Резиновые перчатки, которые нужно надеть, чтобы поменять пауков, последним натягивал ребенок лет семи-восьми, эксперт нашла его отпечатки. А теперь еще один вроде не имеющий отношения к нашему делу факт. В ночь, когда убили Бориса, охранники поселка видели мальчика, который рулил на велосипеде к калитке, ведущей в лес. Секьюрити ошибочно посчитали его сыном одного из жителей поселка, позвонили родителям. Я стала свидетелем скандала, который мать Данилы закатила коменданту. Она не сомневалась, что ее сыночек мирно спал в кровати. А начальник местной администрации стоял на своем, твердил, что других мальчиков семилеток в поселке нет. А еще Виктор Львович утверждал, что мальчишка поднял чугунную крышку люка и сбросил туда велосипед. Его предположение безумно разозлило даму, она заорала:

— Ну какой ребенок справится с невероятной тяжестью?

И действительно, разве первоклассник сдвинет кусок чугуна, это под силу не каждому взрослому мужчине. Суммируем вышеперечисленное и получаем картину.

Да, Илья пронес в сумке в дом Ветошь человека. Да, чистильщик бассейна отвлек прислугу, и незваный гость пролез в карету. Думаю, сев на скамейку, он поранился, о чем потом и сообщил Илье. Да, Илюша испортил сигнализацию, он научил убийцу, как обращаться с пауком, и рассказал, где именно взять велик — у гастарбайтеров, которые ремонтировали соседний дом. Илья выполнил всю подготовительную работу и улетел в Питер, на момент смерти Бориса у него твердое, нерушимое алиби. Думаю, если мы проверим, чем занималась в ночь на первое мая Нина, то узнаем про поход в клуб или какое-нибудь представление в частном доме, выступление на вечеринке. Я не верю, что Алексей не организовал любимой сестричке алиби.

Глаза Нины забегали, и она стала похожа на испуганного зайца.

— Алексей?

— Это кто такой? — слишком громко произнес Илья.

Федор поморщился.

— Ребята, я отлично понимаю, что в силу возраста вы считаете всех людей старше тридцати тупоголовыми идиотами, которые выжили из ума и ничего не понимают в современной действительности. Но включите мозги. Неужели вы думаете, что нам было сложно узнать правду о вашей семье? Давайте расскажем, какие у вас родители.

Димон кивнул.

— Нет проблем, отец, Геннадий Кирпичников, был лилипутом.

Илья поднял руку.

— Пожалуйста, не надо путать. У отца никогда не было гипофизарного нанизма. Он был, как принято говорить у обывателей, карлик. Хотя лучше произносить «маленький человек».

Нина обняла брата.

— Лилипуты похожи на детей, а карлики немного диспропорциональны, у них, как правило, крупная голова и большие руки-ноги. И, самое важное, лилипуты не могут иметь детей, а у карликов они рождаются, мы тому яркий пример.

Илья посмотрел на Димона.

— Вы правы, наши бабушки, дедушки и прочие родственники выступали в балаганах. Папа говорил, что один из его предков развлекал царя Петра Первого.

— И книга Лажечникова «Ледяной дом» написана о наших предках, — перебила Илью сестра, — вы читали этот роман?

— Нет, — призналась я.

Илья сказал:

— Сейчас многие хорошие книги забыты. Царь велел построить дворец изо льда и устроил в нем свадьбу маленьких людей. Полистайте, очень интересно.

— Высокие люди почему-то считают маленьких уродами, — горько сказала Нина, — но и карлики, и лилипуты, как правило, очень умные. Все дело в гормоне роста, которого им не досталось.

— Если ты не такой, как все, жить трудно. Ну, допустим, гепатит не видно, пальцем в человека с пораженной печенью никто не ткнет. А над карликом смеются. Хотя гепатитом легко заразиться и заболеть, а вот если поздороваться с лилипутом, сам в росте не уменьшишься. Но народ тупой. И уж совсем никто не понимает, как трудно маленькому человеку в быту, все же рассчитано на высоких, — печально произнес Илюша.

Нина вскочила.

— Залезть в автобус, взять в магазине с полок продукты, книги, посмотреть кино в зале, спектакль в театре — все проблема. А какие врачи идиоты! У отца один раз давление подскочило, вызвали «Скорую», приехали две бабы и замерли, стоят, глазами хлопают, не понимают, какое количество лекарства папе колоть. Всё, ну абсолютно любая бытовая ситуация — проблема. Папа вещи в детских магазинах покупал.

— Карлики с лилипутами часто работают в цирках, — перебил Нину Илья, — их очень фокусники любят, берут в помощники. Зрителям маленькие люди все кажутся на одно лицо, если их одинаково одеть, легко зал дурить. Ну и всякие там трюки на велосипедах, акробатика.

Я выпрямила затекшую спину. Мне следовало быть более внимательной к словам Зои Владимировны, которая, рассказывая о цирковом представлении, устроенном дома Борисом Олеговичем, бросила фразу про участие в шоу карликов на велосипедах. Окажись я более сообразительной, мы бы скорей раскрыли дело.

— У карликов иногда рождаются нормальные дети, — грустно сказал Илья.

— Ваша мама тоже страдала гипофизарным нанизмом, — подчеркнул Федор.

— Да, — подтвердила Нина, — и Геннадий, и Валерия оба из цирковых династий. Рост мамочки был метр тридцать, отец на сантиметр выше.

Я тяжело вздохнула. Одурманенный лекарствами Ветошь сбил Леру, потом остановился и пошел посмотреть на жертву. Почему он так поступил? Может, у мерзавца проснулась совесть? Борис подумал, что наехал на ребенка, и кинулся ему помочь? Хочется думать о такой мотивации поступка адвоката-самозванца. Но, подойдя к жертве, Борис Олегович понял, что сбил взрослую женщину. Он полетел в клинику к Егорову, хорошо зная, что Афанасий Николаевич ради пациента готов на все, и не ошибся. Неужели доктор поверил в версию о сбитой собаке? Или он, глядя на вмятины, сообразил, что на дороге погиб ребенок, но тем не менее помог Борису? Есть вопросы, на которые я никогда не получу ответа.

— Первым у родителей появился Алеша, — продолжал Илья, — брат получился меньше родителей. Второй родилась Нина, у нее рост метр пятьдесят два, конечно, это мало, но для женщины не катастрофа. Будь Нинка мужчиной, тогда, конечно, не ахти, но девушка, так сказать, карманного формата не вызывает изумления. Родители очень гордились дочерью, мама говорила, что Нина выйдет замуж за высокого и у них появятся нормальные дети.

Димон крякнул, а я опустила глаза. Гипофизарный нанизм может проявиться через несколько поколений. У Нины могут появиться внуки с дефицитом роста.

— А последний я, — договорил Илья.

Нина повернулась к Приходько.

— Уж как мамочка Илюшей гордилась! Мы с Алешей работали на арене, а Илюхе запретили даже приближаться к ней. И мама, и папа в один голос твердили: «Учись, сынок, получишь высшее образование!» Я каждый день себя проклинаю за те ананасы. Алешка полгода заикался. Он домой приехал в тот момент, когда милиция по вызову примчалась. Увидел мамино тело на дороге и речь потерял, гласные тянул, а согласные произнести не мог.

— Хорошо, что он силовой акробат, — грустно сказал Илья, — гирями жонглирует, шарами, разговаривать ему не надо.

Нина улыбнулась.

— Алешка карлик, но походит на лилипута, складный такой. Голова пропорциональна телу, руки-ноги маленькие. Выходит на арену одетый, как семилетка, издали здорово на ребенка похож и... пудовые гири кидает. Народ ахает!

Димон бросил на меня быстрый взгляд. Я поняла, о чем подумал Коробок. Отпечаток детской ладошки на столике около аквариума Эдди, следы маленьких пальцев внутри перчаток и две пуговицы с толстыми краями. Похоже, одну Алексей потерял, когда вытаскивал Павлика, вторая оторвалась у входной двери Козихина. Наверное, парень недавно приобрел сорочку, с новой одеждой часто бывают казусы. Я всегда перешиваю пуговички у купленных блузок.

Все сходится. Илья принес Алексея в сумке в дом Ветошь, старший брат спрятался в карете, убил Бориса и ушел. Если особняк отпирается изнутри, сигнализация не срабатывает. Как Алексей попал назад в дом Степана? Парень ведь принес Павлика вместо Эдди. Ходил туда-сюда? Да очень просто. Он взял карточку-ключ, который у Ветошь висит в шкафчике, ничего хитрого. Илья был своим в доме, он знал заведенные порядки. Убив адвоката, Алексей натянул ему на лицо одеяло — машинальный жест непрофессионального убийцы. Очень многие преступники, при допросах которых я присутствовала, говорили:

— Закрыл трупу голову, не хотел, чтобы он на меня глядел.

Обычный человек, убив даже своего лютого врага, испытывает беспокойство, подчас его охватывает страх. Вот профи не разволнуется, уйдет спокойно. Но Алексей-то не наемный киллер. Убедившись в смерти Бориса, Леша вышел на улицу. Он не собирался идти пешком до калитки, ведущей в лес, Илья рассказал брату про велик «Анютка», который оставляют на улице на ночь гастайбартеры из соседнего дома. Дальнейшее нам известно. Сдвинуть чугунную крышку люка, чтобы сбросить туда велосипед, ему не составило труда. Издали Алеша выглядит мальчиком. Илья не знал, что администрация поселка установила у выхода в лес камеру. Помнится, в разговоре с матерью Данилы комендант воскликнул:

— Видеоаппаратуру повесили двадцать девятого апреля.

Но Алексей в бейсболке, козырек прячет его лицо. Охране и в голову не могло прийти, что в лес спешит не ребенок, а карлик. Дети Кирпичникова очень хотели отомстить за смерть матери, они старательно спланировали преступление, но всегда бывают мелкие детали, не учтенные при разработке плана.

Я встала и подошла к Илье.

— Вы ненавидели Бориса Олеговича?

— А вы бы любили человека, который убил вашу мать? — крикнула Нина.

— Конечно, нет, — ответила я. — Другой вопрос, стала бы я лишать его жизни? Насилие порождает насилие.

Нина топнула ногой.

— Лучше вам заткнуться! Мамина смерть никого не волновала, словно кошку задавили. Что бы вы делали на нашем месте? Пошли в милицию?

Ветошь нанял бы лучших адвокатов и посмеялся над нами.

— У вас с братом одинаковые кольца, — перевела я беседу на другую тему, — золотые перстни с гербом. Илья в свое время сказал, что украшение ему подарила мама. Вам тоже?

— Да, — кивнула Нина, — это герб нашего древнего рода. Кольца были и у папы, и у мамы, детям они их вручали на четырнадцатилетие.

— И у Алексея, конечно, был подобный, — протянула я. — Знаете, я все никак не могла понять, ну почему Илья вызвался помогать Зое Владимировне собирать вещи? Избалованная вдова наняла профессиональных перевозчиков, которых оплатил Козихин, но Илья, по словам дамы, так хотел ей помочь, что приехал, кинулся складывать вещи. Странно! Понимаю, почему чистильщик бассейнов, узнав, кто сбил Валерию на перекрестке, продолжал ездить в дом Ветошь и улыбаться хозяевам. Он готовил убийство Бориса Олеговича. Но после его смерти? Право, это удивительно. Но сейчас, увидев руку Нины, я все поняла. На что угодно готова спорить — Алексей потерял в доме Ветошь свое кольцо, и Илья пытался его найти, так? Перстень — это память о родственниках, очень ценная для вас вещь.

Илья поджал губы.

— Мы больше ничего не скажем, — опомнилась Нина.

— Если мы обнаружим в особняке перстень, то сумеем доказать, что Алексей находился в доме, — сказал Димон, — на любом украшении сохраняются эпителиальные клетки владельца, они там могут находиться десятки лет. Эксперт легко докажет, что кольцо носил Леша.

Илья заморгал, а Нина ответила:

— Пускай! Мы выступали в особняке, Леха тогда и потерял перстень.

— Думаю, нам надо поговорить с Алексеем, — вполне мирно предложил Федор, — где он?

— На гастролях, — радостно сообщил Илья, — укатил с труппой, где-то по Сибири сейчас мотается.

— Или на Дальнем Востоке, — протянула Нина. — Коллектив не постоянный. Может, Лешка уже в другую труппу перешел, циркачи, как цыгане. То здесь, то там.

По лицу Ильи разлилась широкая улыбка, а я разозлилась:

— Считаешь себя очень умным? Тогда не следовало столь упорно наводить меня на мысль о том, что Бориса убила Зоя Владимировна. Уж очень ты старался. Сначала притащил рукопись пьесы, буквально сунул ее мне под нос, показал записки с фрагментами роли, обратил внимание на то, что один листочек отсутствует. А когда я не насторожилась, пошел ва-банк, позвал меня в кафе, рассказал, как Агишева пыталась подцепить паука, не забыл упомянуть про отлитые из бутылок реактивы. Знаешь, когда человек так старается, он добивается противоположного эффекта: начинают подозревать не того, на кого он указывает, а его самого.

Димон тихо кашлянул, словно хотел напомнить мне, что вначале план Ильи удался и мы кинулись обвинять в убийстве Зою.

— Почему паук? — вдруг спросил Федор. — Существует много способов убить человека. К чему брать смертельно опасное насекомое, которое легко может укусить убийцу?

Илья покраснел.

— Он отнял у нас маму, самого родного, дорогого человека. Мы отомстили Борису с помощью того, кого он действительно любил. Я разобрался в характере адвоката, он умел прикидываться, а в реальности обожал только Павлика, тот ему за сына был.

— Люди и насекомыми брезгуют, и карликов сторонятся! — воскликнула Нина. — Борис любил Павлика, мы любили маму. Ветошь задавил ее своей машиной, а мы уничтожили его. Все справедливо. Орудием мести должен был служить Павлик, иначе никак.

— Но вы поменяли его на Эдди, — напомнила я.

— Ну и что? — топнула ногой Нина. — Главное — укус паука! Павлик, Эдди, нам наплевать, они все одинаковые, отвратительные многоножки. Ну неужели не понятно? Ветошь должен был умереть от яда паука!

— Однако ваш Алексей отчаянный парень, — покачал головой Димон. — Взял опасного паука, перенес его в чужой дом, поменял на другого.

— Подумаешь, — фыркнул Илья, — дело нехитрое, накрыл колпаком, и насекомое безвредно.

— Все равно страшно, я бы испугался, — неожиданно признался Федор.

Нина уперла руки в бока.

— Да, вы бы струсили, а Леша нет, цирковые

бесстрашные, если бояться будешь, уходи с арены. Мы отважные, несгибаемые, сила воли циркового артиста измеряется в тоннах, нас с пеленок приучают терпеть боль. Папа всегда говорил: «Что надо делать, если упал с трапеции и выбил все зубы? Встать и немедленно повторить трюк». Лешка очень любил маму, он бы паука во рту понес, чтобы только Ветошь наказать. Можете нас арестовать, очень даже хорошо получится.

— Почему? — поразился Димон.

Нина рассмеялась.

— Вы нас сейчас не уведете, частные сыщики не имеют права людей сажать. Мы дадим интервью прессе, все-все расскажем про Бориса, пусть люди знают, какая он сволочь. Планов поднимать шум у нас не было, мы надеялись, что смерть адвоката посчитают самоубийством, но раз не удалось, то взорвем гранату.

— Уж постараемся! — тихо сказал Илья. — Здорово пульнет. А сейчас уходите.

— Можете не искать Алешу, — заявила Нина, — вам его никогда не найти. Хотите нас в милицию сдать? А пожалуйста! Но там долго раскачиваются, наутро завтра к нам не явятся, мы же в девять часов в «Желтуху» позвоним.

Эпилог

Утром, выйдя на кухню, я увидела Димона с чайником и тут же спросила:

— Как ты думаешь, что будет с детьми Кирпичниковой?

— Понятия не имею, — буркнул Коробок, — может, они уже удрали из Москвы к Алексею. Или на самом деле решили поднять шум в прессе, даже готовы отсидеть срок, чтобы растоптать Ветошь после смерти.

— Тебе их не жаль? — вздохнула я.

Димон предпочел не заметить мой вопрос.

— Зоя Владимировна получит страховку, — сказал он.

Я покачала головой.

— Нищая вдова наконец-то захапает «копеечку». Думаю, страховая компания не станет спешить с выплатой, пять миллионов евро огромная сумма, Агишева мечтает ее заполучить, а «Метра» не захочет отдавать. Это будет битва титанов. Надеюсь, борьба растянется на годы!

Нашу беседу прервал звонок в дверь.

— Рановато для гостей, — удивился Димон.

— Входи, кисонька, — защебетал из коридора голос Лапы.

— Вы женитесь? — тихо спросила я. — Каковы ваши планы? Что со свадьбой?

Коробок смутился.

— Ну, просто сходим в загс на днях, распишемся по-тихому.

Я вспомнила свой краткий опыт работы в госучреждении.

— Заявление подают за несколько месяцев до свадьбы.

— Лапа в интересном положении, — вздохнул Димон, — я попросил Федора, он поболтал с какой-то Анной Ивановной, заведующей загсом, и она помогла!

Я затаила дыхание, но потом перевела дух: Анна Ивановна — распространенное сочетание.

— Короче, учитывая беременность невесты, мы пойдем без очереди, — сказал Коробок, — потом в узкой компании посидим в кафе. Ты подружка невесты. Согласна?

Я кивнула.

— Со свадьбой ясно. В деле Ветошь остался один вопрос. Кто звонил Зое с рассказом о том, что Борис врун? Кто хотел навредить лжеадвокату?

— Нет ответа, — вздохнул Димон, — и мы его не узнаем. Да и не надо. Все и так понятно.

В кармане моего платья затрясся мобильный, я взглянула на экран и быстро ответила:

— Да, босс.

— Приезжай в офис, — велел Приходько, — немедленно.

— Йес, — бойко отрапортовала я и выскочила в коридор в тот самый момент, когда Лапуля обнимала стройную блондинку, говоря ей:

— Счастливо, кисонька.

— Ты лучше всех! — пылко воскликнула та и ринулась на лестничную клетку.

Я не стала скрывать удивления:

— Твоя приятельница заглядывала всего на минутку.

Лапа приложила палец к губам:

— Тсс. Ей нужна была коробочка.

— Зачем сюда постоянно забегают твои подружки? — удивилась я.

Лапуля смутилась:

— Ну... такие... с дырочками... в них плюс-минус... или полосочки...

— Плюс-минус? — совсем растерялась я. — Полосочки...

Лапа поманила меня рукой.

— Пошли покажу, они в ванной под раковиной спрятаны.

Любопытство оказалось настолько сильным, что я, забыв о приказе Федора немедленно нестись на работу, поспешила за Лапулей. Она наклонилась, открыла шкафчик, взяла с полки небольшую картонную упаковку и подала мне.

— Тест на беременность, — прочитала я на крышке.

Лапа потупилась.

— Некоторые котики очень непонятливые. Они свою любимую никак в загс не отведут, а самой намекать стыдно. А вот если в ванной случайно коробку забыть и на ней плюсики-плюсики, то здорово получается. Или котик от тебя удерет, или сразу женится. Если убежит, то и фиг с ним, значит, он урод.

— Твои подружки небеременны, — осенило меня, — но им нужен положительный тест, чтобы простимулировать парня сыграть свадьбу. Вот только где взять нужный анализ? И здесь на помощь приходит Лапа, которая ждет малыша.

— Мне нетрудно, — защебетала она. — Надо помогать девочкам, пока могу.

— Предположим, девушка обманула парня, он с ней расписался, как говорится, по залету, но как объяснить потом мужу, почему не растет живот и в конечном итоге нет младенца? — спросила я.

— Ой, Танюсечка, — всплеснула руками Лапуля, — ты такая умная, предусмотрительная! Мы об этом не подумали! Ерунда. Главное, выйти замуж, а там и свой ребеночек получится. Ну, как-нибудь утрясется. Все улаживается, уладится и это.

Я пошла в прихожую. Лапуля — почти царь Соломон. Говорят, у того был перстень со словами: «Все проходит». Может, Лапа и неспособна порой ясно выражать свои мысли, зато помогает подругам.

Не успев войти в кабинет босса, я сразу сказала:

— Ты обещал мне отпуск!

Федор отреагировал странно.

— Тань, ты мне очень нравишься. Честное слово.

Я опустилась в кресло, Приходько начал суетливо перекладывать на столе бумажки.

— Знаешь, я всего лишь руководитель одной из бригад, подчиняюсь приказам сверху. Служить у нас трудно, но найти талантливую, умную сотрудницу во сто крат сложнее. Ты не знаешь, какое количество людей отсеивается на стадии испытательного срока, а ты превратилась в настоящего профи. Понимаешь, у каждого человека свой потенциал, Димон достиг потолка, да и я тоже, нам тут и оставаться. А тебе шагать дальше.

— Выражайся конкретнее, — потребовала я.

Федор выровнял папки на столешнице аккуратной стопкой.

— Ты переходишь в другую бригаду, она занимается анализом поведения преступников. Элитное подразделение, куда мечтают попасть все, но берут лишь лучших.

— Ничего не слышала о таком, — выпалила я.

Приходько отвернулся к окну.

— Завидую тебе, там занимаются самыми сложными делами. Руководит коллективом профессор, доктор наук, человек со странностями, но гений.

— Просто гений? — ухмыльнулась я.

Федор кивнул.

— Он берет только тех, кто ему нравится, и никакое начальство ему не указ, устраивает соискателям жесткий экзамен, из ста человек отсеивается девяносто девять.

— Что-то мне не очень радостно, — промямлила я.

— С тобой какая-то странность вышла, — вздохнул Приходько, — тебя уже оформили на должность, без собеседования.

— Почему? — поразилась я.

Шеф развел руками.

— Спроси чего-нибудь полегче. Да, вот ключи и бумажка с адресом. Там твоя новая квартира.

— Я уезжаю от Димона? — расстроилась я.

— Сейчас Коробков собирает твои вещи, их перевезут днем, вечером уже заночуешь по другому адресу, — приказал Федор.

— Но мне можно продолжать общаться с Коробком? — робко осведомилась я.

— Конечно, — улыбнулся босс, — а со мной ты решила распрощаться навсегда?

Мне стало неудобно.

— Прости, Федор. Это был мой следующий вопрос. Конечно, я хочу с тобой дружить.

Босс снова принялся ворошить бумаги.

— Можешь не оправдываться. Тань, ты красивая и умная, всегда помни об этом.

В дверь деликатно постучали.

— Это за тобой, — шепнул шеф, — профессор сам приехал.

Створка распахнулась.

Сегодня в Москве солнечный ясный день, но в кабинете Федора окно всегда закрыто шторами и горит всего лишь одна настольная лампа. Может, у шефа в роду были вампиры, поэтому он не любит свет?

В кабинете царил полумрак, а в коридоре ярко горела люстра. Свет бил в спину вошедшему, я не разглядела его лицо, зато увидела очертания фигуры: стройной, высокой, с широкими плечами и узкими бедрами. В воздухе неожиданно запахло знакомым одеколоном — слабый цитрусовый аромат.

— Здравствуйте, — сказал красиво окрашенный баритон.

Неведомая сила смела меня с кресла. Гри! Он вернулся, он заберет меня! Я протянула вперед руки, сделала шаг и прошептала:

— Это ты? Ты!

Приходько быстро встал и щелкнул выключателем. Вспыхнувший свет заставил меня на секунду зажмуриться, а когда я раскрыла глаза, то увидела энтомолога Антона Котова.

У меня вырвалось:

— Это ты?

— Я, — спокойно произнес Антон, — а кого ты ожидала увидеть?

— Вы знакомы? — засуетился Федор.

— Да, — улыбнулся Котов, — мы столкнулись случайно по одному делу. Татьяна при мне общалась по телефону со своим коллегой. Назвала его первый раз Коробок, а второй — Димон. Дмитрий Коробков — личность широко известная в узких кругах, вывод ясен. Ну а потом я увидел ее джип! У членов нашей бригады такие же машины. Стало понятно, где на самом деле служит Сергеева.

— Косяк, — сердито произнес Федор, — Татьяна, ты допустила небрежность, упомянув имя Димы.

Я ничего не ответила. Приходько теперь не мой босс, он потерял право делать мне замечания. И я не понимаю, как реагировать на происходящее. Таня, ты идиотка. Гри не может руководить отделом анализа поведения преступников, он не ученый, а актер по образованию и состоянию души. Потом в голову пришла совсем уж дурацкая мысль: похоже, мне придется теперь иногда сталкиваться с Анной Ивановной, она сестра моего нового шефа. Интересно, это к ней обращался Приходько с просьбой помочь Димону и Лапуле побыстрее оформить брак?

— Шекспир курит в сторонке, — неожиданно произнес Федор.

— Не понял, — с удивлением сказал Антон, — кто у нас Шекспир?

— Шутка, — заулыбался мой бывший начальник, — прямо пьеса получилась. Надо же было Татьяне столкнуться именно с тобой. Вот я и отметил: Шекспир курит в сторонке, имел в виду, что в реальности происходят более интригующие вещи, чем в художественной литературе. М-да. Вот какой у нас сюжетец закрутился! — Федор еще шире улыбнулся, и я поняла, что Приходько нервничает.

— Мы поедем, — сказал Антон, — моя машина на парковке. Таня, твой джип остается здесь, сдай ключи и документы.

Стараясь держаться как всегда, я выполнила его распоряжение, попрощалась с Приходько, спустилась в гараж, села во внедорожник Котова, пристегнула ремень и притихла.

— Вопросы есть? — деловито осведомился Антон, когда джип вырулил на шоссе.

У меня их было столько, что я не знала, с какого начать.

— Ты... э... вы на самом деле любите... любишь пауков? — вырвалось у меня.

Антон рассмеялся.

— Если это единственное, что тебя волнует, я рад. Да, я нежно отношусь к насекомым.

Я не рискнула продолжать разговор.

Котов неожиданно улыбнулся.

— Я давно заметил, что в жизни не бывает случайностей. Я никогда не консультирую незнакомых. Это исключено. Но когда мне позвонила девушка и сообщила, что ее паук кашляет, чихает, у него температура и красное горло, мне стало очень смешно. Захотелось посмотреть на ту, чей паук демонстрировал симптомы ОРЗ. И так сложилось, что у меня было свободное время, очень редкая ситуация. Таинственные силы захотели нас познакомить. Кстати, мы успели перейти на «ты», пусть так и останется. Еще вопрос?

— Чем я буду заниматься? — пискнула я.

Котов резко повернул направо:

— Приедем — и я все объясню. Не стоит нервничать, у тебя все получится. Ну, давай, не хмурься, улыбнись. Знаешь немецкую поговорку: «Бог научил людей улыбаться, потому что создал их для радостной жизни»?

— Нет, — тихо ответила я, — зато точно знаю, как стать счастливой.

— И как же? — заинтересовался Антон.

Я отвернулась к окну:

— Очень просто. Надо перестать быть несчастной.

Литературно-художественное издание

ИРОНИЧЕСКИЙ ДЕТЕКТИВ

Донцова Дарья Аркадьевна

ШЕКСПИР КУРИТ В СТОРОНКЕ

Ответственный редактор *О. Рубис*
Редакторы *В. Калмыкова, Т. Семенова*
Художественный редактор *В. Щербаков*
Технический редактор *Н. Носова*
Компьютерная верстка *Е. Мельникова*
Корректор *Т. Романова*

ООО «Издательство «Эксмо»
127299, Москва, ул. Клары Цеткин, д. 18/5. Тел. 411-68-86, 956-39-21.
Home page: **www.eksmo.ru** E-mail: **info@eksmo.ru**

Подписано в печать 08.06.2011.
Формат 80х100¹/₃₂. Гарнитура «Таймс».
Печать офсетная. Бум. офс. Усл. печ. л. 16,3.
Тираж 250 000 экз. (1-й завод — 60 100 экз.) Заказ 5747.

Отпечатано в ОАО «Можайский полиграфический комбинат».
143200, г. Можайск, ул. Мира, 93.
www.oaompk.ru, www.оаомпк.рф тел.: (495) 745-84-28, (49638) 20-685

ISBN 978-5-699-44153-2

9 785699 441532 >